兄弟双城记

李宗长　李宗品　著

江苏凤凰文艺出版社
JIANGSU PHOENIX LITERATURE AND ART PUBLISHING

序　一

李宗长

我和宗品弟弟最近一次在北京见面，是在2016年3月下旬。中宣部港澳台新闻局举办全国涉台宣传报道研讨班，新华日报社派我赴京参加学习，我才得以成行。学习地点位于北京八大处的全国宣传干部学院内，离弟弟的住处挺远。学习课程排得满满当当，晚上还要参加分组讨论，比较辛苦。研讨班结束那天中午，我给弟弟打电话，跟他说了我的北京之行，希望兄弟俩见上一面。

3月24日下午，弟弟开车早早赶来，带我去西山的几处景点转了转。第二天，弟弟又陪我去了雍和宫和地坛。一路上，我和弟弟无话不说，无情不诉，兄弟俩有说不完的话题。不过，谈得最多的还是我们俩都非常喜欢的文学。尤其是走在地坛的甬道上，抬头向地坛东北角的那片小树林张望，我不由得想起了作家史铁生，那片小树林就是史铁生生前长期驻足的地方啊。用史铁生自己的话说："地坛的每一棵树下我都去过，差不多它的每一米草地上都有过我的车轮印。"（《我与地坛》）史铁生在地坛这个园子里经常思考的三个问题：要不要去死，为什么活，我干吗要写作。对我来说，至少“为什么活”和“我干吗要写作”这两个问题同我本人产生了共鸣与共情。我写作是为了活着，只有不断地写，才能有些微的稿费，才能养家糊口。不仅如此，写着写着，慢慢就成了习惯，成了爱好。自己变得不喜欢和人交流，转而喜欢和电脑对话，或者在电脑上与自己交流。换句话说，我也是为了写作而活着。

我把我的想法告诉弟弟，并提出建议：要是我们兄弟俩能合作撰写一本书，并付梓印行，那是多么美好而有意思的一件事啊。我的提议得到弟弟的热烈响应。从那以后，每年春节回老家，我与弟弟见面聊天的话题总也绕不过这个。

2022年春，新冠疫情仍在神州大地肆虐，居家办公成为常态。我和弟弟商议：先开通一个微信公众号“兄弟双城记”，把我们的一些文字在公众号上先行推出，看看传播效果究竟如何。等积累到一定规模再结集出版。为此，我和弟弟约定：兄弟俩轮流作业，每周推出一篇稿件，举凡故乡人事、成长经历、双城印记，甚至我们各自的羁旅游历……题材不同，内容不限，长短任意，尽可进入我们的创作视野之中。

由于我们兄弟俩资质愚钝，写作过程中的辛苦自不待言。我们不是资深学者，没有深邃的思想；我们也不是专业作家，做不到下笔千言。我们像蜜蜂一样，只会辛辛苦苦地忙碌。酝酿出来的产品，味道究竟如何，成色怎样，读者是不是喜欢，我们一脸懵懂。同时，我们各自的工作任务繁重，尤其是弟弟宗品，孩子尚小，单位事务与接送孩子等多项任务双肩挑，写作只能在夜深人静或早晨送孩子上学之前完成。正因如此，刚开始时，我们的发稿频率比较正常，大半年之后，我们的发稿频率明显慢了下来，我们没有在微信公众号上向亲爱的读者朋友解释，借这本小书出版之机，特此说明。

实际操作过程是这样的：我们每人写好稿件后，就发给对方审读，兄弟俩相互提出意见并帮助修改，之后再发给对方，最终个人的稿件由个人负责，所谓文责自负。比如，我在写作《粽香还是故乡浓》一文时，引用萧乾《未带地图的旅人》中“萧乾吃鸡”的故事，弟弟提出修改意见：建议将故事浓缩，以免冲淡主题。我觉得非常对，之后对这段引述加以修改，完善至后来的样子。又比如，我写《赤日炎炎去卖粮》一文时，弟弟对我讲述了村里庆祝叔一家当年卖粮的故事，我觉得非常精彩，最后加入文章中。再比如，我写《这个夏天，总要去趟新疆吧》一文时，弟弟说，描写新疆景色的文字不多，应该有所加强，并直接添写了赛里木湖一段，我同样觉得这样的修改给文章增色不少。类似的例子还有许多，不再一一赘述。文字和图片准备好后，我就发给弟弟，由他编辑推送，推送前我再看一遍。微信公众号“兄弟双城记”的所有稿件基本上都是如此完成的。

如今，一年多时间如白驹过隙，“兄弟双城记”的规模也在慢慢变大，结集出版的时机初步成熟。我们兄弟俩觉得近四十篇的文稿，印出来的书可能会显得单薄。因此，我们又加入以前写过的几篇稿件，合在一起共有四十六篇。这些文稿按内容大致可分为四辑：第一辑共十七篇，内容皆与老家全椒有关，或写故乡的事，或忆熟悉的人，文字虽粗鄙，情感却至诚。第二辑共十一篇，内容涉及弟弟和我的个人成长经历，回顾走过的路，虽然充满坎坷，并不光鲜，却是我们兄弟俩真实的人生记录。第三辑共十篇，内容都是发生在我们兄弟俩学习、工作、生活所在城市的事，有的事非常细小琐碎，既不“高大上”，也不“伟光正”，因此阅读当中读者不会“喜大普奔”，要是读者能莞尔一笑，我们就知足了。第四辑共八篇，内容是我本人最近几年的旅游实录。当然，这些年去的地方并不止这些，但当年记忆力尚可，总觉得今后空闲下来再认真撰写游记。哪曾想，这是自己给自己开的空头支票，全无兑现的一天。实际情况也是如此，随着年龄增长，记忆力断崖式下跌不说，当年游览途中记的一些笔记也不翼而飞，该写的游记根本无从写起。需要特别指出的是，在这一辑中，《走进桂林，体验别样情与景》一文的作者是我妻子及外甥女，她们结伴出游并写出游记，在“兄弟双城记”的平台上推出，既是对我们兄弟俩的支持，也是给我们减负。

史铁生在《我与地坛》一文中还说过一段话：“我常以为是丑女造就了美人。我常以为是愚氓举出了智者。我常以为是懦夫衬照了英雄。我常以为是众生度化了佛祖。”我在想，在浩瀚的文学大观园中，如果没有类似我和弟弟这本浅薄小书的众星拱月，哪来那么多藏之名山传之后世的皇皇巨著？基于此，我们才敢将这些浅薄的思想和粗糙的文字呈现给读者诸君。诚挚地欢迎大家批评指正。

是为序。

序　二

李宗品

几年前，大哥宗长提议退休后兄弟俩可以结伴旅行，记下所见所闻所思所感，合出一本游记。没想到这本“四不像”的小书先行一步出炉，而我们既未退休，也未共同出游。这得益于一年多来我们坚持更新的微信公众号“兄弟双城记”，你一篇我一篇，互相打气，砥砺前行，回头一看竟攒下近四十篇文字，构成了这本小书的主体。属于我的那一部分，八成是追忆故乡旧时的人事情景，两成是我个人由少及长的欣喜与挣扎。此时，我独坐在南四环公益西桥某岛咖啡屋内，再度回望尘封已久的过往，一遍遍咀嚼，翻来覆去，跟牛反刍一样。

关于故乡。故乡是个很特别的所在，年少时立志要突围与逃离它，而成年后却又一遍遍怀想它。哪怕跑得再远，一回到故乡老屋，游子的身心即刻安顿下来。故乡是一株大树，曾经枝繁叶茂，树下人声鼎沸，春耕夏种，秋收冬藏，延续着几千年未断的农耕文明。如今，社会结构的重心已向城市倾斜，故乡这株大树正在快速老去，物质上的故土正在流失、被抽离，最终将只剩下空空如也的精神外壳，供我们凭吊，让我们怀念。我并非抱残守缺的保守主义者，土地耕作的规模化，教育、医疗资源向城市集聚，是大势所趋，某种意义上说也是历史进步的必然流程。但，冷峻的理性分析替代不了绵长的乡愁，毕竟我们生于斯长于斯，在这里度过了虽贫乏却快乐、虽苦累却热闹的童年。捉鱼摸虾裸泳，放牛赶鹅偷瓜，赤脚行走天地间，上树下河浑不怕。与“00后”的孩子们相比，三十年河东与河西，也算各有千秋吧。你有昂贵炫目的电子产品，我会就地取材、自制玩具；你被焦虑的家长拽着在各种课外班之间穿梭内卷，我和小伙伴们在田间、坝埂、打谷场上、月光底下自由疯跑。可惜无法阻挡的是，这个村、这些人、那些事，和曾经绵延千载的乡居生活方式，终将飘散在风中。儿时的故乡生活也无法留存下多少影像记录，我就尝试着用文字来复原旧日光景，弥补万一。

关于大哥。在我心中，大哥宗长一直是神一样的存在。小时候，大哥是爷爷在我面前树立的读书榜样。长大了，才觉察到大哥也是我行事做人的一面镜子。他在南大和南师大读硕博期间，研究方向是先唐文学，尤以魏晋南北朝见长。我常觉得大哥身上有魏晋人士洒脱淡泊、率性而为的风度，大碗喝酒、大块吃肉，待人以诚，律己更严。大哥办事果断豪迈，这方面我这个“拖延症”患者望尘莫及。这本书能如此高效成稿，完全是大哥不断提醒与鞭策的结果。兄弟情深，自不待言。读初中时，大哥帮我补习英语、教我学吹口琴，我从他那里借了中文系教材《现当代文学作品选》如饥似渴地阅读。及至后来，那些孤苦求学的日子里，每遇困顿我都会写信给大哥，他每信必复，给我宽慰与鼓励，给我突出重围的力量。记得1991年夏天，我第一次去南京，大哥陪我去玄武湖公园，边走边向我推荐了两本书：古典小说他最爱《红楼梦》，现代小说他首推《围城》。六七年前，大哥来北京出差，我们一起去了地坛公园，路上聊起史铁生写的《我与地坛》。大哥很喜欢史铁生的文字和思想，上初中时就听他提起过史铁生的另一部小说《我的遥远的清平湾》。那天出了地坛南门，我本想找个像样的馆子请大哥撮一顿，走了很久也没碰上，我俩就近找了家煎饼摊，每人一小袋牛奶、一个煎饼果子，站着就解决了午餐。

关于北京。这座以故宫为圆心的四方城，一环套一环向外辐射、延展，见证了王朝更迭、周遭巨变，王侯将相、名流大腕、贩夫走卒都在此地轮番登场，每一条幽深寂静的胡同里都藏着委婉曲折的故事。二十五年前的秋天，北京给了我由南入北打开新世界的大舞台，我也颤巍巍地"跑龙套"，努力演好每一个小角色，适应着涮羊肉与沙尘暴，也享受着雄浑的交响乐与醉人的故都秋色。那个时候，地铁只有两条线，一号线最东端只到西单，花两块钱可以地下循环转一天，如今已是纵横交错十几条地铁线；那个时候，寻呼机才刚刚起步，可是没到两年就被手机彻底淘汰出局，互联网和移动终端频繁迭代，潜伏着无限可能；那个时候，世界因为Internet变得更近，地球村成为热词，人们满怀希望地以为生活从此必定蒸蒸日上，谁也料不到，许多事情又兜兜转转进入一个历史的怪圈。

过去的几十年，我由偏远寂静的乡村一个猛子扎进都市的洪流。既像一枚树叶漂泊不定，又像个陀螺转个不停，自转或公转，时不时被有形无形的鞭子抽打，心性磨折、疲惫不堪，名利角逐、成败宠辱也早已云淡风轻。说是自命清高也罢，说是吃不着就泛起葡萄酸也罢，似乎都已不重要。历史都可以迂回，小人物自然也有选择的权利，为何不把有限的生命“浪费”在美好的事物上？就像陶渊明诗中所说，“少无适俗韵，性本爱丘山。误入尘网中，一去三十年”，是时候活回我自己了。

拉拉杂杂写了这些话，挂一漏万，谨以为序。

目 录

第一辑 回望故乡

第二辑　铭记来时路

第三辑　双城印记

第四辑 世界那么大，很想去看看

第一辑

回望故乡

故乡：初夏的果子熟了

李宗品

一大早，楼下小喇叭又喊着做核酸，不知道疫情何时结束。两千里之外的故乡，已经有了松动的迹象，阻隔三县交通的古河大桥，终于也撤掉了路障。被困在邻县含山城里两个多月的外甥、外甥女，像重获自由的鸟儿，几天前“跨境”驾车飞到我的家乡——岗李村，看望外公外婆，顺便打个牙祭。

趁着天晴，父母这几天正在收割地里的油菜籽，油菜壳快要炸裂了，得抓紧打下来。父亲用一大块帆布皮铺在油菜地旁的空地上，割好的菜籽秸整齐码放在帆布上，再用传承千年的农具“连枷”不断拍打（早在南宋，诗人范成大就曾写过传世名句：“笑声歌里轻雷动，一夜连枷响到明。”），一粒粒滴溜圆的菜籽滚落到帆布上。之后，母亲用大筛子将菜籽壳筛走，成堆的菜籽装袋齐活。大姐也从城里赶回岗李，给父母亲搭把手。父亲算了算，不到一亩菜地，收了将近四百斤菜籽，可以换一百斤左右的菜籽油。“周边几个村，就数我家的油菜今年收成最好。”几杯烧酒下肚，父亲在视频里的自豪，掩饰不住。

将近中午，大姐帮着母亲张罗了一桌好饭。孩子们吃上雪里蕻烧黑鱼、黄鳝炒青蒜、韭菜炒芽菜等，开心到飞起。韭菜是外婆在门口池塘中间的空地上栽种的，黑鱼、黄鳝都是外公平时用渔网在沟渠里捕到的，纯野生。饭后，两个帅哥美女看见二外公家门口树上的枇杷黄了，特别甜润，摘了满满一大竹篮。姐弟俩在院子里坐下来分成，满载而归，十分快活！这样的情形放在过去的村里，是不可想象的。枇杷、杏子、桑葚等根本等不到成熟，早被村里的“小馋猫”算计着偷吃完了，哪里还能剩下一颗？

这一天我被孩子们的快乐感染了，沉浸其间，眼前不由得浮现出儿时村庄初夏的光景，宛若一幅明丽鲜活的画卷徐徐展开。

岗李村的初夏，满树繁花嫩叶，空气湿润新鲜，村子里持续飘着各种花的香，氤氲醉人的美！乡亲们打菜籽、插秧苗，边收边种，有着无限的生机与活力。

初夏和暮春的界限总是模糊的。立夏之前，油菜花开得正盛，一大片一大片铺满村前，金黄色直晃眼，浓香味沁入心田。太阳好的午后，躺在两个菜地之间的田埂上，青草铺垫，黄花摇曳，微风袭来，不由你不沉醉。此刻此地，什么也不用想，一觉睡到自然醒，神仙也莫过如此了。这时候的油菜田和麦地里，都能找到一种野豌豆。不是用来吃的，小伙伴们摘下它后剥开豆子扔掉，再掐了前端，留下一段嫩绿的空壳，放在嘴里可以当哨子吹，响声清脆悦耳。每天放学回家，沿路都是庄稼地，随摘随做随吹，一路哨音，夹杂着虫鸣，晚风拂着花香，初夏的旷野好不生动！除了野豌豆哨子，还可以用嫩柳枝做哨子，也叫柳哨或柳笛。折一根柳枝，截取寸把长的一段，将其中的木质部分抽掉，剩下中空的柳树皮，一个小巧的柳笛就成了。

油菜花渐渐凋谢的时节，院子里的栀子花，也悄悄鼓起花苞，由青而白，一日忽然绽开，给你个惊喜。村西头二奶奶家有

门前的池塘，初夏光景

个很大的后院，里面开满栀子花，还有一株被我和伙伴们重点盯守的老杏树。初夏某个清晨，二奶奶挎着满满一腰篮栀子花，来到村东头小学校售卖，单栀子花一分钱一朵，双栀子花（多层花瓣）两分钱一朵，花瓣纯白、花叶翠绿，都带着露水，芬芳四溢，特别诱人。村里跟栀子花差不多花期的，还有花瓣细小却特别香的金银花，女孩子们常常采上十来朵，用线扎成一小束，或系在衣服纽扣上，或挂在床头。喜欢缠绕在一棵棵树上生长的金银花，往往被村里人种在自家茅房边上。春夏之交，金银花怒放时节，可以去去味儿。

农历四月，岗李村的颜色渐深，门前的绿荫变魔术似的一天天大起来。立夏之后，村里刺槐树上就成串儿成串儿地挂起槐花，青里透白，很肥实的感觉。咬一口花瓣，有丝丝甜味，怪不得许多地方都拿槐花做菜、摊饼吃。槐花蜜也被看作是上等蜂蜜。每年槐花快要开的时节，浙江一带的养蜂人像候鸟一样准时赶来，在村里安营扎寨。选个空旷的地方，养蜂人将几十个蜂箱整齐排开。在我的印象里，他们总是戴着斗笠、蒙着面纱，像金庸笔下的江湖侠客。那段日子，成群的蜜蜂嗡嗡嘤嘤地飞来飞去，它们和辛劳的养蜂人一起经营着“甜蜜的事业”。记得 20 世纪 80 年代初，村里露天电影经常放映《甜蜜的事业》，故事情节忘得差不多了，只有那首《我们的生活比蜜甜》的主题曲，还不时在耳边回响。

蜜蜂采蜜，而村里的孩子就“采”蜜蜂。除了蜂箱里团队作战的蜜蜂，还有一些“个体户”蜜蜂无家可归，它们的家基本安在土墙的窟窿眼儿里。儿时的故乡，大多数人家都是瓦屋土墙（还有少数是草屋土墙，极少见瓦屋砖墙的宅子）。初夏季节，蜜蜂们采完蜜就钻进土墙上的小洞里。而洞外早有调皮的小伙伴守在那里，一手拿着空火柴盒，一手拿着一段细小的笤帚丝。将火柴盒的屉子抽出一半，在洞口候着，同时用笤帚丝往洞里捅，蜜蜂忍不住往外飞，正好钻进火柴盒，此时快速把抽屉塞进去，蜜蜂就进了小黑屋了。然后轻手轻脚地捏住蜜蜂，将它尾部的蜜挤出来吃掉，再放飞，继续让它“打工”去。

繁花渐落，村里最先成熟的当属桑果子（桑葚）。记得邻居三子家屋后有一棵大桑树，树干有碗口那么粗。待到桑果儿红到泛紫的时候，我们就天天黏在树上，吃饱了再下来。再成熟一些，我们就在上面摇晃着树枝，弟弟妹妹们就在树下用一大块布接着滚落下来的桑果子。这是真正纯天然的当季水果，摘桑果的孩子们常常染得满手、满口的紫汁，衣服上也难免染色，少不了被家人一顿责骂。摘桑果还有一个捎带的副产品，逮桑树上的"蛮牯牛"(也叫桑天牛)玩。蛮牯牛坏得很，专吸桑树嫩枝里的汁水，嘴的形状像是一把锋利的剪刀，头形和眼睛像牛，头上长有一对细长的触角，像威风凛凛的大将军，也像《西游记》里的牛魔王。孩子们捉住之后，用线拴住它的脚，拉住线如同放风筝一样，任由它挣扎着四处乱飞。

白天各种忙碌，初夏的夜，小伙伴们也没闲着。晚饭后，大孩子们领头打着手电筒去稻芽田边扎泥鳅。稻芽撒下不久，刚冒出一点嫩芽来，田里是一片光滑的淤泥，覆着一层薄水。此时，田野间小虫唧唧、蛙声四起，月光下泥鳅就钻出来，滑溜溜地躺在稻芽田边"晒月亮"。就着手电的聚光，小伙伴们手执自制的扎泥鳅工具，照着肥嘟嘟的泥鳅就是一下，放进竹篓里，齐活！这种工具制作起来也很简单：先将旧牙刷去毛，然后买十几根大号绣花针，烧红之后扎进牙刷去毛的地方，再将牙刷绑在一根硬实木棍或竹竿的顶端，这就成了。捉来的泥鳅，母亲总会用来做一道拿手好菜——泥鳅煮挂面，泥鳅的鲜美进入挂面里，汤浓味鲜，面比泥鳅还好吃。北京的徽菜馆里，也有这道菜，不过做得清汤寡水的，味道与母亲做的有云泥之别。

青山遮不住，毕竟东流去。电视剧《潜伏》里的"特务头子"吴站长有一句经典台词：时间啊，就像一头野驴，跑起来就没个完。到今年 9 月，我在北京讨生活的时日，将超过我在故乡成长的岁月。当年削尖脑袋从故土逃离，如今一遍遍开始怀想那片土地，因为亲人还在老宅，也因为几千年来曾经喧闹的村庄，已经渐渐荒疏，一天比一天寂静，直至湮灭。所幸父母身体还很健康硬朗，还能操持他们熟悉的农活儿。只要不疲惫，忙起来总比闲下去强，活动筋骨之外，还可以有放心的粮食和果蔬、鱼虾吃。不过，他们毕竟已七十开外，越来越希望儿女们在身边陪伴，特别是在逢年过节合家团圆的时候。

写着写着，越发想念故乡喽。故乡初夏的那些果实熟了，客居他乡的游子心儿醉了。我想，明年春节，无论如何也不会再“非必要不回家”了吧。

粽香还是故乡浓

李宗长

端午临近，单位给员工发福利，免不了发些粽子。每年发的粽子大多来自浙江嘉兴，品种有鲜肉粽、火腿粽、蛋黄粽、红枣粽等。这些粽子制作考究，味道鲜美。然而，于我而言，还是心心念念记挂家乡没有任何馅儿的白水糯米粽。

一早，姑妈就打来电话，问我今年端午回不回去。她还告诉我，她家今年包粽子的粽叶已经从附近河汊里的芦苇上采来了。而我小时候，老家河汊里却少有芦苇，粽叶要从镇上买来。

端午前一天，母亲会早早起来，把粽叶放在盛满清水的大锅里简单煮一下，跟粽叶一起煮的，还有捆扎粽子的一种细长而有韧性的稻草。当年的皖东农村，农人们连扎粽子的细线也是舍不得用的。不过，我倒以为稻草的天然清香与粽子更搭。煮过的粽叶和稻草，要放到盛满清水的木盆里浸泡。之后，开始淘洗糯米，洗净的糯米放在一旁，沥干水后备用。做完这些，母亲就去地里干活了。

通常，我家包粽子要等母亲从地里回来吃完早饭才开始，总比邻居家迟些，这可急坏了我和妹妹们。那时，父亲常年在滁州务工，他是做建筑的，属于农民工，名分当然赶不上电视剧《人世间》里的秉昆爸，周志刚常常骄傲地说，他是新中国第一代建筑工人。但我父亲的业务水平绝不会比秉昆爸差，这一点容我今后慢慢道来。缺乏男劳力的农家，农活似乎永远都做不完，农时是耽误不得的，包粽子的事只能往后排了。

一根长长的竹扁担放在大木盆上，粽叶一片片清洗干净，叠在扁担上，达到一定厚度时，包粽子的人将其去头剪尾，放置一边。包粽子时，取两三片粽叶，从头部剪成斜角，卷拢成圆筒状，再将糯米填入。糯米不能装得太多，也不能装得太少，恰如其分最好。粽子头部一般用手指捏成三角状，用牙齿咬住稻草一端，将粽子缠绕捆紧，粽子就包好了。有时会多出少许粽叶或糯米，邻居们往往相互周济，不至浪费。孩子们会跑前跑后，东家看看，西家看看，比比谁家包得早，谁家包得多。

包好的粽子五个一组系在一起，两组联在一块，放进大锅里煮。煮的时间得足够长，若是糯米没煮透，粽子吃起来口感会差很多。这时，家里会预先从房梁上吊根竹竿，煮好的粽子挂在竹竿上，随吃随取。吃粽子时，要蘸糖，一般是红糖，那时精细的绵白糖在乡下很少见。也不能蘸太多的糖，否则大人会呵斥，买多少糖也是要算计的。

藏在记忆深处的浓郁，又岂止粽香。端午前，每家每户的门前早早挂上了艾蒿，四四方方的绿豆糕也买回来了，等着过节当天吃。那时的"五黄"（烤鸭、苋菜、鸭蛋、龙虾、黄鳝）很难准备齐全，除了烤鸭之外，过节那天，我老家中午饭桌上的其他"四黄"，基本上是能吃到的。桩桩件件，现在回想起来，都能撩动客居他乡的游子的心魄啊。

从上大学算起，我离开老家近四十年了。从那以后，我就没有吃过老家的白水糯米粽了。虽然我也吃过许许多多各种各样的粽子，但和老家不加任何馅料的粽子比起来，外地粽子留在唇齿之间的回味，哪里赶得上老家粽子留在心间的回味呢。更何况，这样的回味里还蕴含对老家无尽的回忆和思念。

“乡村四月闲人少，才了蚕桑又插田。”农历四月，是老家农人最忙碌的时节。油菜籽刚刚收割完毕，麦子又黄了。一边要播种秧苗，一边要整理刚刚收割过的田块。待这些忙完之后，紧接着就要栽秧了。老家人把这段日子称作双抢（抢收抢种）大忙季节，也叫午季。

那时，皖东农村已经实行联产承包责任制。因为缺少劳力，我家的双抢总是较迟才能结束。等村里人家忙活得差不多了，父亲会从城里赶回来，请来几个亲戚好友，相帮着抢收抢种。为了表示答谢，父母在这一天会早早起床杀鸡，为的是给乡邻们准备一顿好饭。

有一年端午前后，父母一大早把家里一只四五斤重的大公鸡杀了，洗净后剁成块，又将上年收获的黄豆用清水泡上，交代我和妹妹，吃完早饭后早点做这道硬菜：鸡块烧黄豆。洗净锅碗后，大妹就开始忙活起来，我们也想早点吃上鸡肉啊，不断地添柴加火。到了中午，父母和帮忙的邻居到家后，一揭开锅盖，看到情形后大失所望，大半锅的鸡块烧黄豆全部焦煳在一起，根本没法吃。

结果可以想见，我被父亲暴扁一顿。大妹自小十分能干，家里烧饭烧菜的活，全由她负责。被扁后，我心里十分委屈，嘴上不敢分辩一句。村里做裁缝的叔爷爷较明事理，在一旁劝慰父亲说：“你家伢子听话是听话，就是烧得早了点，也是你们让他们早点烧的。烧煳了，不能全怪他们。鸡肉烧煳了都不晓得，说明他们没有偷嘴，要是馋嘴的孩子，一会儿尝一块，一会儿尝一块，鸡肉肯定煳不了。”听了这话，我的眼泪顿时喷涌而出。

若干年后，我读前《大公报》记者、翻译家萧乾的回忆录《未带地图的旅人》，有个细节印象特别深刻：当年，一个同事宰了自己养的肥母鸡，炖在炉上，要值夜班的萧乾顺便替他照看，一再嘱咐萧乾可别炖煳了。萧乾回忆道：“于是，我把炉口加上个铁盖，这样火力就弱了。炖到午夜，锅里开始咕嘟起来。他还放了桂皮什么的。香味扑鼻，简直令人销魂。我是吃罢晚饭就来上夜班的，恰好带着碗筷，就给自己找了个‘看看熟没熟’的理由，尝了一口。漫漫长夜度过，及至那同事来取他的炖鸡时，只见一大锅汤里几乎只剩下骨头架子了。”

这段令人喷饭的记述，让我不由想起自己少年时红烧鸡块的往事。辛苦的农人没吃上鲜美的鸡肉，是一种不堪；萧乾如此吃上鲜美的鸡肉，令人感到更大的不堪。

小时候，大人的辛苦且不说，那时孩子们依然是快乐的。端午时节，是乡下孩子捉泥鳅的旺季。女儿小时候喜欢哼唱侯德健作词作曲的台湾民谣《捉泥鳅》：“池塘里水满了，雨也停了，田边的稀泥里，到处是泥鳅。……大哥哥好不好，咱们去捉泥鳅。”每次听到这首民谣，我都会想起儿时自己捉泥鳅的趣事。

那时，乡下孩子读书放学早，也不像现在的孩子那样，要上各种兴趣班。中午放学归来，家人常常还在地里干活，肚子饿了，就从竹竿上拽两个粽子充饥。然后，拿上自家脸盆，呼朋唤友去“扒泥鳅”。找到一段几近干涸的沟渠，大家一起用脸盆舀干里面的残水，瞅准那些带着窟窿眼的淤泥，双手从泥底下往上抄，藏在里面的泥鳅便现了原形。等到脏兮兮地端着小半脸盆的泥鳅回家，有时还会遭到责骂：“看你脏成什么样子！还不去洗洗！”不过，看到家人美滋滋地吃上泥鳅煮面，小伙伴们的脸上写满了成就感。

初夏的晚上，我常常会央求二叔带我去“扎泥鳅”。“扎泥鳅”的工具做起来不难，旧牙刷去毛，用烧红的缝衣针插入其中，将牙刷绑在木杆或竹竿的前端，就做成了。天黑时分，带着手电筒，去刚插下秧苗的水田里，照着泥鳅之后，“啪”的一下，泥鳅就扎到了。老家还有一种捉泥鳅的方法——下笼“诱泥鳅”。做法是这样的：夏日雨后，将靠近池塘的秧田埂，扒开一个窄窄的口子，让细细的水流自上而下汩汩流入池塘，下面埋着一节竖直的竹笼，里面用竹签穿上蚯蚓，竹笼的底部稍低，有个深陷进去的漏斗形洞口，泥鳅钻进去出不来。头天傍晚做好“陷阱”，第二天早上去起竹笼。“诱泥鳅”，一般是在自家的秧田，别人家秧田的水放少了，难免要惹出一些是非来。

而在冬末春初，村里的孩子们还流行“下卡（qiǎ）子”钓泥鳅。买来成卷的细线，三五条绞在一起，防止断线，每隔二三尺，在其下方系上一截短线，短线尾部是用篾条做成的尖而细的卡子，卡子上穿着蚯蚓，仔细将它们放入脸盆中，线的一头插在池塘边上，傍晚用竹竿将脸盆小心推入塘中，慢慢将细线放进池塘里，第二天一早，再将细线收回，细线的卡子上，隔不多远就会吊着一条泥鳅。

“捉泥鳅四法”，我都尝试过。可是每次我都是乘兴而去，败兴而归。现在回老家，叔叔们还常常告诉我一件趣事：小时候吃完饭后，有好事的叔叔喜欢把空碗顶在头上，同时逗我：“这样你会吗?”当我如法炮制后,他们又说:“哎呀,你脚下有个癞蛤蟆呲。”我吓得低头寻找,空碗也应声落地,摔碎了,叔叔们哈哈大笑,而我回家免不了挨大人责骂。

我还有点值得骄傲的是,我那时在农村竟然读了不少长篇小说,比如《青春之歌》《创业史》《暴风骤雨》《林海雪原》等。事情的来龙去脉是这样的:三叔当兵复员回乡后,经常在枕边摆放一些文学作品,也不知他的这些书是怎么弄来的。农忙时节,三叔读书的进度很慢,我是清楚的。因为他读书后的折页,向后推进缓慢。那时,家人不让我看这类大部头的书,说是会耽误考试。我是偷偷读的。偷读前,我会仔细观察书本的摆放姿态以及折页的位置,以免看完后弄平折页而引起三叔疑心。往往三叔的折页不到一半时,这本书我早就读完啦。最令人高兴的是,读完《水浒传》后,给小伙伴讲一百单八将的故事,他们看我的眼神充满崇拜,让我非常满足。

如今,乡愁不时撩动我的心弦。然而,父母、二叔、三叔早已驾鹤归去,再想回到小时候已经不可能了,家乡粽子的味道也很难品尝到了。我就坐在电脑前,写点文字,借此慰藉我那浓浓的思乡之情。

忆当年：故乡匠人那些事儿

李宗品

20 世纪 90 年代初，在庄稼汉大批进城务工之前，人气满满的乡村与欢腾喧闹的集镇构成独立的生态，承接的是几千年来大致相似的农耕文明。而各行各业的手工匠人，则是乡村烟火气息中的别样风景，不可或缺。忆起匠人往事，对我来说，也仿佛打开了故乡一坛芬芳醇厚的老酒。

木匠师傅学培表爹

前年春节前的一天午后，阳光很暖。邻村张集的学培表爹骑自行车来我家，顺便捎来一个掏灰耙(用于清理锅灶余烬后的草灰)，之前他答应父亲做的。

学培表爹姓张，今年八十虚岁，是本乡周边知名的木匠老师傅。表爹说，他十六岁就开始当学徒，拜杨集的老手艺人杨宗贵老人为师，满师时间为三年。师傅很喜欢他，准备将抱养的女儿许配给他，后来女儿因阑尾炎不治故去。这三年学艺，主要还是打基础，“基础不牢靠，一切都是废的”。他从最基本的拉大锯开始，然后推刨子，把一个板凳的面推到完全平整光滑为止。跟着师傅后面一天天磨炼，表爹学会了全套木工把式：春上，给忙春耕的乡亲们打各式农具，包括犁、耙、水车、风车等；秋后，给盖新房的人家竖柱上梁、打门窗，给筹办喜事的人家打各种橱柜家具、新婚架子床等。农耕社会里，从他们祖师爷鲁班起，木匠师傅的地位就相当重要，不可撼动。

表爹在求艺路上遇到过挫折，就是邻乡的同行来本乡抢了一些雕花刻镂的细活儿，而这些是他师傅也不太擅长的。后来他发愤自学，四十多岁开始自己琢磨画工与雕工的手艺，慢慢地重新夺回失去的生意，并超过了外乡的那位同行，稳固了自己在这片土地上的江湖位置。1959 年至 1961 年前后，表爹被编入大队所办专业队的木工组，每天可以有一斤粮食定量。他说境况比别人好多了。

表爹自己一共收过四五个徒弟，后来渐渐也就没人再来拜师学木匠了。看着我家后门对面几间破旧不堪的房子，表爹十分感慨，这些年变化太大，村里人房子都在城里买下，不用盖了，家具基本也不用木匠打，也很少有人再打农具了。他将手艺传给了儿子德来。如今，德来表叔也是常年在外，帮衬建筑工地扎板子挣些钱，那些精细的手艺活儿基本派不上用场了。

学培表爹年轻时高个儿，方脸，大眼，鼻梁隆起，很帅气，也很和气。在我眼里，他很有范儿。那时候，他们上门做活儿居多，一做就是十来天。看到有木匠来家干活，我们小孩子都很兴奋，既为了中午有一顿不错的伙食，也很愿意听拉锯推刨的声音。看着表爹手拿墨斗，将一根沾墨的长线拉开，固定到木料的另一端，轻轻一弹，便在木面上留下一道黑黑的线痕，那动作十分自如潇洒！午后与表爹的一席闲谈，亲切而温馨。表爹说起陈年往事，不急不躁一一道来，让我不由想起陶泽如主演的电影《百鸟朝凤》，民间吹唢呐行当的失传，剧中老唢呐人的那份叹惋，与表爹何其相似啊。

不久前，表爹还受托给大姐做了一个樟木箱子，放在我家堂屋。那天晚上，我打开箱子，樟木清香扑鼻。

剃头匠老Q

过去，集镇上理发铺子很少，村里人理发都是剃头匠上门服务。剃头匠是本村或者周边庄子的，由他一人来承包几个村子大人小孩的剃头活儿，包年制服务，时间相对固定。乡亲们头发长了，剃头匠心里有数，到时就会赶来给自己“辖区”的乡亲们剃头。到了年底，剃头匠再挨家挨户来收这一年的服务费，户主可以给现钱，也可以拿粮食来抵交。

和其他匠人一样，剃头匠家里也种了很多地，忙时抢种抢收、伺候庄稼，挨村挨户给人理发也是趁着农闲时候。每当此时，剃头匠就夹着一个长方形木盒，外面裹着蓝布围挡，里面放着手动推子、大刮胡刀、擦刀布等一套工具。来到一户人家的后院，在树上挂上一长条硬实的擦刀布，户主自己准备好一瓶热水（刮胡子热敷用）。那个时候剃头没有那么多发型讲究，主要是把头发剪短、头皮刮亮、胡子刮光，外带掏耳朵服务（也就是时下的“采耳”）。刮胡子是个细致活儿，很见刀功，弄不好会刮破脸皮出血。剃头匠用一块热毛巾敷在人脸上，几分钟后抹上刮胡液，趁热下刀，将胡须一点点刮掉，直至胡子茬儿完全摸不到为止，整个面部光洁滑溜、焕然一新。而如今城里的理发店，洗剪吹烫染，外加各种细致花哨服务，看起来很齐备，但独独没有刮胡子一项，这老手艺恐怕渐渐地也就要失传了。

给我们村包头的是邻村大朱的老 Q，也姓李，辈分和我爷爷一样。在儿时的印象中，老 Q 大概不到四十岁，他为人耿直，性格倔强，做事火暴性子，平时爱开玩笑。不管跟大人还是孩子，他都喜欢逗个闷子。不过村里也有人说他讲话“七高八低”，干事毛毛躁躁。剃头本应是个精细工种，可老 Q 有时候脾气上来了，会立马跟人翻脸。正给人推着头呢，他能把推子一扔：“老子不干了！”弄得头发推了一半的人哭笑不得，只好连哄带骂地让老 Q 赶紧剃完。他这个脾气远近闻名，不过我爷爷不大能接受，后来就换了大朱村另一位剃头匠老赵师傅来包头。

我倒还觉得老 Q 比较有趣。虽然他有时候也显得凶巴巴的，但骨子里对孩子还是很和气关照的。听家里人说，宗长大哥小时候“护头”（不让剃头），老 Q 就哄大哥说：“别人剃头我收钱，你剃头我付钱给你行了吧？”大哥这才很开心地让老 Q 开始动手干活，完事之后老 Q 果然兑现承诺，掏出五分钱钢镚儿给了大哥。我出生至今剃的唯一一次光头，就是老 Q 给做的活儿。约莫六岁那年，夏天天热，我看别的小伙伴有剃光头的，下河游泳很畅快，也不用担心头发弄湿了被家人发现后挨打，所以也想推个光头。推到一半的时候，我大姐二姐都说太难看了，我就找个镜子一照，也非常同意姐姐们的看法，可是彼时悔之已晚，只得硬着头皮让老 Q 给剃了个明晃晃耀眼的“光葫芦瓢”，自己难受了好一阵子。

老 Q 的幽默有时候还很深刻。有一次他来我家剃头，我好奇地问他：“你给我们剃头，你自己的头谁剃？”老 Q 不紧不慢地说:“白天里我忙别人的事情,我都是在夜里把头砍下来,自己来剃,收拾好了再安回脖子上……”这个回答,我至今都清楚地记得,老Q的幽默有些像鬼片,倒也很清新脱俗。

阉鸡匠

阉鸡匠,顾名思义就是给鸡做阉割手术的手艺人。这种“手术”,当然是给公鸡做。我们村没有阉鸡匠,都是等外来的阉鸡匠走村串户时,一并招呼着给自家的几只公鸡动手术。

阉鸡匠出门有个标志性的职业套装,行走江湖间必夹一把油纸伞,然后在村中间边走边吆喝“阉鸡哦”,吆喝声不用太大,因为有那把伞在,大家一眼就能看出来者身份。阉鸡匠动手术,需要主家帮忙,大致要经过抓鸡、绑脚、开刀口、上竹绷子扩张固定、“探囊取物”等几道工序。这把伞除了标志身份之外,还有个用处,用来遮挡手术过程,这也是阉鸡匠的一个作业规矩吧。有一次,我远远看见阉鸡匠在邻居家门口动手术了,很想凑过去看看,但被邻居奶奶发现了,她及时喝退了我,似乎这种手术也是“见不得人”的。

列位看官说了,这也太狠了吧,为啥要对公鸡下此“毒手”?原因很简单,就是在小公鸡将要打鸣之前,摘掉它的雄性器官,它就失去了每天昂首司晨的功能,不能大喊大叫地报晓与高唱,被阉的公鸡这部分力气就省下来了,一门心思用在长肉上。有经验的乡亲都知道,这种不公不母的阉鸡,到后来都长得高高大大的,比一般公鸡要重不少,肉质也嫩,只是头上再也没有展示雄姿的炫目鸡冠。更有意思的是,阉鸡身上还有难得的温顺的母爱，长到一定时候，给阉鸡灌一些酒之后，把它放到一窝带绒（受精）的鸡蛋上，它可以安静地抱窝孵小鸡。等到约莫三周之后，小鸡破壳儿出来，阉鸡就领着一群小鸡堂而皇之地做起了鸡妈妈来。许多事情，细细想来，真是神妙无比啊。

我清楚地记得，六七岁那年的夏天，午后村里来了个阉鸡匠。看样子六十多岁，坐在我家后院的石头上打瞌睡。家里大人全部出去干活了，我看阉鸡匠困得太难受，就请他进我家，让他躺在我家竹凉床上睡。待到老头睡得很熟时，我和邻居三子、小四及一群小伙伴儿，在后院敲盆弄瓦，故意闹出很大动静，想要吵醒老头。这个馊主意的效果不好，等到家里人回来时，老头依然躺在凉床上。家人就问："这是谁？"我随口答道："是我老表，阉鸡的。"众人笑喷。

仲夏夜之梦：乡村露天电影

李宗品

周二那天是夏至，北京的习俗跟我老家一样，都是要吃面。不过在我老家，除了吃面，还得吃蚕豆，并且一定要说上一句农谚："吃了夏至面，一天短一线；吃了夏至豆，一夏不得瘦。"这要放到今天，那谁还敢吃豆，避之唯恐不及啊。

吃蚕豆，一般是在端午节之后，仲夏时节。乡村夏夜，若是遇上村里放电影，即使农活再忙，许多人家也必定早早炒好新收的蚕豆和瓜子之类的，好招待当晚来看电影的邻村亲戚。如果说，赶大集是乡亲们白天物资交易的河流，露天电影则是乡亲们夜晚精神生活的巅峰。与定期的多频次的赶集相比，露天放电影的次数少得可怜，村里每年能轮上个七八回就非常幸运了。明面上，上头有相对统一的放映计划安排。私下里，更重要的是，村里要和电影放映员搞好关系。由于露天电影极受欢迎，公社放映员这个差使是个肥缺，其重要地位与受礼遇程度，与粮站的司磅员（验收粮食干湿程度，掌管是否收购农民余粮"生杀大权"的工作人员）有得一拼。

20 世纪 80 年代初，本乡的放映员有两位：山王村的小孙、西杜村的小邵。小邵白胖温和一些，小孙黑瘦精干、一副沙哑的烟嗓。说是小孙小邵，如今都是年近七旬的老汉了。村里不管大人孩子，那时都盼着他俩能多来村里几次，带来一部新片子，就是带来一场欢聚盛宴。不过，欢迎归欢迎，调皮的孩子还是给他俩编排了个顺口溜：小孙小孙，放电影不中；小邵小邵，放电影不照（方言，不中、不行的意思）。村里哪天能放电影，最先知道消息的，一定是队长。争取放电影的机会，也是队长的职责所在。事情敲定之后，队长得派人去把片子接（拷贝）回来，防止被别的村捷足先登给抢跑了。

当晚，队长邦水太爷爷在家里杀鸡宰鹅，找来几个队干部作陪，招待放映员。酒过三巡，菜过五味，放映员脸上格外红润起来，神采焕然。这时候，门外等不及的孩子们，都拥进门来，问今晚放什么片子。放映员架势很大，特别起范儿，边呷着酒边指着放在大门旁的几个拷贝盘（灰绿色的方形铁盒）说："上面有字。"

放电影的地点，基本都是在邦水太爷爷家门口的一大片空地上。正方形的黑边白底幕布，晚饭前趁亮，就挂在空地西边——邦海太爷爷家的土山墙上。幕布一挂，大音箱一摆，气氛马上出来了，整个村子都显得异常兴奋与快活，并波及邻村。早几天，村里人就给邻村的亲朋打好了招呼，邀请他们某天过来吃晚饭、看电影。空地上观影，得自带板凳，必须提前占座儿。大人们忙着烧饭做菜炒蚕豆瓜子，孩子们就早早地扛上几条长板凳，挑正对银幕不远不近的中间好位置，安顿好板凳，再放心回去吃饭。座儿只要占上，一般不会有人挪动，先来后到的朴素规则，没有人会去打破它。

夜幕降临，银幕将开。酒足饭饱之后，放映员小孙满面红光地走出队长家的大门，被孩子们簇拥着来到空地正中央，开始他的一系列“神操作”：架影灯、摆放映机、装胶片。此时，人潮已从四面八方汇聚过来，村里的老老小小都来了。躲过家人的“盯防”，那些顾盼生辉、眉目传情的小伙子大姑娘也来了，这往往也是恋人间一次绝佳的表白相会，堪比古代“月上柳梢头，人约黄昏后”的元宵灯会。挎着竹篮，卖各种点心、小糖的老头老太拎着马灯也来了，有的卖糖人，扛着一根粗木棍，顶端插满大公鸡形状的糖，花花绿绿的，色彩鲜艳，在夜间晃荡，穿梭来去，很是招摇诱人。

此时，繁星满天，人们坐在长短不一、大小各异的板凳上，摇着蒲扇拍拍打打，一边唠着家常，一边兴奋地等待。四下里一片漆黑，不远处半人高的水稻已散发着清香，蛙鸣与各种小虫的吟唱此起彼伏。

当一束追光打在银幕上的时候，两个立起来的胶片圆盘“连轴”缓缓转动，发出“吱吱”的声音。这时候，刚才还挤挤挨挨、嘈杂如一塘老鸭的场面立刻安静下来。我记得，片头总是先快速闪跳着风冠霞帔的花旦及各种人物头像，一通极度混乱的片花翻腾之后，再推出影片出品方霞光万道的大 LOGO，比如八一电影制片厂、北京电影制片厂、峨眉电影制片厂等。那个时候的小孩子，最爱看的就是八一厂拍的电影，都是打仗片子，看起来很带劲，而且结局基本上都是“我们”赢了，也很提气。像《大渡河》《红日》《地道战》《小兵张嘎》《保密局的枪声》《珊瑚岛上的死光》等，这几部片子我印象很深，特别是《大渡河》重复看过不下五遍，那位眉清目秀的红军女战士在老船工家不幸中枪的镜头至今记得。大人们追捧的是反映家庭邻里关系和农村新变化的喜剧片，像《喜盈门》《媳妇们的心事》《咱们的牛百岁》《月亮湾的笑声》《甜蜜的事业》等，很对乡亲们胃口。还有一类是看完不敢走夜路的神怪片，像《李慧娘》《精变》等。

类似童话剧的片子《马兰花》我也有印象，里面的那句童谣“马兰花呀，马兰花，风吹雨打都不怕，勤劳的人儿在说话，请你马上就开花……”很快在孩子们中间流传开来，成为大家的口头禅。在村里看过的外国电影，我只记得有一部印度电影《奴里》（之前我一直记成《奴隶》，查了百度才知道准确名字），片子里不时来一段印度民谣音乐，感觉很新鲜、很好听，很容易把人代入男女主角命运的感伤情境中。《奴里》的具体细节我忘了，只记得有一只忠于主人的狗，和一块载人上天的神奇飞毯。看完这场电影后，我自己也很想弄一块那样来去自由的飞毯。

不得不提的一个细节是：轮到本村东头那个生产队放电影时，他们的银幕不挂在山墙上，而是在空地上立两根柱子，把银幕凭空挂在中间，电影开演时两面通透。小孩子们特别喜欢这种挂法，我们常常跑到银幕的后面，“反”着看，别有一番乐趣。这种银幕挂法，也有些坏处，就是刮大风时，晃晃荡荡的，银幕上的人物都被吹变形了。

有时候为完成上面的宣传任务，放映员也会在放正片子之前或之后，插一些农业科教和新闻纪录片之类的加映片，不过很少有人用心看，这就好像那时供销社卖煤油等紧俏商品，硬搭售火柴、肥皂一样，人们只能忍受了呵。当年各地电力供应都很紧张，村里也是隔三岔五停电，也有电影放到一半时忽然停电的，十分扫兴的人群中便骂声一片。好在放映员早有预案，启动 B 计划——上马达现场发电，继续放映。人群里便又欢呼声一片。

天下没有不散的筵席，电影总有散场的时候。每当此时，那一片人气爆棚的空地上，又是别样的热闹场景：有眼望银幕向上翻滚的演职员表、听着片尾曲久久不肯离去的，也有犯困睡着刚被家人晃醒的。人挤着人，板凳撞着板凳。“三子，你在哪块啊？”“我在这哩！”“回家啰，四妹子啊！”大人的呼喊声，孩子应答的声音，一齐冒出来。朗朗星空下，人们扛着板凳四散离开，如潮水般退去。

这样充实快乐的夜晚毕竟是少数。村里人大部分的精神生活，在电视机还没进村之前，主要还是靠自家的收音机撑着。记得当时“百花牌”收音机比较出名，我家的收音机是啥牌子已经忘了，只记得右下角写着“为人民服务”几个字。平时我最爱听《广播书场》节目，那些年陆续听过刘兰芳播讲的《岳飞传》《杨家将》，袁阔成的《三国演义》，单田芳的《明英烈》《三侠五义》，连丽茹的《瓦岗寨》等。每天都有个悬念，固定时间收听，用户黏性很强。还有我母亲、大姐、二姐都非常喜欢听路遥的中篇小说《人生》，由李野墨播讲，他的声音瓷实富感染力，像溪水一样缓缓流淌。收音机有时会被两个姐姐带到棉花地里，她们会先放到不远的前方，听李野墨讲高加林、刘巧珍的故事，一边锄草一边听，等收音机到了脚边，再给它送到前方，相隔一段距离，有这么个“精神力量”支撑着，锄地也就不那么累了。后来《人生》被拍成了电影，周里京迅速蹿红，上了《大众电影》杂志的封面。但乡下很难看到，只能从收音机里听“电影录音剪辑”。影片中的两支陕北小调凄婉动人，非常好听，其中一首就是《走西口》。现在想起来，我至今爱唱陕北民歌，其源头还真是受那两支小调的影响。

这两年疫情原因，都市里的电影院票房一落千丈。除了那些喜欢的题材，我原本就很少去影院看所谓的商业大片，收音机也仅限于在开车的时候顺便听听路况和音乐。客厅里十年前搬进家的六十多寸的液晶电视，至少三个月没开过机了，似乎已被时代遗忘在角落里。只有智能手机如今一统天下、一枝独秀，每时每刻裹挟着众人。而那些遥远而朴素的乡村快乐，已经散落在记忆深处，不写下来，你可能永远都想象不到。

仲夏夜之梦（续）：乡村露天电视

李宗品

看了这篇标题，不少朋友或许会冒出疑问："露天电影我懂，露天电视是个啥东西？"列位看官，且听我慢慢道来。

如果说露天电影是偶尔遇见的集体狂欢，露天电视则是故乡仲夏夜过往的又一道迷人风景。作为短缺年代特有的新鲜事儿，每晚都播出的露天电视，算得上是乡亲们特别爱看的"连续剧"。20世纪80年代初，家庭联产承包责任制普遍推行之后，乡亲们的日子由大集体协作回到一家一户耕种，露天电影逐渐退场。而电视机这一当年划时代的电子产品，开始引领潮流。

岗李村人第一次看到电视，我记得是在1983年夏天。这台电视机是我们村一位上门女婿从七八里地之外的三屋村（他自家的庄子）借来的，只放了不到十天的样子，就又还回去了。即便如此，这个"第一次"给我的印象还是极为深刻的：借来的是一台十二寸的黑白电视机，啥牌子忘了，灰色外壳，头上"长"着两根天线。这个宝贝疙瘩刚被搬进我们村，村里人甚至隔壁村的人，都赶过来像瞅新娘子一样围观。起初，电视放在屋里，后来人越聚越多，主家两间堂屋实在容纳不下，只好把八仙桌挪到大门外，整个观众席也直接平移到屋外，变成了一场盛大的露天电视“首映式”，观众人数比露天电影差不了多少。

与宽大的电影银幕相比，十二寸的电视屏实在太小，站在后面的人根本看不清啥，也就图个新鲜。而且电视信号很弱、不稳定，仅靠两根蜗牛触角似的自带天线，想调到一个图像很清晰的频道很难。电视打开后，不时会发出“呲呲呲”的噪音，常常看到的是满屏“雪花点”。有时候，电视边上的人用手捏住天线触角，图像能清楚一点，这个人就一直捏着。当天晚上，某个台正在放香港动作剧《霍元甲》，能忽远忽近听到“哈嘿，哈嘿”的武打配音，隐隐约约看见屏幕里晃动着霍元甲（黄元申扮演）的影子，一袭白长衫，黑头发大背头，样子很帅气，自创一套“迷踪拳”。有一个画面虽然很模糊，但是已被记忆定格：霍元甲从江水中冒出头来，抱着大石头一步步走上岸。因为图像、声音都不理想，“观众”情绪很大（虽说都是不速之客，也不花一分钱），场面闹哄哄的。有骂骂咧咧抱怨的，有嗤之以鼻嘲讽的，还有隔壁村的“小痞子”扬言用砖头砸烂这个破玩意儿的，想想善良好客的主家也真是不容易。另一个好笑的细节是，电视屏打开播放时，雪花点还不停地“吱吱吱”闪耀，不少人以为电视屏会慢慢“烧”热，然后变软，一戳就会破，吓得小孩子们都不敢轻举妄动。

本村人第一次拥有电视机，大概是在半年后，也就是1984年春节前。第一个“吃螃蟹”的是村西头我们家族里的庆武大大（伯父），他家买了台苏州产的十四寸孔雀牌黑白电视机，轰动一时。庆武大大在村里也不算最富有，不过他想得最通透。平时，他和村里人一样辛苦种地，但会吃会玩会享受。他有一句著名的口头禅：吃光喝光，身体健康；不吃不喝，怪你下作。那时，庆武大大家里有一杆长柄钢管猎枪，他常常带着一只狗去野地里打野兔、野鸡（雉鸡）。他厨艺相当不错，打猎归来，收获的野鸡野兔很少拿到集市上卖，都是自己拾掇拾掇，做一桌下酒好菜。善于奔跑的野兔肉质紧致，红烧之后味道很香。当然，大嚼起来你还是得格外小心，别让兔子肉里没有清除干净的滴溜圆的黑枪子儿硌掉你的牙。相比之下，野鸡肉比较糙，不过野鸡的尾羽很长很艳很好看，挂在墙上威风凛凛的，透着点儿田园风、野性美。

仲夏时节，太阳还没落山，庆武大大一家人就早早在门口吃完晚饭，八仙桌抬到屋外空地上，电视机摆上桌。露天放电视，一为自家凉快，二也是分享给村里其他人家一起观看。类似露天电影的"虹吸效应"出现了，电视机前的空地上，此时早已挤满了占座的小板凳、长板凳。那时电视信号已经强了不少，特别是有了室外天线，将天线绑在一根柱子顶端，然后竖起来将天线柱子绑在一棵大树上，图像更清晰了。图像不清楚时，就需要抱着那根木柱子慢慢转动，改变天线方向，直到清晰为止。电视屏幕一开，连续剧播放时间一到，从东到西大半个村子的人都过来了。有的从地里刚回来，路过庆武大大家门口，看到正在放电视，就扛着农具站着看上一会再回家。那些年这样的情形，像是每个晚上都有一场露天小电影。

那年头，吸引村里人每晚都来追看的电视剧很多。我小时候最爱的莫过两类：一是以武打为主的港剧，除了上面提到的《霍元甲》外，还有《陈真》《射雕英雄传》《魔域桃源》以及《侠女十三妹》等；另一类就是由传统小说或民间传说改编而成的仙怪传奇，比如《西游记》《八仙过海》《济公》《木鱼石的传说》等。这几类电视剧都有一个共性，就是主题曲和插曲无一不成为脍炙人口的经典，像《万里长城永不倒》《铁血丹心》等。一听到熟悉的片头曲响起，我们便一路飞奔，有时甚至是端着饭碗过去看，生怕遗漏掉一些关键情节。当时还有一些冗长的外来剧，动辄五十集以上，得有耐心看，比如日本的《阿信》（七十多集）和《贫穷善良的女人》（八十集）。后来发现这两部剧本身还是可圈可点的，只是年幼的我们对它的“好”，理解起来还是有些费劲。最让人头疼的是那部从墨西哥引进的连续剧《卞卡》，长达一百四十四集，我和小伙伴当年给这部剧的评价是：懒婆娘的裹脚布——又臭又长。

看春晚，是电视 1.0 时代雷打不动的节目，也是每年乡村娱乐生活的巅峰时刻。除夕夜，吃完年夜饭，大家自带板凳不约而同地聚到庆武大大家的堂屋里，屋子只有十五平方米左右，还支着一口烧饭做菜的土灶，挤进了三十多人。寒冷的大年夜，屋内也没有暖气，村里人就这么拥挤着看春晚守岁。有一年，看春晚的人太多太挤，挤倒了主人家锅灶边圈住稻草的一段矮土墙。私生活被打扰，主人家很无奈。更无奈的是，你要看这个节目，他要看那个节目，选频道也众口难调，容易得罪人。一代电视机也没有遥控器，选台的旋钮是塑料外壳里面套着一个半圆细长的小铁柱，转动这个轴发出“咯咯嗒嗒”的声响才能换到一个新频道。旋钮塑料外壳一掉，电视机右上角就露出一个圆形黑洞，选台时只能将老虎钳伸进去，捏住那个半圆小铁柱使劲地转。

村里第一台电视机“众星捧月”的地位，至少维持了三四年。之后，村里才陆续有人家买了第二台、第三台。记得我庆坤大大是在 1987 年春节前买了一台金星牌黑白电视机，当时刚工作不久的宗长大哥也分摊了一半的钱。到了 1992 年 5 月，宗长大哥结婚时，买了一台二十一寸的进口松下牌彩电，花了三千七百多元，相当于大哥一年多的工资总收入（彼时大哥去南航教书才半年，每月工资二百多元）。

这是技术上的新进步，是视觉上的新体验，也是风潮上的新引领。自此，庆武大大家的那台黑白“孔雀”渐渐失宠，直至退出曾独领风骚的历史舞台。

乡村童年：赤脚行走天地间

李宗品

打今儿起，中小学开始放暑假了。可是孩子们恐怕没法真正轻松度假，因为铺天盖地的作业已经砸过来了。据说不少名校要求学生将新学期的诗文提前背诵、新课本里的知识点提前梳理，中考乃至高考的压力事实上已大大前置。几乎所有学校、学生和家长都加入了这场愈演愈烈的内卷大战，不得不战，身不由己。以鸡娃（给孩子“打鸡血”）出名的海淀家长，已经看到了十分惊人的效果：中考满分六百六十分，海淀六百五十五分以上的考生有五百一十七个，高居榜首！位居第二的西城同类考生只有六十一人。

鼓掌祝贺海淀的同时，也不免心生一丝悲悯。细究起来，似乎谁都没有错，只是苦了孩子，他们的童年本该天真烂漫，好奇心满满地去探寻一个未知的新鲜世界。相比之下，我的童年生活在四十多年前的乡村，还真是逍遥自在，幸福满满。

那时候，孩子们领到手的暑假作业只有语文、数学薄薄的两本，很容易完成。一放假，孩子们都撒开了欢儿，不分昼夜地疯玩。渴了，可以去村里的那口古井打水喝，几百年的井水，清澈微甜透心凉。小伙伴们把空的白酒瓶洗净，瓶口系上一根长长的粗线，长到从井口可以正好够到井底。打上水来，再往瓶里放一两粒糖精，糖精是从村里卖小糖的老头老太处买来的，花五分钱可以买到一小包，一款自制的冰甜饮料就成了。解暑解渴的另一妙法是吃“纯天然”的冰镇西瓜，那年头没有冰箱和冷柜，我们就将西瓜装进一个干净网兜里，用绳子拴牢，直接放到井底，估摸着冰透之后再拉上来享用。

散养的娃儿，动手能力强。我们儿时的玩具，基本上也是就地取材，自己制作，比如滚铁环、弓箭、弹弓、水枪等。这几样玩具这里不再细述，单说说用砖头当轮子的小推车是咋做成的。第一步，选一块小方砖，磨圆四角，然后用剪刀或别的锐器在砖中心钻出一个洞，截一根短木棍，粗细恰好可以横穿进圆洞中，这就先做成了类似“药碾子”的家伙。第二步，选长两米左右的粗壮竹竿，竹竿顶端用刀剖开约十厘米，慢慢撑开一个裂口，此时再将之前做好的“药碾子”放进来，支撑住竹竿顶端的裂口。手执竹竿的另一端，就可以推着“砖车”满地跑了。如果希望推车出现“吱吱呀呀”转动的音效，可以在圆洞与木棍的接口处，滴上几滴煤油或菜籽油，完美收工！回想起来，那时每每外出，我都是“自驾”这部独轮车，吱吱呀呀，“雄赳赳气昂昂”，快活极了！

我六七岁时，舅舅给我买过两件礼物，我印象极深，也特别喜欢：一是拧动发条之后可以跳动的铁皮小青蛙，在当时已经算是相当时髦、前卫了，这似乎是我童年唯一一件花钱买的玩具；另一个礼物是一只牛角形状的塑料水壶，有长长的背带，灌满水后斜背在身上，十分神气，很招小伙伴们羡慕。

散养的娃儿，游泳本领高。八九岁的样子就开始直接下水，接受传帮带式的教学，被大孩子托着下巴教会游泳，多喝几口水

这口老井，见证故乡几百年的沧桑

也没啥，浮在水面不沉下去，能游到对岸即可。不需要花一分钱的游泳学费。没有城里游泳馆私教那些循序渐进的花架子和套路，也没有什么蝶泳、蛙泳，只有一个姿势——狗刨儿，或叫随心所欲“自由泳”。正面划水，就是自由泳，划累了翻过来仰面向天，就是仰泳。有时候，去河对岸找自己家的鹅和牛，为了不弄湿衣服，双手将衣服举过头顶，两只脚踩着水也可以过去。

夏天午后，大人们都午睡了。背心、汗衫、短裤，行头简单，赤脚踩在乡间滚烫的土路上，一帮睡不着的小伙伴开始行动了，踢得尘土飞扬。来到芦子坝头，找边上的一块菜地“偷”菜瓜、香瓜，每人摘一两根菜瓜，站在芦子坝埂上，排着队念口诀：“跌冬瓜，跌西瓜，跌到河里没人拉……”接下来那几句，就是放牛娃的骂人粗话了。念完这几句，小伙伴们便依次“跌”入河里，一通畅游，笑声、打闹声与河边柳树上的蝉声一起，搅得乡村午间不得安宁，一片欢腾。

散养的娃儿，合作意识强。童年的游戏，都是十分健康的传统项目，与电子产品（当然也没有）无关。不仅不会伤害视力，还可以锻炼身体、开启智慧。而且基本上是集体项目，不知不觉中也培养了孩子的社交能力与团队协作精神。这样的游戏项目，随随便便就可以列出一堆：练瞄准掷铜钱、变着花样抓石子、楝树果子隔空抓窝、划方格跳房子、拿木棍玩烧球、玩泥巴掼大炮、拍画片、叠纸大巴子、收集火柴皮烟标糖果纸等等，不一而足，不亦乐乎。比如拍画片，先得花一毛钱买来整张的人物画片，再把它们一一剪开，有水浒一百单八将、三国演义、杨门女将等，玩法多种多样：单张画片放在地上一字排开，手掌扇风，翻转过来就收归己有；还有就是各出五张或十张，摞成一叠，往地上轻掼，翻转过来就是自己的。在这样反复玩的游戏里，小伙伴们能把这些小说人物记得滚瓜烂熟。

暑假里，白天伙伴们常常要帮家人做一些事情，夜晚家人又把时间完整归还给我们。那时候村里经常停电，我们便在大月亮底下，会聚到村中间的一大片空地上，分成两帮，一帮人手拉手站成一排，另一帮人则从不远处依次撞过来，同时嘴里喊着“天上打毛竹、地上打毛竹、毛竹打不开——撞开”，守擂方的一字阵如果被撞开了就算输。月色如水，原本静寂的乡村之夜，此刻生机勃发。大人们几次呼唤自己孩子的名字，小伙伴们都佯装听不见，久久不肯散去。

散养的娃儿，有自己的 KPI（关键绩效指标）。放学回家，小伙伴们放下书包就要去放鹅、放牛，帮家人减轻负担。我们放鹅、放牛，那可不是现在养宠物那样的闲溜达，晚上回家鹅嗉子、牛肚子都得吃饱了，才算 KPI 达成。用沟渠田埂间的嫩草和庄稼地里遗漏的稻穗，喂饱自家的牛和鹅，这也是给家里省下粮食，功劳不小。鹅嗉子和牛肚子吃饱的标志各有不同，鹅颈上的嗉子歪歪鼓起，牛肚子右后方陷进去的三角区填平撑满，这才是吃饱了。牛身子的左边是水肚子，右边是草肚子，傍晚快要回家的时候，我们都是鞭打快牛往前跑，生怕它半路上拉出一泡屎来，前功尽弃，不好交差。我在放鹅时，经常会跟小鹅念叨几句口诀，比如“小鹅小鹅攒攒食，晚上回去没得吃”什么的，鼓励加威胁，希望它们能听懂，回家前抓紧把肚子填饱，这样就皆大欢喜了。

除了放鹅、放牛这样必须完成的 KPI，散养的娃儿还常常给自己加活儿，赚点细碎银子，美其名曰：勤工俭学。最常见的途径有仨，打槐树种子、逮土鳖子（蝎子）、打蛇，据说这三样东西都可以入药。盛夏时节，槐花落尽，伙伴们就开始将镰刀绑在长竹竿顶端，割槐树种子（连壳儿割下），再回家剥壳去衣、细细处理，然后送到集镇上专门的收购站，换几块钱或块儿八毛的零钱。土鳖子（蝎子）往往藏在家里锅灶边堆草的地方，找起来不那么容易，捉拿时还可能被蝎子蜇一下。

打蛇这件事，我不敢干，只有那些胆子贼大的兄弟可以动手挣这份钱。一般在暮春初夏时候，油菜和麦子地里，蛇开始出洞觅食了，比少年闰土还生猛的兄弟，左手拿蛇皮口袋（之前装化肥用的），右手拿铁质的火钳子，瞅准了就夹住蛇，迅速放进蛇皮口袋里，待小有收获之后，就集中送到街边小常村收购蛇的那户人家。这家门头上并不需要写什么“收蛇站”之类的字样，只是在土墙上贴几张巨大的蟒蛇皮，气势逼人，一目了然，很有几分原始部落的样子。

如此形式多样的童趣与惊险，确实足够新奇与刺激。当然，我们的乡村童年，物质上的匮乏也是实实在在的。餐桌上猪肉平时难得一见，橘子荔枝等本地不种的水果很少能吃到，水果罐头只有家里来了远客才能尝几口。否则面朝黄土背朝天的父母们，为啥要省吃俭用供娃儿读书考学、“出人头地”，削尖脑袋让他们逃离乡村那片土地呢？

与那些年野蛮生长的乡村童年相比，现如今的孩子们过早地被卷入题海。许多年来，无论是学校、职场还是其他的生存空间，各种形形色色的“卷”似乎已将人们异化，导致人们身心俱疲。拿教育孩子来说，有人恨不得孩子一出生就给脖子上挂一个倒计时牌：距离高考还有六千五百七十天（以十八年、每年三百六十五天计）……我们只顾埋头赶路、焦虑攀比，在无序内卷的路上一骑绝尘，却全然忘记了两岸的风景，全然忘记了为什么出发。这世界到底怎么啦？

赤日炎炎去卖粮

李宗长

一

暑假来了，学生们欢呼雀跃。没有上课、作业、考试的束缚，可以睡懒觉，可以学游泳，也可以去旅行……所有这些，无不让孩子们充满期待。除了出门旅行是奢望之外，我小时候放暑假时，上树抓蝉、下塘摸鱼、河里戏水的活儿都干过，有时还会增加一个选项：协助家人卖粮。

1978年冬，凤阳小岗村十八位农民冒着"托孤"风险，在土地承包责任书上按下鲜红手印，实施"大包干"，拉开中国农村经济快速发展的大幕。近水楼台先得月，由于地处皖东，得风气之先，我老家全椒岗李村包产到户制度推行较早，带来的显著变化是：粮食短缺年代的"忙时吃干，闲时吃稀"，演变成一日三餐，有的人家三餐中竟然有两餐吃干。尽管如此，家里的余粮还是堆满了屋子。

多收了三五斗之后，卖粮问题应运而生。记得小时候我们那里午季收获的粮食主要是小麦和油菜籽，颗粒归仓后，村里人并不急于出售。一方面，小麦油菜籽收割完毕，要忙着育苗栽秧，庄稼人没有闲工夫。另一方面，这时正好是江南的梅雨季节，也不方便粮食晾晒。因此，卖粮一般要等到夏初。

栽下的秧苗在蓬勃生长，树上鸣蝉的叫声一天紧似一天，明晃晃的太阳像是挂在头上，总也不见落下。天再热，乡亲们也不愿歇息一天，卖粮事宜提上日程。一袋袋的小麦和油菜籽被重新运到打谷场上，摊开晾晒。午睡也不踏实，粮食要间隔数小时翻晒一次。夏日午后，天气如孩子的脸，说变就变，一旦暴雨来临，淋湿哪家粮食，这家人要挨人骂的。因此，天色一变，就要赶紧将粮食归拢起来。这个过程，老家话叫“抢场”。

那时，农民经纪人还没有出现，卖粮只能去乡政府所在地的粮站。一大早，门口就响起“突、突、突”的声音，一辆手扶拖拉机停在门外，父亲开始往外搬运粮食。小麦一般装在蛇皮口袋（先前用来装化肥的口袋）里，满满一口袋的小麦足足有百余斤。不一会，父亲的背心就湿透了，汗水不断从脸上滚落。一般不用父亲召唤，我就在一旁帮忙，大袋搬不动，就搬小袋。往车斗里码放粮袋时，我会站在车里接应，递送小麦的父亲也能省力些。临走时，母亲常常会将暖水瓶灌满冰凉的井水，给我和父亲带上。

二

粮站离村庄三四里地，拖拉机一刻钟左右就到了。让人吃惊的是，不管你来多早，粮站的晒谷场上总是人满为患。十里八村的庄稼人基本上都在这个时间段卖粮，大家都想着要早点，好去粮站抢个有利的晾晒位置。

稀稀落落的几棵树，垂头丧气地站在粮站大院的边上。蝉趴在树上没完没了、此起彼伏地叫着，让人心烦，一点也不美好。偶尔来点风，人们才觉得有一丝凉意。树下小小的阴凉里，挤满了卖粮的乡亲。午后，有人使劲地用草帽扇风，有人躺下，有人背靠背坐着打盹。反复擦汗的毛巾透着浓浓的馊味，没有人在意这个。

傍晚，麦子归拢后重新装袋，大家都翘首以盼司磅员露面。那时，我们乡粮站的司磅员姓孙，广平人，原先是个剃头匠，曾承包任庄、林嘴两个村的理发业务，后来不知怎么进了粮站，捡到司磅员这个“肥缺”。也因此，任庄、林嘴两个村的人卖粮，要比其他村容易多了。还有个年轻司磅员姓胡，印象不深了。

“快看快看！孙司磅员来了，孙司磅员来了。”

不知谁这么一喊，先前粮袋旁恹恹欲睡的乡亲，像突然打足了鸡血，莫名兴奋，一个个引颈张望。一会儿工夫，孙司磅员身边围拢起一大群人。人们满脸带笑，讨好地为他递烟递汽水（那时还没有雪碧、芬达之类的），而他并不领情，两边的耳朵上夹着数支香烟，面无表情地转圈逡巡。一旦他在哪家的粮食垛前停下来，这家主人必定恭恭敬敬地连声说：“司磅员，看看我家麦子吧。”扦样之后，司磅员倒入一些麦粒在手心里，捏住几粒扔进嘴里，煞有介事地嚼着。

“没干，再晒一个太阳。”哪怕麦粒在司磅员嘴里嚼得“嘎嘣脆”，听到这句话，乡亲们也大都不敢争辩半句，一家人往往像霜打的茄子，顿时萎缩下去，脸上的笑也僵在那儿，比哭还难看。也有乡亲期期艾艾地解释：“我在家就晒了几个大太阳，在粮站又晒了一整天。”“说你不行就是不行，哪来那么多废话！再狡辩，就多晒几个太阳。”司磅员蛮横地说。“行了，过磅吧。”听到这句话，庄户人点头如捣蒜，恨不能给司磅员跪下，不住地说：“好，好。马上过磅，马上过磅。”

过磅之后，是扛粮、上跳、进库、倒袋。折腾一整天，早已人困力乏，粮袋上肩，没人扶一把，难呐。扛着百十斤重的粮袋，摇摇晃晃上跳，看得我心惊肉跳，生怕扛粮人从跳上跌下来。

没有通过司磅员检验的粮食暂时卖不出去，卖粮人只得在粮站过夜。到街镇上，买上几个烧饼、馒头，就着井水，填饱肚子就行。简单擦擦身子，在粮食垛旁铺块带来的凉席，就地躺平，算是睡下了。六七月份的水泥地上，晚上热气蒸腾不说，蚊虫叮咬也让人受不了。睡不着，同村人就躺在一起闲聊，穷开心。可人们禁不住白天的劳累，到了下半夜，周围呼噜声四起。

文人墨客笔下的夏日夜晚，是晚风蒲扇、篝火帐篷，是萤火点点、蛙声不绝，也是流星银河、音乐诗歌……可是，在父亲和我这些卖粮人的眼中，睡在水泥地上，等待卖粮的夏夜，没有一丝一毫的浪漫。我们就想早点卖掉粮食，拿到钞票，赶紧回家。

弟弟宗品给我讲了个村里庆祝叔卖粮的细节，听了几近垂泪。庆祝叔养育了四个儿子，取名也与粮食有关：宗稻、宗麦、宗秧、宗葵。有年庆祝叔一家六口去卖粮，几天都没有卖掉，一筹莫展。庆祝叔家的婶子“鬼点子”比较多，就对庆祝叔说，司磅员来时，你到一边去，我来卖。司磅员来了，婶子可怜兮兮地对司磅员说：“你看，我一个寡妇，带四个伢子，卖了几天，也没卖掉，家里的猪啊鸡啊，也没人喂，你就可怜可怜我吧。”司磅员动了恻隐之心，说：“嗯，干了，去过磅吧。这么多粮食，你怎么扛呢？”婶子说：“不要紧，我来请旁边的那位大哥帮帮忙。”婶子赶紧向躲在一边的庆祝叔招手，庆祝叔一溜烟跑过来，粮食就这样卖掉了。

有一年，我家粮食当天也没卖掉，夜里在粮站蹲守，我就在心里恨恨地骂："狗日的粮食！"后来，读到作家刘恒写的小说《狗日的粮食》，立马产生共鸣。我和这篇小说的主人公瘿袋（甲状腺肿大，在脖子上长成的囊状瘤子）女人曹杏花，对粮食那种既爱又恨的共情惊人相似！

卖粮当中，有的人家看粮的孩子有时还会遭到大人的责骂和暴扁。"怎么少了一袋？你野到哪去了？"丢了粮食的庄稼人怒不可遏，"啪"的一声，重重的巴掌就会落在孩子头上。那个年代，人们短缺的不仅仅是物质供给，慈爱、善良、同情心、怜悯心同样短缺。

三

手中无米，唤鸡不灵。卖掉粮食，有了钞票，乡亲们也不亏待自己。斩上半只鸭子，买包猪头肉和几块素鸡，喜滋滋地往家赶。一路上，相互调侃，笑声不断。

有的年份，粮食卖掉了，拿不到现金。粮站会给你开张白条，盖上公章。乡亲们没有能力抗争，拿着白条就去了供销社，买农药化肥、选日用品、给大人孩子扯上几尺"的确良"布料……均可用白条兑换。那时的粮食不值钱，白条上的数额并不大，兑换起来也不麻烦，有时供销社还会找回一些现金。"给我点零钱吧。"我向父亲请求。"要多少？""随便。"父亲很大方地抽出几张票子，递给我。数额总是超过我的预期。

如今，卖粮难问题，在我老家早已解决。粮食长在地头，收割机收割完毕，经纪人就将粮食运到售卖点，扦样、过磅、卸粮、结算……基本都是机械与电子操作，一条龙服务，人为环节大大减少，乡亲们卖粮时笑得都很灿烂，一手粮，一手钱，高高兴兴过光景。

小时候卖粮的苦痛，在我心里烙下的印记很深很深。即使时间过去四十年，我对农民卖粮难的切肤之痛，仍然铭感于心。20世纪90年代，我在《新华日报》农村部做记者，下乡采访时，看到苏北农村卖粮难问题较为严重，我就特别想为他们做点什么。秀才人情半张纸，我写了篇“本报观察家”——《解决卖粮难，应多动科技脑筋》，为农民朋友鼓与呼，也不知道有没有作用。

卖粮经历催生我最直接的想法是，1982年中考时，我特别想报考粮食学校。后来上了高中，考粮校的想法半途流产，灰飞烟灭。卖粮经历对我的又一个影响是，这么多年来我对粮食始终心存敬畏，并且是“光盘行动”的坚定支持者和身体力行者。和朋友聚餐结束，经常会不由自主地提醒大家：“没吃完的，打包带走啊，浪费可耻！”

“卖粮遭的罪，我还要受多少次？”“我会像我父亲一样，一辈子都要在意司磅员的脸色吗？”经历卖粮难之后，这些念头小时候会经常跳入我脑中，催我奋进，“跳出农门”的愿望、逃离农村的心态特别强烈。可现在，城里套路深，我想回农村。那片曾经生活过的土地，对我的吸引力越来越大，几至魂牵梦绕。也不知，这么多年我的奋斗路是走对了，还是走错了。

知青来到我们村

李宗品

村里来了群年轻人

“青春的岁月像条河，岁月的河啊汇成歌……”写这篇文字之前，这首老歌一直盘旋在我耳边。这是电视剧《蹉跎岁月》的主题曲——《一支难忘的歌》，著名女中音歌唱家关牧村唱红了它。根据叶辛同名小说改编的《蹉跎岁月》，以前总以为是部老电影，其实是部反映知识青年(简称“知青”)上山下乡生活的四集电视连续剧(央视于 1982 年播出)，讲述的是一段与知青下乡有关的故事。

20 世纪 70 年代，分在我们村的知青有六人，都是刚上高中的男生，来自本省的“江城”，也叫“钢城”的马鞍山，没有北京知青或上海知青的炫目光环。为了安顿这群知青，生产队特意盖了四间条件最好的红砖房，给他们合住。这六名知青的具体名字，我一直不清楚，只晓得村里人都学着城里习惯，叫他们小邹、小储、小师、小王、小周、小凌。知青们在队里具体做的事、干的活，我的印象也不深了，只记得他们忙着收拾东西、准备回城的身影。

听母亲说,知青来的时候也就十六七岁,都是嫩生的孩子,“出水鱼花儿”一样。生产队派活,也很照顾这些城里来的孩子,脏活重活不让干,只给他们安排一些轻巧活儿。知青插秧速度慢,村里比较勤快、干活麻利的婶子们,就捎带手帮他们完成任务。村里的热心人还常常把自家菜地里种的萝卜、白菜、韭菜等新鲜蔬菜摘下来,送到红砖房里给这群自己做饭的知青。

从插队到返城,他们在岗李村生活了将近三年。知青们最美好的年华是在村里度过的,返城之后,他们仍然忘不掉曾经待过的地方,有时也会回来看看。回村那天,知青小师来到我邻居家,孩子们跟着围拢过来。印象中,小师是个细高个,白皙长脸,斯文俊朗,很帅气也很和气,他给围过来的孩子都分发了一些集镇上买不到的稀罕糖果与点心。

小潘姑姑

知青小潘姑姑,给我留下的印象最深。至今,我们两家还来往走动,她和我父亲以兄妹相称。小潘姑姑也是马鞍山知青,她和其他几个女知青,都分在我们村后面的大湾生产队。

小潘姑下乡时十七八岁,和我姑姑年龄相仿,一来二去她们认识了。之后,小潘姑常来我家串门。她面容清秀,头发乌黑微卷,扎着两个短辫子,眼睛特别好看。一身打扮也很时新,穿着带领子的对襟碎花褂子,颜色清爽,纽扣还是用布包起来的潮范式。而村里其他姑娘,当时仍穿着很旧式的无领盘扣大襟褂子。毫无疑问,当时的小潘姑姑像是我心中的“女神”。

20 世纪 80 年代初，小潘姑离开后第一次回村，是和她男朋友小高（现在的高姑父）一起来的。小高当年特别爱摄影，至今也是。刚来村里，他看什么都新鲜，到处拍拍拍，田间花草庄稼、牧童骑牛归来、池塘里的白鹅戏水，无一躲过他的镜头。每次回村，小潘姑总会给我们捎来一堆奶糖，还有削铅笔用的漂亮刨子和几盒彩色蜡笔。高姑父摄影水平也很高，当年给我母亲和二姐拍的两张黑白相片，抓拍的神情样貌特别好。母亲头扎毛巾，笑得很灿烂，二姐脖子上系着一条围巾，侧脸浅浅笑着，露出俩小酒窝，都是幸福满满的样子。还有一些全家福照片，高姑父也拍得十分用心，每个人的脸上都喜气洋洋、溢着福气，它们已成我家的怀旧经典。

后来，大家各自忙碌，来往渐少。多年以后，一次大姐去马鞍山办事，在雨山湖公园巧遇在公园管理处工作的小潘姑，中断的联系又续上了。小潘姑热情真诚，大方利落，她总是亲切地称我父亲叫“我大哥”。对我母亲，更是体贴入微，连我母亲日常服用的高血压药，她都想着给调换质量更好的。平日里，她也是个古道热肠的人，倾心公益，帮助过很多孩子走出困境。如今，小潘姑已六十开外，退休多年，她说自己把岗李当作第二故乡，每年闲暇时候她和高姑父来我家做客，都十分开心。在花香四溢与阳光洒落的院子里，聊起那些年的人与事，小潘姑和我父亲总是会多喝几杯。这酒里，也许有她太多的青春记忆。

三个段子

城里知青响应号召来到乡下，“接受贫下中农再教育”。这种城乡文明之间的交流与碰撞，有人称之为“经历的财富”。但因城乡生活习性、生存空间的巨大差异，知青初来乍到，由此演绎出的各种拧巴、各种笑话或段子，着实令人唏嘘。择其要者，列举如下。

其一，只看鸡，不看鸭。午季收小麦、秋季收水稻的时候，打谷场上经常晒着满满一场麦粒与稻谷。而村里的鸡鸭都是散养的，这就需要有人看管。这样的轻巧活，队长往往会派给知青来做，临行交代一句：看鸡的事情就交给你了。领了任务的知青，就带着小板凳和一本书，来到打谷场边，边看书边看场。偷食的鸡群来了，知青赶紧起身，把鸡轰走。鸭子和其他鸟雀来了，知青不知所措，赶还是不赶呢？队长又没有交代。这一难题，与《哈姆雷特》中的“生存还是毁灭”有得一拼。

其二，小锅与炉子。一次，几个知青在老乡家里搭伙吃饭，其他人都去地里干活了，只留一个更年轻的知青在家里烧饭。主人家叮嘱他，淘好米之后放到小锅里，加上水再烧。此处必须交代一下我们当地厨房锅灶的结构，瓦匠支砌的锅灶，主台面上一般有一大一小两口锅，大锅煮饭、小锅炒菜，大锅小锅之间还做了一个直径只有碗口大小的温水炉子。与大锅小锅都有独立的灶膛可以加柴草烧火不同，温水炉子则没有这个“待遇”，只能借着大锅或小锅烧火时的余热，提供些许洗碗或洗脸用的热水。温水炉子容量并不大，却是一个节能好设计，很实用。被安排在家做饭的知青，把米洗净淘好，记着主人家说的放小锅里煮。他看着灶台上三个都盖着木盖子的“锅”，比较一下，确定温水炉子是最小的锅了。果断将米放进温水炉子，再加了水，开始坐在锅灶下生火做饭。等到外面干活的人回来，准备吃饭时才发现，小锅已经被烧干裂，被错放在温水炉子里煮的米，却还是温水和一堆生米。众人哭笑不得，做饭的那位知青也涨了个大红脸。这一桥段，现在回忆起来，能笑得肚子疼。

其三，给牛把尿。当时，牛是乡村最主要的劳动力之一，犁田耙地打谷子全靠它。大集体时期，生产队专门设过一个“老牛班”（照看养护牛的一群人），放牛喂牛。冬天晚上，队里还会专门腾出几间房子做牛屋，怕牛在室外冻着。“老牛班”成员也会在牛屋搭张床，和牛住在一起，夜里给牛添草料、把尿。所谓给牛把尿，就是估摸着牛快要撒尿的时间，嘴里吹着诱尿的口哨，不断引导、劝慰牛撒尿，老牛班的人将带着长长木柄的尿舀子伸过去接住，避免老牛夜里憋不住，随地小便脏了地，同时又能积攒下一些液体肥料，一举多得。某一天，老牛班一位大爷病了，队里临时安排一名知青接替大爷，交代说：夜里要记得给牛把尿。知青满口答应。后来，坐在牛屋里的知青一细想，急得大哭起来：牛这么大的身体，我怎么能抱得动它，还要给它把尿啊……他以为给牛把尿，也像给小娃娃把尿一样呢。每次提起这件往事，村里人都乐得前仰后合。

故乡的中秋

李宗品

中秋时节，早晚渐凉，乡愁更浓。老家水田里的稻子应该收割完了，院子里的桂花应该开了，门前树上的柿子应该熟透了，村西头池塘里的菱角果也应该缀满叶底了吧。这几天，前门大栅栏和隆福寺一带，街边上早就摆满了兔儿爷（彩色泥人儿），各式月饼挤满了货架最显眼的位置，过节的气氛和“情绪”已经拉满。

一

兔儿爷，在老北京算是中秋的“吉祥物”了。老舍先生在《四世同堂》里对它曾有过细致描写：“脸蛋上没有胭脂，而只在小三瓣嘴上画了一条细线，红的，上了油；两个细长白耳朵上淡淡地描着点浅红；这样，小兔的脸上就带出一种英俊的样子，倒好像是兔儿中的黄天霸似的……”这个时候，北京的小吃摊也活跃起来了：“良乡的肥大的栗子，裹着细沙与糖蜜在路旁唰啦唰啦地炒着，连锅下的柴烟也是香的……大酒缸门外，雪白的葱白正拌炒着肥嫩的羊肉。”我想，这也是当时身在重庆的老舍先生笔端化不开的乡愁吧。

老家皖东乡下的中秋节（我们习惯叫它“八月节”，这叫法和老北京一样），就没法像城里那么悠闲了，家家户户都忙着割稻，就像端午节（也叫“五月节”）前要忙着插秧一样。一年三节，除了春节前忙着筹备吃喝之外，端午和中秋村里人过得非常忙碌，节似乎都是忙里偷闲过的。

记得小时候，没有一条龙服务的收割机可用，各家割稻子都有一整套的流程要走：收割之前，乡亲们要把自家的打谷场拾掇平整，先挑水将打谷场浇个透，待泼出来的水均匀渗入场地后，铺撒上几层平时烧饭积攒下的稻草灰，再人工拖着石磙子一遍遍地碾压场地，不停地转圈，直至整个打谷场压得“拐到边齐”才作罢。

一切准备就绪，才弯腰下地割稻、捆稻，一担担挑上打谷场。将“稻把子”铺满一场地，牛拉着石磙子一遍遍压过，终将稻粒从稻把子中压下来，抖落掉稻草之后，打谷场上就出现了一堆堆金灿灿的稻谷。刚打下来的稻谷湿度大，需要再照几个太阳（一天算作一个太阳）。每到此时，父亲就在打谷场边上搭一个临时草棚，打个地铺，像守着几堆金子一样，守着这些稻谷，直到晒干之后装进蛇皮口袋。草棚是用新稻草搭的，泛着青色，散着谷香，我特别喜欢睡在这临时的床铺上。躺在软乎乎的新草上，身子紧贴着土地，这是真正接了地气，头一伸出草棚就看到繁星满天。一觉醒来，秋露打湿了枕头，也打湿了脑门上的头发，凉凉的秋味道。

二

繁忙秋收累坏了大人，累累果实却乐坏了孩子。树上的枣子压弯了枝头，青里透红，一竿子打下来，滚落一地，脆甜得很。柿子也沉沉地缀满了树枝，待到将红未红时，母亲摘了一腰篮，用石灰水略煮去涩，每个柿子上插上一个短小木棍棍，放满一竹筛子，置于院子里晒红熟透，吃起来绵软香甜。还有一个惊险的乐趣，便是去村后小林场偷摘毛栗子。毛栗树在我们那儿稀少，只在小林场有几株，护林人庆章二大（我的本家二叔，有腿疾，不久前已不幸病故）看得很紧。趁午睡人静的时候，我们几个十来岁的小伙伴，悄悄溜进林场，上树、摘果、拾果、放哨，各有分工，团队协作就是有效率，快速剪下了一堆青色的刺球（栗子即裹在其中）。岂料庆章二大似有警觉，远处一声吆喝，团队一哄而散，苦了上树的兄弟，他情急之中免不了被毛栗刺扎，慌乱夺路时速度比别人慢，屁股也难免挨一顿揍。

地里的好东西也不少，花生是一种。收获花生，在我老家叫“起花生”。许地山先生曾经写过一篇文章《落花生》。别误以为它是挂在树上的，花生其实长在地里，椭圆叶子绿油油一簇簇，结的果子也是一串串的，有“小人参”之称。连根拔起时，那一串串的花生果十分喜人，带着土，跟悬垂的银铃一般。花生，洗净生吃、水煮了吃、晒干炒吃，各有各的味道。

地里的山芋（红薯）也长成了。一条条爬满藤蔓的土垄，便是山芋们的家。掀开藤蔓，顺藤扒开泥土，一个个胖小子似的山芋就住在里面，敦实可爱。山芋有白心、黄心两种，黄心的更脆甜些。生吃解渴，也抵饿，饭锅头上蒸煮也行，或者放在烧稻草的灶膛里烤，用木制的掏灰扒从灶膛里黑乎乎地掏出来，透香。还可以将山芋切成薄片后，放屋顶上摊开晒干，制成山芋干，成为外出读书娃的干粮，也可以熬山芋干粥喝，黏稠香糯，美味可口。

故乡水多，水里的各色果实自然也多。普通的莲藕自不必说，还有算作特产的菱角和鸡头果，在北方极少见到有卖。藕深扎在淤泥里，须用脚往泥底探，《舌尖上的中国》曾有一节专说如何采藕。吃莲藕，须挑藕头，最脆嫩，切片后拌上绵白糖，爽心滋润。菱角和鸡头果都浮在水面上，人们坐上自家的小渔盆即可采摘。每逢中秋，在北京，我最为想念的食物，莫过于菱角。抓住它的两个尖端，轻轻咬开中间的壳儿，蹦出雪白硬实的菱角米，那种感觉很馋人。北方水少，很多人并不认识菱角，倒把菱角当成水葫芦。

前几天在大观园里，一处池塘挤挤挨挨铺满了菱角叶，旁边的老人并不知道这种水生植物是啥，我告诉他这就是菱角，他很好奇地问道：菱角是不是也和藕一样扎在泥里？我笑答：不是，它就是挂在叶子底下的茎上，浮在水面生长。

三

话说回来，即使地里的农活再忙，村里人过节也不会乱了该有的礼数。中秋节前，未来的女婿必须备好“四样礼”送到未来的岳父母家里，以示敬重；义父义母也要给干儿子干女儿，专程送去月饼和一根崭新的锁绳子（暗红色绳子上系上一枚圆形方孔铜钱，取辟邪吉祥之意）。一般人家都要备好给月神上供的几样物品：月饼、菱角、藕片等。大人会从街上买回一块大圆月饼（目测直径超过二十厘米），那时家里人多，孩子们也馋，买小了不够分的。当时的月饼包装极为简单，大多是用一张油纸包裹，上面放一张红纸后，再用一段麻绳捆绑好。我们当地人爱吃广式月饼（五仁的居多），月饼馅儿里常常能看到冰糖和红红绿绿的什锦丝。昨晚发小怀年还在感叹，他转了大半个县城也没买到儿时吃过的大月饼，那时候的大圆月饼又软又香，不像现在的月饼又小又干巴，难以下咽。

说起吃月饼，有个民间传说不得不提。记得小时候，我爷爷讲过月饼曾经起到传递信号的作用：元朝末年，凤阳人朱洪武（朱元璋）起事造反，信息传递困难重重，军师刘伯温出了个主意，让人事先在各地所有月饼中塞进一张纸条，上面写着“八月十五杀鞑子”，各地义军便得到了起义的统一时间与号令。

白居易诗云：三五夜中新月色，二千里外故人心。故乡中秋夜的习俗最难忘，游子只能一遍遍默念怀想。是夜，月上中庭之时，人们把藕片、菱角等供品和月饼一起摆上香案，燃一炷细香，放一挂鞭炮，提醒月神享用。还有两个关于月神的童话段子，在老家广为流传。大人们常说，祭拜月神之后，月饼要放在自已院墙上，夜深人静时月亮会悄悄从天上下来，品尝每家每户供的月饼。第二天清早，你再去院墙上看，月饼肯定没了。至于究竟“怎么没的”，其实已没那么重要啦。

另一个童话段子便是，中秋夜每个人都要格外敬重月神，不能随便用手指。若是任性去指月亮，月神会在你熟睡的时候“杀”（方言，即划破的意思）你耳朵，以示惩戒。不过此事倒也有解法，就是指完了月亮，小孩子得悄悄给月神磕头，或可免于一罚。有一回我实在忍不住好奇心，就斗胆指了指月亮，想看看耳朵到底会不会被划破，可没过多久我还是认怂了，悄悄给月神作揖告饶才安心睡去。

迷迷糊糊当中，我耳边总会隐约传来村里人哄娃娃睡觉时念的几句古老童谣："月亮月亮粑粑，里面坐个妈妈，妈妈出来梳头，里面站个黄牛，黄牛出来饮水，里面蹲个小鬼……"

四

按照故乡旧俗，中秋月夜，还有一个雷打不动的环节和仪式：打火把。甚至有将中秋节直接称作"火把节"的。儿时每年都打火把，赏月之后，各家孩子都备好一根粗壮木棍，顶端用破旧棉絮裹上，拿铁丝束牢缠紧，浇上些许煤油，到打谷场再用新稻草裹上。

朗月之下，在芦子坝河埂上，本村的年轻人一字排开，点燃手中火把，奔跑起来，像一条火龙，夜游在丰收的旷野。此时，邻村的火把队也亮了起来，很快两支队伍就较上了劲，看谁的火龙更长，亮得更久。有一个中秋夜使我最为难忘。我们一群小伙伴打着火把到了河尽头，在排洪道大闸附近，见到前来赴约的对面村庄一女孩，她与我们中的一帅哥正在懵懂地"恋着爱"。那一刻，现在想来也相当霸气，众人举着火把，光亮映照着年轻女孩的脸，颇有点土匪头子抢亲的味道。

儿时的中秋，是丰实的、活泼的、深情的。每一条乡间的土路，都踩得清晰光滑，土灰飞扬，显出人气的兴旺。如今的故乡，萧索许多，九成以上的人家在县城买了房子，常住在村里的人越来越少。毛栗子树早已不在了，菱角也很少有人侍弄，火把再也没有人去打了。年轻力壮者几乎全数在外讨生活，只在婚丧嫁娶的大事件发生，或春节清明等重要节点才赶回村里，给寂寥的乡村添些喧闹的生机。

五

万里无云镜九州，最团圆夜是中秋。古往今来，每到中秋月圆夜，赞月思乡的佳句美文喷涌而出。天各一方的亲朋望月思归，人间最美好的情愫瞬间涨潮。这几年，团圆却是太多家庭的难题。众所周知的原因，我回乡看父母的计划一推再推，整整一年没回去了。年过七旬的父母亲，远在两千里之外的村里，他们不习惯城里生活，更愿意守着自己熟悉的老宅、土地，与村里的老伙计们无拘无束地闲聊。逢年过节，他们最盼望的，莫过于儿女们像鸟儿归巢一样，飞得再远，也能回到最初的家里团聚。

"十分好月，不照人圆。""今夜月明人尽望，不知秋思落谁家。"辛弃疾和王建的经典佳句，道出了多少游子无奈的心境啊。于是，举杯邀月，凭窗歌之，竟不知今夕何夕。

村里人的故事很精彩

李宗长

国庆前夕，村里人就在积极筹划，希望在外地学习、工作和生活的老乡，利用国庆回乡探亲的机会一起在县城聚聚。小时候的玩伴，有的多年难得一见。一起长大的老兄弟们，像星星一样散落各地，见一面也不容易。因此，村里人无一例外地对国庆聚会热情高涨，充满期待。

我当然也不例外。回老家和儿时的小伙伴见见面，聊聊天，看看他们的变化，听听他们的故事，比待在城里过节有趣多了。果不其然，回乡和村里人聚会之后，还真的听说了不少故事。现在，我把我听到的故事说给你听。

四爷拍的抖音有点火

四爷不是白发苍苍的老者。相反，四爷是风华正茂的中年汉子。四爷个不高，气色超好，头发纹丝不乱，说话有板有眼，一副经历过世事、见识过场面的模样。因为在村里辈分较高，他在兄弟中又排行第四，按照农村人的朴素称呼，连我这个长他几岁的“小字辈”，见面也叫他四爷。

四爷人极聪明，却不喜读书，十八岁外出打工，第一站是马鞍山。一开始，四爷学做早点，学了三个月，没学到啥名堂，就回家过春节了。过完年，四爷背起简单的行囊，又出门了。

“唉，这次来马鞍山，别人都找到了工作，我因为没文化，几天过去了，也没找到工作。带的七十元花光了，两天没吃东西，肚子饿得咕咕叫。”四爷说。有人劝他回去算了，他说：“我就不服这口气，别人能找到工作，我为什么不能？”走投无路之际，四爷在酒吧遇到一位安徽无为的好心小伙伴。这位小伙子带四爷回家，炖肉接待他。“肉还没有炖熟，我闻到香味就控制不住开吃了，炖肉里的血丝还在。那个香啊，我现在还记得特别清楚。”四爷说。

在马鞍山打工四年多后，20 世纪 90 年代初，四爷来到他打工的第二站——南京。那个年代，出门务工的农民多如过江之鲫，不像现如今常常会出现民工荒。四爷在南京找工作并不顺利，因为认识不了多少字，四爷连公交车也不会坐，就靠一双厚脚板东奔西跑，一天跑下来，脚底要磨出几个血泡，疼痛难忍。四爷顾不上这些，继续为工作奔走。

打工久了，年岁渐长，该考虑婚姻大事了。四爷的父亲此时已经过世，他的婚事必须自己做主。“2000 年前后，我花了八千元在老家古河镇买了两间房子的地，准备盖房子。没房子，哪家愿意把姑娘嫁给你呢？”四爷的认知很实在也很朴素。

“盖房子和结婚的钱几乎全是借来的。结婚之后，我去过北京，去过广州，一直在打工还钱。2001 年女儿出生后，有一阵子，买奶粉的钱都没有，老婆就卖掉金戒指和金项链买奶粉，我这辈子都欠老婆的情啊。”四爷说，还完最后一笔借款后，就像卸下背负的巨石，轻松无比。“即使还债的事过去了十多年，现在我有时做梦仍在还钱。我借的钱不是早还完了吗？怎么还要还钱？梦醒之后，才知道这是做梦呢。”

如今，四爷担任江苏省某厅局机关食堂大厨四年多了，最近又新签三年合同。虽然在南京买不起房，但四爷在老家县城买了大房子，一家人在南京租房过着红红火火的小日子。

“我现在特别知足，自己月收入有万把块，老婆在做家政，女儿在南京某大医院实习，很快就要毕业。没事的时候，就玩玩抖音。我的抖音发布后，关注的粉丝有一万多，点赞的人也有好几千。好几家企业给我电话，要我帮他们直播带货，我都因为没文化推辞了。要不是没文化，说不定我也能成为网红呢。”四爷说。

我从村里人的群聊中，找到四爷新近制作的抖音《又见山里红》。“你是我一片思乡的情/你是我童年最真的梦/你是我藏在心中的歌/今天唱给你来听。”四爷唱得声情并茂，和原唱歌手祁隆相比，几欲乱真。

四爷大号叫家和，1971 年生人。

庆刚的事业如日中天

在我们老家，长自己一辈而年龄又小于自己的人，我们一般称呼他叫“叔太爷”。直接叫叔，心有不甘，毕竟年少于自己；不得不叫，索性加上“太爷”这一至高称谓，有戏谑、调侃之意。庆刚就是我的叔太爷。

庆刚弟兄三个，他排行老二。初中快毕业那年（1988 年），他去马鞍山国营人民饭店打工。刚开始，没地方住，只好住在他父亲的舅舅家(我们那称父亲的舅舅叫“舅爹”),后来又住到饭店内的旅馆中。旅馆服务员是城里人,看到庆刚晚上在旅馆内“打游击”,今天住这间房,明天住那间房,还要她们打扫卫生,有时会摆脸色给庆刚看,中间还夹杂一些冷言冷语。庆刚心里难受极了。

“那时我小,刚离家不久,在旅馆里受气之后,第二天看到舅爹,眼泪‘扑簌扑簌’往下掉,委屈得不得了。舅爹又让我住到他家里。舅爹家离饭店远,上下班要走几十里路,我每天凌晨三四点钟就起来了,走到饭店学白案,早上九点再学红案。红案组组长姓穆,有一次饭店搞做菜比赛,组长不让我看。气得我当面对他说:‘现在你别太神气,三年过后我和你比手艺。’那时太小,说话也没个顾忌,哪懂什么左右逢源、上下周旋啊?”庆刚说。

一晃,若干个三年过去了。庆刚在马鞍山餐饮界声名鹊起,他带出来的厨师遍及周边城市,村里很多小伙伴都得到过他的帮助。现在,庆刚叔太爷担任准四星级大酒店——马鞍山德化堂国际酒店的副总经理兼厨师长。今年 3 月 24 日,《马鞍山日报》在三版头条位置以“厨师长下厨　一周不重样”为题,对庆刚进行了采访报道。衷心祝贺庆刚叔太爷的事业越做越大!

和庆刚见面后的第二天,我回到农村老家。早上在村子里转悠,村庄非常安静,房舍孤独地矗立,许多人家“铁将军”把门,杂草和粮食蔬菜一起蓬勃生长,禽鸟在树上不停啁啾。转着转着,转到庆刚家门口,遇到庆刚父母。自然要进家坐坐、聊聊,一聊就止不住。

“宗长哎,现在我们总算熬过来了。过去,三个儿子一个比一个小两岁。一眨眼,个个像旗杆似的冒老高,到了向我们要媳妇的年龄。我们老两口哪有一点办法啊，夜里愁得直叹气，睡不着。”庆刚爸说，“有一年春节前，老大老二各带一个小姑娘回家过年，两边房间住满了。我们老两口只好在堂屋打地铺。没想到，过年前几天，老三又带回一个姑娘。咋办啊？总不能叫人家小姑娘打地铺吧。没办法，我就把屋后的牛棚拾掇拾掇，抱两床被子，让老三和他女朋友睡牛棚。急得我大年初一去找当队长的你三叔，看看能不能在村里划块地，盖几间房子。”

“你三叔同意后，我又去和李军父母亲商量，在他家隔壁盖了几间房，这才解决了我家老三的大难题。今年暑假，老三的孩子都去重庆读研究生了。”庆刚爸露出掩饰不住的笑，憨厚而灿烂。

宗义：“报答乡梓是我最大的心愿。”

山和山不相遇，人和人要相逢。

遇到宗义兄弟，我特别开心。宗义的父亲是我叔叔，叫庆传。很小的时候，我经常看到我叔拎着一只黑色皮包，里面塞得鼓鼓囊囊的，从我家门前匆匆而过。稍长，才知道我叔是在外跑市场、搞经销、做生意。长大了要是能像我叔那样经常出门见大世面，该有多好哇。这是我小时候的梦想。

天有不测风云，我叔不久就生病过世了。家里的经济状况每况愈下。基因的力量非常强大，我太相信这句话了。宗义兄弟像他父亲一样常年在外打拼。2003 年，宗义兄弟到昆山台资企业工作。没几年，就做到生产主管。宗义兄弟仍不满足，2012 年跳槽到一家日资企业，很快又做了生产主管。

“大哥啊，我文化不高，但我每到一家企业，就把这家企业当作自家的企业，再小的事，哪怕是清洁卫生、摆放工具这样的小事，我都认真对待。”宗义兄弟对我说。我告诉他，这叫“勿以善小而不为，勿以恶小而为之”。“大哥，我不像你们文化人那么会说，我认准一条道理：不管事情有多难，我都努力朝着最好的方向去做。老板看到没看到，理解不理解，认可不认可都不重要。我凭我的良心干活，其他的事情我管不了。”宗义兄弟的这句话，我特别认同。村里许多在外谋生的人，哪个又何尝不是如此呢？

“大哥啊，我现在生活问题基本解决了。两个女儿，一个在县医院做护师，一个在市里的技术学院做老师。我现在就想利用我的所学所知，回老家办个工厂，把我学到的掌握到的资源用到家乡，报答乡梓是我最大的心愿。”

电视连续剧《宰相刘罗锅》的片尾曲《故事里的故事》唱道：“故事里的事/说是就是不是也是/故事里的事/说不是就不是是也不是/故事里的事/也许是真事/故事里的事/也许是从来没有的事/其实故事/本来就是故事/故事就是故事。”在我心里，村里人的故事，说是就是不是也是。

村里人的故事还有很多。比如，有在大学里做副院长的，有在法国巴黎第八大学攻读博士学位的，有在北京搞装修的，也有在上海种菜的……大家都在忙活着，奔着前程，没时间细细述说。可是，没有任何力量能阻止这些故事的生长！我相信：未来老家村里人的故事必定愈加丰富，也必定愈加精彩好看。

唱戏玩灯过大年

李宗品

俗话说，过了腊八就是年。一进腊月，村里孩子就心心念念盼过年。过年了，孩子们就有了新衣新鞋新帽、好吃好喝好玩的，还有七大姑八大姨长辈们给的“嘎嘎新”的压岁钱。年根前儿，忙碌一年的庄户人总算可以松口气歇歇了，虽然熬糖稀、磨豆腐、舂糯米等筹办年货也是各种忙不停，但心情完全不一样，不是风吹日晒、大汗淋漓的沉重，而是热气腾腾、欢天喜地的轻松。

四五年前，我曾写过《故乡腊月记忆：家家户户忙过年》和《欢喜故乡年：无处不在的仪式感》两篇文章，发在另一个微信公众号“午后品味”上。昨晚，老友清扬兄忽然在微信上跟我说了句：“你该发过年的小文了。”我说，咱俩这默契也是没谁了，明天就发。这位幽默入骨的黑龙江汉子接着说，你一定要经常写写“一个漠河的朋友向往的徽州天下”。这一次，我想写的是与过年有关联的三件事：唱大戏、玩花灯，以及小孩子们喜欢的货郎担子。凡与过年相关，就是与热闹相关，与欢乐相关，与新鲜相关。

货郎担子

先说说已经消失多年的货郎担子。它算是城乡零售业鼻祖之一吧，对这个行当不熟悉的人，可以听听已故歌唱家郭颂唱过的《新货郎》。那时，我们小孩子都把这个行当叫“摇拨浪鼓的”，因为它招徕顾客不像其他生意人靠吆喝，而是手持一柄拨浪鼓，进了村就开始不停地摇动拨浪鼓，连续发出“卟隆卟隆卟隆”的敲鼓声，这声音对孩子们极具诱惑力。

记得本乡庞庄有个秃头大叔，常年戴着帽子，以挑货郎担子为生，时不时来村里转悠，兜售各种日杂用品。一根扁担、两个箩筐，箩筐上面摆着一个长方形带玻璃的展示柜，柜下面是临时物品小仓库。孩子们特别喜欢站在货郎担子边上，看玻璃柜面里的花花绿绿的小东西，有娃娃们爱吃的糖食，有学生用的笔墨文具，有女孩子戴的发卡胸针，有小媳妇用的头油（松发油）、针头线脑儿，等等，简直就是一个移动“小超市”。

到了腊月正月，摇拨浪鼓的进村格外勤一些，因为这个时候村里孩子们的地位比平时要高一些，口袋里还鼓鼓囊囊揣着不少压岁钱。货郎的玻璃柜里添了好多过年时候的喜兴玩意儿。像小姑娘喜欢的泡沫头花、红头绳、各种颜色样式的皮筋，娃娃们喜欢的气球、泡泡糖、各种小哨子（包括灌水可以吹出鸟叫声的一种泥塑小鸟）、十二色蜡笔，等等。

货郎担子，其丰富程度虽比不了都市里的百货大楼，比不了街镇上的供销社商店，可它送货上门、亲切又方便，而且买东西的孩子还不用站在高高柜台下，看售货员的死板脸色。其便捷程度虽没法和今天的快递小哥相比，可货郎大叔的拨浪鼓一摇，就如同吹响了集结号，立马就让村里的大姑娘小媳妇小娃娃全都围拢过来，那种欢乐场景也是宅在家里网购的人无法体味的，是那时的乡村生活不可或缺的组成部分。

唱大戏

故乡地处皖东，村里人最爱听的戏莫过于黄梅戏和庐剧两种。都是家喻户晓的曲目，比如黄梅戏有《女驸马》《夫妻观灯》《打猪草》《王小六打豆腐》等，庐剧有《珍珠塔》(有名段“小方卿落难”)、《讨学钱》《郑小娇》《秦雪梅观画》《五女拜寿》等。黄梅戏虽说名声更大，但毕竟是根植于皖南安庆一带的方言。最能代表本乡文化“气质”与神韵的非庐剧莫属，角色之间打情骂俏、插科打诨用的全是土话，只有本地人才能听得懂、笑得欢，戏如人生，撞击到灵魂。据我所知，庐剧影响力及波及面主要在全椒、庐江、无为、含山、和县、肥东、肥西等皖东及皖中地区。

过大年，唱大戏。唱戏是把过年的欢庆气氛推向高潮的一种仪式，并非每个春节都有这个“福气”。只有宗族逢着喜庆大日子或重要纪念活动时，才会请本县或邻县知名的庐剧团来村里唱上三天三夜或更长时间，费用按户头均摊，支付方式也很灵活，给现金或米面油都可以。也有出手大方的家族遇上大喜事，一家独请戏班子来唱几本戏，那排场类似于都市大宅门里的“堂会”，可以让这一大家子在村里“昂首挺胸”好一阵子。除了锦上添花的吉庆戏，还有一种“平安戏”是必须唱的，就是村里接连碰上非正常死亡等不太平的事情，一般都会请班子来唱戏，而且戏本都要选红火硬朗的剧目，比如《穆桂英挂帅》之类的，为的就是用锣鼓喧天的阵仗和声势驱鬼辟邪。平安戏还有个约定俗成的讲究：一唱三年，必须连续，不能断了。

大概在 1999 年，李氏宗祠重建祠堂、续修家谱的那一年，村里好像专门请了巢湖庐剧团来唱戏，那次似乎还请到了当时庐剧名角魏小波或是周小五（这两位在我们村拥有大把的老年粉丝）。开戏时间一般选在正月初十或正月十五之后，全村再次沉浸于沸腾的气氛中，村里各家都向或远或近的至亲好友发出邀请，一定来家里住上几天瞧戏，这样的待客规格相当高了。儿时的记忆里，戏台一般搭在村东北角一孔砖窑边上的空旷打谷场上。十来张八仙桌搬到打谷场的高处，整齐摆放成方形舞台、铺上台布，戏台四角再竖起硬实的木柱，做好围挡，正对观众那一面，两边是拉绳的装置，可以随时开合深红色的厚幕布。

开戏那一天，村里必定是锣鼓喧天，鞭炮齐鸣，为这隆重的文化盛事开幕。深红色的戏幕徐徐拉开，台下此时早已坐满了本乡本村的戏迷及赶来瞧戏的远客。台上，角儿们粉墨登场，咿咿呀呀地开腔亮嗓。我的印象里，这些角儿在唱戏时都像是带着哭腔，不管是什么角色都是哭腔，也不知道为啥。遇到哭戏，小姐被冤、公子落难之时，台上更是声泪俱下诉说天地不公，被打动的观众就会往台上扔钱，这是角儿的荣光，这样的行为叫“砸彩”，是喝彩的一种，也相当于如今某某平台粉丝给主播打赏吧。不过，正本戏过于安静，只有戏迷能耐住性子听下去。几天的正本戏唱完之后，剧团一般都会给观众们放松一下，唱一个短小精悍的“找戏”。顾名思义，“找戏”算是正本戏的添头，找补给观众的。“找戏”都是丑角的舞台，本子很搞笑，台词也俏皮，用的全是方言土语。小孩子们独独爱听这“找戏”，以及耍枪棒、翻跟头的“打戏”。

唱大戏是书面上的表达，本乡人都习惯叫“唱小戏”。村里有个喜爱唱小戏的杂凑班子，班子成员主要有宗强、宗友、本圩爷爷、我二爷爷家道。宗强大哥是个木匠师傅，宗友大哥与本圩爷爷都是打鱼好手。我二爷爷仗义疏财，是个跑外场的人，年轻时开过粉坊、面坊，后来是本乡第一代手扶拖拉机手。拖拉机咚咚咚急驶于乡间土路，少年的我，常常神气十足、威风凛凛地坐在二爷爷身边的副驾驶位置上，那一刻的风头简直秒杀一切敞篷跑车。宗强、本圩爷爷面容更好，两人主要扮小生，宗友综合能力强、戏路比较宽，我二爷爷为人豪爽耿直、肤色略黑，基本是演老生、黑老包和铜锤花脸。后来，多数人都进城打工挣钱去了，杂凑的班子也散了。夏天夜晚，村里人聚在一起乘凉，打鱼归来的宗友大哥小酌几杯之后，戏瘾上来，一个人敲着葫芦瓢打着家伙，就可以唱整本戏。

那时本村年青的一代中也有戏痴，比如庆前叔。他只比我大十来岁，他年轻时也特别爱好唱戏，爱唱的他如今在抖音上也十分活跃。那时候，他自己会化妆，也应该有一套戏服，我见过他浓墨重彩的小生扮相的照片，很是英俊帅气。家里人并不支持他学戏，但庆前叔十分痴迷于此。我当时五六岁，是庆前叔的铁杆粉丝，每天天一亮就跑到他家，希望能听他唱戏，甚至愿意陪着他放牛，就为缠着他继续听戏。庆前叔后来曾在本乡大礼堂的戏台上跑过龙套，那次我还特意去后台看过他。他有没有去更远的地方唱过，就不晓得了。有梦想并执着追寻的人，是值得赞佩的。

玩花灯

玩花灯是本乡另一种年俗盛事。玩灯时间一般选在正月初四至正月十五之间，而扎花灯、彩排可能整个冬腊月都在忙活。我们当地的传统花灯队，主要有舞狮子、跑旱船、兰花子、五马盘槽、玩花挑等。花灯表演人员年龄层次不一，男女老少都有，每支队伍都需要一套锣鼓家伙，有时还有随队的乐手，吹笛子和唢呐等。因此，凑成一整支花灯队伍很不容易。十多年前，本乡一些花灯老把式们曾经领头玩过两年，那场景欢乐极了、特别热闹，大人孩子都享受到了久违的传统年味，着实过了一把瘾。用现在的流行语来表达就是：燃爆了！

玩灯的那些夜晚，空气里溢满了喜庆兴奋。花灯队伍走到了谁家门口，主家必定用鞭炮迎接，并给出数量不等的赏供礼品和答谢红包。不管是在镇上，还是到村里，都是挨家挨户地“闹”花灯，主家不会舍不得那点花销，过年了都图个红火、吉祥的彩头。闹花灯当晚，所有参演人员一律换上传统戏服，都是盛装出场、浓妆艳抹，平添许多喜感。每到一户人家门口，鞭炮震天、鼓乐齐鸣的背景下，花灯演员开始载歌载舞，曲子都是《四季歌》《八月桂花遍地开》等老调，再根据到达的不同地方改编出相应歌词，去粮站就夸粮站粮谷满仓，去卫生院就夸医院救死扶伤，去普通人家就夸子孝妻贤人漂亮，夸得主家眉开眼笑，礼品、红包忙不停地加码奉上。

也有不靠唱曲说吉利话赢得满堂彩的，比如舞狮子。舞狮子的都是年轻力壮的小伙子，传统玩法是“狮子滚绣球”。有的主家希望将狮子灯请进屋里，狮子队就需要拿出硬功夫来“跳大桌”。主家堂屋正中间摆着八仙桌，桌面当中、桌子四角都放着长方形的方片糕或是一整条香烟，需要狮子队的小伙子们依次从正面跨过桌子，或者斜着盘跳四角，糕和烟从平放到侧放再到竖起来放，难度逐渐加大，过了这几关如果糕和烟都纹丝不动，这些烟和糕就归狮子队所有。哈哈，这份礼物挣得格外不易，这一套动作下来汗流浃背，堪比体操队的跳马和鞍马项目。所以，狮子队的收获也最多，一晚上闹下来，队伍里专门收礼的兄弟都是拿蛇皮口袋装赏供物品。

跑旱船（我们那里也叫“玩花船”）的核心角色有三个：船心、艄公、艄婆。船心一个人在旱船的中间，一般是选嗓音清亮、面容姣好的年轻女孩，左右船边各有三至四个女孩陪走；艄公和艄婆都在船头，都是由半大老头和妇女来演。船心受关注度最高，艄公艄婆主要是互相搭个话逗个闷子。兰花子是一对男女搭配着演，伞头是个骚达子（丑角），拿着扇子、手绢伴舞的妹子一般是俊俏的小媳妇，边跳边唱、眉来眼去、打情骂俏，很受欢迎。

1984年春节，县里搞民间传统节目大会演。以大队为单位组织花灯队，由张集芦塘队舞狮子，大朱大湾队跑旱船，小古城玩兰花子，邱高队打连枷，玩花挑的任务落在了我们岗李村。我们村组织了一支十人左右的花挑队，当时我大姐和宗翠、功芬等几位年龄相仿的十五六岁小姑娘一起参加了花挑队，冬腊月里花挑队常常在晚上去岗李小学的教室里，点着蜡烛一遍遍背台词、合舞步。当然出人力去玩花挑子的人家，是可以抵销自家冬修水利工程挑土方的一些任务的。

庆仕大大（我们那称较年长的叔叔为“大大”）的一杆笛子是

花挑队的灵魂。在四乡八邻，庆仕大大吹笛子远近闻名。正月十五晚上，各乡演出队伍都在街头亮相，精彩纷呈。等到我们村的花挑队出场，清亮的笛声奏响在灯火通明的镇上，即刻吸引了街头巷尾许多人一路追随，那是他人生的高光时刻。从年轻时起，庆仕大大就痴迷笛子，他吹奏的笛音优美、气息匀畅，还可以随时变调，一支曲子有多种丰富演绎。

后来，他加入本乡人成立的乐队，农闲时候常常在各种婚丧嫁娶的现场大显身手，笛子唢呐一肩挑，捎带着挣些烟酒花销。

乐队维持没几年散了，庆仕大大就在自家门前一个人吹奏，聊以度日。村里的知音并不多，邻居们总嫌他闲得没事扰人睡眠。十多岁时，我曾跟庆仕大大学过一阵子笛子，最终半途而废，只能凑合着吹响一两支曲子。十多年前，我从北京捎回过一本收录经典曲目二百首的歌书和一根竹笛、几片笛膜送他，他特别喜欢。可惜几天前的凌晨，庆仕大大这位民间乐人在睡梦里走了，很安静，像一片落叶悄无声息，更像是前些年陶泽如主演的电影《百鸟朝凤》里的那个唢呐老人。

过年唱大戏、玩花灯如今已不敢奢望，只能在追忆中过过干瘾。今儿腊月二十三（北方过小年），许多人已奔走在各自的回乡路上了。其实，团圆才是一家人过年最热切的期盼，也是最浓的年味吧。回到那片生你养你的土地，似乎才能彻头彻尾地放松下来。

所以，返乡过年，非常必要。

家乡烟火气，最抚游子心

李宗长

正月十六前夕，几位大学同学给我电话，邀请我回老家参加安徽省非物质文化遗产——全椒“正月十六走太平”活动，我因为身体不适无法应约。虽然不能身临其境，但时隔三年，故乡春节期间的古老民俗从线上重归线下，让客居外乡的游子心潮澎湃，充满期待。

同儒林文化一样，“正月十六走太平”近年已成为老家全椒的又一张靓丽名片。它不仅是延续千年的传统民俗，还寄托了家乡人民对美好明天的热切向往，也是游子心中忘不掉的乡愁。除此之外，举凡家乡的美食、景点和文化，无一不是蕴藏着浓郁的烟火气，无一不是最抚游子心的存在。

一

春节前，经过读者征集、网友投票、专家和媒体评选，《咬文嚼字》编辑部选出“2022 年十大流行语”，“中国式现代化”“大白”“烟火气”等词入选。

2022 年高考天津卷作文题的一段文字对“烟火气”的含义

做了诗意满满的诠释："烟火气是家人团坐，灯火可亲；烟火气是国泰民丰，岁月安好；烟火气是温情，是祥和，需要珍惜和守护，也需要奉献和担当。寻常烟火，就是最美的风景。"

家乡烟火气，尽在美食中。天色微明，卖早点的已经开门营业。我住的小区附近卖早点的不少，有摊杂粮煎饼的，有炸油条糍粑的，也有做包子煎饺的。摊杂粮煎饼的是位大姐，正月初三一早就在摊位前忙碌着。"过年好！"看我路过，大姐热情地向我打招呼。"听你口音，是本地人吧？"我问。"是全椒本地人啊。"大姐回答。

"本地人很少吃杂粮，你怎么会做杂粮煎饼的呢？"

"前些年，我在上海打工，看到煎饼生意好做，就跟北方的姐妹学会做煎饼，我在上海已经摊了十多年煎饼啦。"

"怎么不在上海做了呢？"

"孩子大了，要回乡上学，不能耽误孩子。这不，为了照顾孩子，只好一边陪孩子读书，一边做点小本买卖补贴家用。"做煎饼的大姐满脸带笑，说话非常和气。几句话聊过，我感到不买她做的煎饼都有点不好意思。

我最爱吃的早点，还是旁边一家小店的煎饺。店主姓丁，高个，也是位和气小姐姐。一进门，墙上贴满一条条创意广告："朋友，让你心醉神迷的除了初恋，还有我店的包子哦！"如此自信的推介，当然要尝尝啦。包子味道确实不错，可韭菜粉丝馅的煎饺热乎、微辣、香喷喷，更适合我的味蕾。盛上一碗稀饭，要了四个煎饺，一个茶叶蛋，就着免费的可口小菜，吃起来特别香。在老家的日子里，这是我每天早餐的标配。回南京上班之后，双休回老家再次去吃早点，店主小姐姐问："怎么最近没看到你来吃早点啦?”这份惦记，让我倍觉家乡烟火气与人情味浓郁又美好。

回家过年，逛农贸市场其乐无穷。附近的农贸市场，距我家也就百米左右，这里有禽类、肉类、水产品、蔬菜、豆制品……一应俱全，品种特别丰富。“这个母鸡多少钱一斤?”我喜欢东问西问。“二十五块一斤。”卖鸡人回答。“那边的母鸡呢，也是二十五块一斤吗?”我指着另一个笼子里的母鸡问。“你做梦哦。二十五块一斤，你卖给我，我全收。”卖鸡人抢白我说。原来这是老母鸡，和前面的母鸡不一样。虽然碰了一鼻子灰，但是我在市场转悠询价的热情一点没减。

老家的蔬菜也特别新鲜水灵，青菜、芹菜、大蒜、萝卜、黄瓜、西红柿、青椒，有红有绿，色彩斑斓。许多蔬菜上面还沾带着泥土和露水。一问价格，比南京普遍便宜百分之三十左右。市场一角，还有一家做卤菜的店铺，香味扑鼻，引人驻足。我最感兴趣的是鸭四件和卤猪肚，不仅价格公道，而且风味特别，是下酒的不二选择。偶尔自己在家做饭，我喜欢买点鸭四件和卤猪肚，再烧几个菜，叫上弟弟妹妹和妹婿，一起喝两杯，“座上客常满，樽中酒不空”的情境多好啊。

二

酒足饭饱，家里人聚在一起掼蛋、斗地主、打麻将，大家热情高涨，自由组合，不亦乐乎。有时人多，难免会被排挤在外，没事就去老街转转吧。

袁家湾老街位于襄水河畔，开车十多分钟就到了。老街不宽也不长，记得以前的街道，是青石板铺就的，雨天走上去滑滑的，别有一番滋味，现在街道变成了水泥路。两边的房子陈旧逼仄，屋内也不亮堂，从外面看过去，屋里大多住着老人，他们不急不慌地忙活着生计。也有靠着门边，坐在竹椅上的老人，双目无神，定定地看着外面的天地，仿佛时间凝固一般。此情此景，让人不由想起莎士比亚的悲剧《麦克白》里面的经典台词："人生如痴人说梦，充满着喧哗与骚动，却没有任何意义。"

老街里，磨刀的、打铁的、弹棉花的……传统手艺人触目可见。"百年官渡糕点"店铺里面，陈列着小时候的记忆，什么酥糖啦，浇切片啦，雪枣啦，麦芽糖啦，芝麻糖啦，花生糖啦，应有尽有，都是能够勾起游子心魄的地方风味，提起来就让人馋涎欲滴。"岳记专业打铁""杜老三铁匠铺""杜记铁匠铺"几乎挨在一起，"杜记铁匠铺"的牌匾下面有一行小字"专做杀猪刀"。看到这个说明，小时候杀年猪的热闹情景恍然在眼前。

离袁家湾老街不远，就是近年投资兴建的太平古城。太平古城的规模不小，里面的人气究竟怎样呢？走，进去看看，眼见为实。

虽然是双休日，但是古城里的游人并不多。一些房舍仍在装修。文化搭台、经济唱戏，大概是兴建太平古城的初衷。但经济唱戏唱什么？怎么唱？怎样才能把看戏的人气聚拢起来？也应有所盘算和规划。近年各地纷纷上马新项目，推动文化和旅游深度融合，共同发展。经是好经，就怕念歪了而难有成效。个人觉得，太平古城的发展，需要融入现代元素，需要人工智能和数字技术的加持，更需要创新产品和服务供给……这些想法也就是庸人自扰之而已。

吴敬梓纪念馆在太平古城附近，顺路去看看是应该的。一进门，鲁迅先生那段名言便映入眼帘：“迨吴敬梓《儒林外史》出，乃秉持公心，指擿时弊，机锋所向，尤在士林；其文又慼而能谐，婉而多讽：于是说部中乃始有足称讽刺之书。”（《中国小说史略》）登堂入室，胡适先生对吴敬梓的高度评价振聋发聩：“我们安徽的第一个大文豪，不是方苞，不是刘大櫆，也不是姚鼐，是全椒县的吴敬梓。”（胡适《吴敬梓传》）每次读到这两段话，我对吴敬梓的敬慕之情油然而生。

三

春节前夕，弟弟宗品和我约定：春节期间，一起去看望我们共同的小学老师李翠大姐。李老师年近八旬，征求她家人的意见之后，稳妥起见我们决定还是等疫情结束之后再去看她，毕竟这个病毒对老人很不友好。没有见到李翠老师有些遗憾，不过我很高兴见到了我的中学语文老师於仁义。

於老师华东师大中文本科毕业。1981 年暑假之后，我升入初三，他从外地调到我们中学担任语文老师。前前后后，他教了我一年不到，可我们的师生情谊却维系了近半个世纪。於老师在《古今程家市》一书中有篇文章，题目是“雨露滋润花更红”，讲述当年他在程家市小学读书时，几位语文老师待他如子的感人故事。於老师继承老师遗风，对我这个学生也是爱之如子，许多细节至今回想起来仍感铭不已。

由于家在外地，当年每到星期天，於老师都要回他位于程家市大於村的老家。临行之前，他总是把自己宿舍的钥匙交由我保管，并告诉我可以使用他宿舍里的一应器物，比如水桶。那时学校没有自来水，老师都是自备水桶到井里打水。我们这些住校学生只能用教室后面的池塘水洗漱。数九寒天，池塘结上厚厚的冰，早上洗漱用水时，要找砖头砸开冰块。条件是艰苦一些，附带的收获是：中学阶段，几个冬天我都是用冰水洗漱，手上的冻疮不治自愈，从此我再没有生过冻疮。用老师家的水桶打水，让我在同学中间分外骄傲。更让我感念的是，於老师把宿舍钥匙交给我之后，也是我博览群书之时。读着他的藏书，诚如高尔基所言："我扑在书上，就像饥饿的人扑在面包上一样。"

我读大学期间，於老师外出学习，有一次抽空去学校看我。我们坐在学校操场旁边的石阶上，谈了很久很久，也谈了很多很多。他甚至关心我的婚恋问题，对我说："本来想把某某女同学介绍给你做女朋友，可人家比你年龄大，又怕不合适。"临走，他从怀里掏出几十元钱和全国流通粮票，硬是塞进我口袋。

这次分别之际，於老师送我一本《古今程家市》。回南京之后，我迫不及待地仔细阅读。从这本书中，我对家乡的历史人文、风土人情等有了新的了解。比如，原先我只知道吴敬梓是全椒人，却不知道吴敬梓的祖居——西墅草堂就在我们村附近，坐落在全椒县西南边陲程家市浦北山吴村，不远处就是闻名遐迩的"梅花垅古墓群"。这个我走过无数次的地方，竟然是全椒历史上"一门三鼎甲，四代六尚书"（《儒林外史》第三十回）的吴姓族居地，也是"国初以来重科第，鼎盛最数全椒吴"（清王又曾语）的发祥地。

又比如，老家程家市既是大文豪吴敬梓的祖居地，又是太平天国晚期康王汪海洋的家乡。汪海洋的名字，我是第一次听说。汪是程家市大汪村人，和我们村仅仅相隔三四里路。吴敬梓和汪海洋，一位“文能提笔安天下”，一位“武能上马定乾坤”（当然，对太平天国的历史评价与争议这里存而不论），这两位历史名人，为家乡增色不少。从乡贤们的文章中，我还了解到，抗战时期，程家市因地理位置偏僻被称为“全椒小四川”，全椒、来安、六合等七个县的流亡政府曾搬到程家市周围，老家程家市着实热闹过一阵子。即使在“文化大革命”期间，因为叫“市”，许多下乡知青都愿意到这里安家落户。

春在故乡

李宗品

将近清明，春色进入全盛时期。眼见着单位院子里的白玉兰，一天天挣破驴皮黄外壳的花骨朵，一盏盏玉灯似的绽放出来，端坐在枝头。一有工夫，我便去京城春天的各个“圣地”朝拜：去大觉寺看寂静优雅的千年玉兰，去法源寺看浸染禅意的古丁香，去玉渊潭看摇曳多姿的各色樱花，去陶然亭看粉里透白的西府海棠，去颐和园西堤看一排排组团竞放的山桃花。可是这里的春天，却禁不起几场大风沙的侵袭，这“风天一嘴沙，雨天一身泥”的鬼天气，让繁华春色顿时黯然失色。

每每此时，站在北方漫天黄沙中，我便格外想念此刻明丽湿润的故乡春天。人说“杏花春雨江南”是最美的春之意象，故乡非在江南，地处江淮之间，贴近长江北岸，但杏花、春雨之美也不亚于江南，而且别有一番生机趣味。

报春燕

标志春天来到的信号，北方有鹅黄色的报春花，长江沿岸一带则有呢喃筑巢的报春燕。“落花人独立，微雨燕双飞。”北宋晏几道笔下的春天，显然也是南方的，他的老家就在江西抚州（今南昌市附近）。“几处早莺争暖树，谁家新燕啄春泥。”白居易在西湖边闲逛游春时，也看到了燕子衔泥的情景。而与白居易同时代的刘禹锡一句“旧时王谢堂前燕，飞入寻常百姓家”，则借着春燕道出了金陵（今南京）乌衣巷的历史沧桑。

可见，有无燕子归来，算得上是南北春天的分野了。燕子和人是天然亲近的，它做窝就“堂而皇之”选在主家堂屋的大梁之上（世称“梁间燕子”），既不像灰喜鹊衔树枝茅草架屋于树上，难免受风吹雨淋之苦，也不似麻雀窸窸窣窣钻在人家屋檐下，过得很潦草憋屈。母亲说燕子来做窝是我们的福报，因为它信任你这家人心善，不会捣掉燕子窝。好多年以前，我家堂屋里大门头上就有一只构造很讲究的双头燕窝，年年都有燕子飞来，在它们的“老房子”里继续生活，过起衔泥筑巢、打食育雏的小日子。不由得你不去猜想，今年这一对“归去来”的燕子是否仍是我们的“旧时相识”？

庆春耕

按说立春是春天的起点，不过那个时候四周还是一副冬天的光景。在故乡，真正的春天应从农历二月初二起算。二月二，龙抬头，柳吐芽，乡人们开始筹划春耕。春耕之前，有个盛大的聚会——土地会，答谢土地爷，祈祷风调雨顺、五谷丰登，盼着他老人家给庄户人赏口饭吃，恰如庙门口贴的那副老对子：“田中生白玉，土内出黄金。”土地会的正日子是二月二，不过乡亲们欢聚的浓郁氛围在头一天即已拉满。二月初一下午，在连续不断

老家的庭院，生机勃发

的鞭炮声中，全村男女老少捧着给土地爷的各种供品，一路敲锣打鼓去上庙（土地庙）。初一晚上算是土地会的预热，所以又叫“暖会”，庄户人聚齐在一起推杯换盏、共祈丰年。

根据约定俗成的规章，每年的土地会村里人分成几组轮流坐庄主办、负责采买张罗。全村人两天三顿的聚餐费用、鞭炮花销，按户头均摊，当年有喜事、添人丁的人家则另外增加多少不等的“征头”，比如盖新房、娶媳妇、生娃、学子金榜题名、老人做寿等都属于加征范畴。特别是生娃与升学两件大事，重视程度更高些，至少要出赏一个猪头，生娃的家主还须再煮上一百至二百个不等的红鸡蛋（煮熟之后染红，以示喜庆）。

出赏猪头的人家喜气盈门，格外傲娇一些，男主人用朱漆木盘盛着猪头，走在上庙队伍的最前头，鞭炮和锣鼓家伙一路护送到土地庙，摆上供桌。当然，这隆重供品也就是给土地爷看一眼，不多久又悄悄地被人捧回来送进厨房，乡亲们大快朵颐一起分享了。

醉春色

喝过土地会那场大酒，村子里的年味才真正淡去。此时，柳条吐芽、草梗转绿，地里的活儿也逐渐多起来了。春分前后，麦苗儿噌噌拔节，油菜花大片绽放，绿一片、黄一块，如同天才油画大师随意泼下的一幅绝美作品。

故乡春天的特色可用四个字概括：明丽、湿润。先说说它的明丽。由冬天秃枝枯叶的水墨画，变魔术似的换成鲜妍油画，让人眼前一亮，大饱眼福。杏花白、桃花红、菜花黄，春日暖阳之下，空气里氤氲着各色花的香气，不由人不沉醉。春天的早晨，用功的孩子都喜欢在大片大片油菜花田间的草埂上边走边读，微风拂过，花香伴着书香沁人心脾，露水打湿了运动鞋，花粉像水粉颜料溅在衣服上。这就是一幅行走的画，一曲无声的歌吧。

记得十多年前一个春天的午后，我坐在绿草野花覆盖的田埂上闭目养神，周身就是油菜花的海洋，耳边是蜜蜂嗡嗡嘤嘤的声音。此时的天地似乎只属于我一个人，隔绝了都市里的喧嚣追逐，每一个细胞都放松了下来。很快，困意涨潮，躺在草埂上、花丛间，睡了最香甜的午觉。

湿润是故乡春日的另一特点。水乡河流、沟渠、方塘多，春天的雨水也格外多，正如扬州人朱自清先生笔下所写：“一下就是三两天，像牛毛、像花针、像细丝……”经过雨水连日的滋润与洗涤，绿意更浓，花色更艳。蓄满春水的池塘，像一面镜子，将岸上的景致投射其中，春色的层次又丰富了许多。而春夜池塘田间此起彼伏的蛙声，让原本沉默的村庄显得更加幽静。

折春柳

春分后，清明前，这半个月应是最佳赏春时段，没有之一。老家有句俗语“借着清明打柳枝”，意思是做某事顺便找个台阶、找个借口。在故乡，清明前夕，父亲会带着铁锹去村后修整修整祖坟，挖一个圆形的土帽放在先人的坟头，坟帽上插上一枝新折的柳条，柳枝上系着一段长长的白色纸条，以示对故去祖辈亲人的祭念。在外工作的村里人即使离得再远，也会赶在清明到来之前回到故乡，到祖坟前放一挂鞭炮、点一炷香、烧一些草纸与冥币。古人就有折柳送别的习俗，“柳者，留也”。汉乐府中的《折柳曲》也是表达怀念之意。李白在《春夜洛城闻笛》中有名句“此夜曲中闻折柳，何人不起故园情”，王维在《送元二使安西》里也有名句“渭城朝雨浥轻尘，客舍青青柳色新”。

当然，柳条的用处还不止这些。父亲可以拿柳条编柳筐、柳篮，很干净、实用；在孩子们眼里，柳条又是自制玩具的材料。小伙伴们可以抽柳枝树皮做柳笛，折新发的柳条编成环状帽子扣在头上，粗壮一些的柳枝，还可以折弯了做一张弓。

叹古树

除了柳树外，故乡常见的树有刺槐、泡桐、青桐、香椿、桑树、枣树、楝树等。那时候，村里每一棵大树的样貌、位置、啥时候开花结果，我和小伙伴们心里都有数。春天闻枝头花香，夏天去树下乘凉，秋天爬上树摘果子，我们和这些大树是朝夕相伴的好朋友。

记得1988年以前我家土墙老屋门口种过一株青桐，叶子宽大，主干已有碗口那么粗，树皮淡青色，特别细腻光滑，样子很优美。青桐果子成熟后滴溜圆，可以连着麻壳儿炒，像嗑瓜子一样嗑出青桐米吃，因为有些油性，吃多了会腻。村里放露天电影时，家人常常炒青桐果待客。青桐主干是上等木材，是制作古琴的主要原料。有时候闲得没事，我就爬上青桐树，在上面美美地眯上一觉。听家人说，大哥宗长当年备战高考之前，因农活家务较多，大伯母也会给大哥安排一些任务，他为了脱身挤出更多时间复习，干脆悄悄地爬上家门口那株高大的青桐树，在树上安心看书，一待就是半天，谁也发现不了。

最让我难忘与叹惜的是一棵古老的皂荚树。村里老人说，这棵老皂荚树至少活了四百年，称为“树精”一点也不为过。从记事起，我就和小伙伴们每日在皂荚树周围嬉戏打闹，像绕在一位饱经沧桑的慈祥老人身边，树下横摆着一根长长的石门槛，厚实而光滑。这棵皂荚树树干很粗，村里四个大人合抱都抱不下。因为太过苍老，它的主干已成空心，孩子们有时会躲进去玩捉迷藏。

每到春天，看到百年老树又发新芽，树冠仍然能够伸展得很大、很远，继续支撑出一片遮天蔽日的阴凉，我和伙伴们就特别开心。皂荚树浑身都是宝，它的枝丫上会冒出许多长长的刺，小时候我们常常把树刺掰下来，刺破自己或别人身上熟透的脓包，这个纯天然的“手术工具”不用消毒、不怕感染。皂荚树结出的果实叫皂角，形状像扁豆，不过比扁豆更厚实壮硕一些。皂角确实有类似肥皂的功效，揉搓起来会有滑腻腻的泡沫，儿时我们常摘下皂角来洗手、洗头，母亲有时也用皂角来洗衣服。令人痛心的是，大概在三十年前，几个顽皮的孩子在大树的空洞里玩火，火势失控，老皂荚树就这样被烧死了。

听父亲说，他小的时候村东头还有一株更古老的黄栎树，树叶是橙黄色的，树龄在大几百年以上。这株黄栎树特别高，是全村树木的“最高峰”，也特别粗壮，七八个人合围也抱不过来。在水田间觅食的白鹭，会在黄栎树上做窝孵蛋。可惜这株见证村庄历史的树王，没有生病、没出意外，却被村里人给活活锯了，两个人坐在树下对拉大锯，锯了整整两天，才把这“擎天柱”放倒。唉，想想这些瞎折腾的事情，真是糊涂败家啊。不由得顿足捶胸，一声长叹！

尝春味

想念故乡的春天，不仅因为它有明丽湿润、花繁树茂的春色，还因为它有鲜嫩馋人的各种春味，可以迅速唤醒你几近麻木的味蕾。

这个时节，恰好割香椿头。香椿树的嫩芽冒出来之后，再养上几天，成为一小簇嫩叶的时候，父亲就在竹竿顶端绑上镰刀，开始收割这十分难得的应季食材。凉拌香椿头臭干子，是一道绝美的下酒好菜。母亲从挑担下乡卖豆腐的人那里买几块深灰色的臭干子，将割下的香椿头用开水一烫，臭干子与香椿头倒进大碗里，浇上小磨麻油拌匀了，再抹上几筷头自家的红辣椒酱，混合后的香味就出来了，保准你直流口水。借用《舌尖上的中国》里很起范儿的那句话：这样的美味，那是“时间赐予的礼物”。

韭菜是个好东西，割了一茬又生一茬，春天的韭菜更是，自家菜园子割起来也方便。老杜说“夜雨剪春韭”，母亲说头刀韭菜最嫩。韭菜一般用来炒鸡蛋或者炒豆芽菜，老家有句顺口溜：“韭菜炒芽菜，好吃一百代。”立春的时候，北京讲究吃春饼，春饼里少不得也会夹上一些韭菜。春分前后，还可以去田埂上找野菜马兰头，可以去油菜地里掐鲜嫩的菜薹。马兰头清炒，油菜薹炒腊肉，都能勾出你的馋虫来。

暮春时节，青蒜疯长。村里人便将青蒜根部气味最重的一段切下来，用线穿成串儿，挂在小孩子的脖子上，据说这一招可以杀病菌、防感冒。那个时候，像蝴蝶一样的蚕豆花也将落尽，蚕豆刚长成，母亲将蚕豆放在饭锅头上蒸，蒸熟后也将蚕豆米穿成串儿，像一串念珠似的，给我挂脖子上随身戴着。一豆两用，既拿念珠护佑身体（难怪蚕豆也称“罗汉豆”），也方便孩子随时转着吃。

写着写着，把自己写饿了。恨不得即刻启程返乡，坐在满院春光里，半壶老酒、一盘香椿，沐着春风、就着春色，一饮而尽！

故乡腊月记忆：家家户户忙过年

李宗品

今儿立春，腊月十九，午后阳光很好。北京的人们都忙着吃春饼了，却依然没见一场像样的雪。而两千里外的故乡，却结结实实地下了两场大雪，至今积雪未融。

不由得忆起 1983 年冬天，故乡那场最大的雪，晨起推不动门，约莫两尺厚的雪直接封住了大门。我那时正读小学三年级，当天恰好期末考试。从家门口开始，父亲用铁锨一路铲雪，试探着辟出一条道儿来，直铲到村东头的学校门口，我和邻居三子等几个小伙伴冻得不行，却异常兴奋。

冬天里的故乡，除了“蜡梅立雪”之外，家家户户忙过年的那种腊月氛围，更是诱人。对孩子们来说，简直日日都在疯跑着，沉浸在渐渐浓郁的年味中。其实，真正的年味恰恰就在穿梭忙碌的筹备之间，就在满怀期待的迎接之间。直到大年初一打开大门的那一刻，年味抵达巅峰，然后在大拜年的推杯换盏之中递减。

宰鸭鹅。一过秋收，粮谷入仓，整个村子就放松了下来，筹备过年就摆上了日程。养了大半年的鹅与鸭，开始关在家里“闷养”，待膘肥后宰杀，做年鹅年鸭。宰杀鹅鸭的当天晚上，母亲会用新鲜的鹅杂或鸭杂做汤，全家打个牙祭，肝、肫、肠等放在一锅，再切一些脆嫩的青蒜叶撒入汤中，那味道美极了！其余的整鹅、整鸭都腌制起来，待天晴晒干、回卤，这种腊味一般放在饭锅里蒸，或与白菜、莴笋一起炖，汤呈奶白色，十分下饭，可以一直吃到第二年插秧季。

做新鞋。那时候，皮鞋是稀罕物，基本是城里人的消费品。母亲最辛苦，每年春节前都要给全家老小做一双新布鞋，隔年再做一双厚棉鞋。妈做的鞋与北京城“内联升”“步瀛斋”等老字号鞋店里摆放的一样，都是千层底布鞋。做鞋的活儿可不轻巧，工期拉得很长。第一步是糊碎布，做“千层底”，将废弃碎布用面糊一片片粘在木门板上，在大太阳底下晾晒，之后再依各人的鞋样大小，剪出成型的鞋底。光是纳鞋底就很费工夫，鞋底很厚，用粗线一针一针地纳，必须借助“顶针”（类似戒指戴法）才能穿过去。母亲白天忙地里农活，晚饭后才有空闲做针线活，五双鞋底纳完，断断续续几个月就过去了。

进入腊月，鞋底全部纳完，母亲开始缝鞋面（一般是黑色灯芯绒料子）、上鞋帮、上松紧，其间辛苦不一一细述，终于，一双新布鞋闪亮登场了。为了更加合脚舒适，还得加最后一道工序：将楦头塞进新鞋，将整个鞋撑满。除夕夜，新鞋摆在每个人的床头，大家等到年初一早上大拜年时，穿上这暖心的布鞋，迎接新的一年。

缝新衣。过年，大人孩子从头到脚都必须是新的。赶集时，母亲从镇上扯一些布料，央请本村的裁缝师傅家骥小爹来家里，给一家人做新衣服。布料一般是“的确良”，厚一些的有“咔叽”、灯芯绒等。家骥小爹挑着缝纫机来我家堂屋时，屋里即刻满溢着孩子们的欢乐，不仅仅为了新衣，也有着对未来几天更好伙食的期待。记得缝纫机是西湖牌的，家骥小爹先给各人量好尺寸，然后用椭圆形的粉饼在布料上做出记号，再沿着画线用很沉的大剪子剪，那“吱吱”的裁衣声听起来很是过瘾。他很娴熟地踩着踏板，机头上的针连着各色细线，上上下下地“点头”，他的手不断调整着布料的方向，半天下来，片片布料就连缀成了漂亮衣服。

我五六岁时，对绿军装特别着迷，过年新衣服一律要求做四个口袋的军装样式，没有红领章，就让裁缝师傅在领子两侧镶上两个长方形的红洋布，仿作领章。虽然是山寨版，穿起来也雄赳赳气昂昂的，神气十足。现在想来，这不就是高端人士特别推崇的“纯手工私人定制”嘛，哈哈。

凿窗花。我们当地话叫“打红果”。在故乡，红果是和春联搭配着贴在门楣和窗户上的彩色剪纸，一张张均匀大小的长方形，上面镂空显出“吉庆有余”“新春万福”之类的吉祥话和梅花鲤鱼等图案。打红果是父亲的事儿。距离春节还有一个多月的样子，父亲去古河镇赶集时会买回来七八张水红色的纸，然后裁成三尺见方大小，几十张方形红纸整齐叠在一起，装订好。用铅笔将首页纸面平分成四至五个等列，并画好需要镂刻的字与图案。准备工作就绪后，即用一块厚实平整的木板置于方凳之上，再将那叠水红纸放在木板上，拿木匠常用的凿子一点点地雕琢起来。

父亲在叮叮当当地敲打红果时，我和两个姐姐就在一旁烤火盆，取暖的材料是粗糠和稻草灰余烬，从锅灶下掏出正冒着火星的灰烬，覆盖于粗糠上面，可持久微燃而不出火焰，火盆上担着两根粗壮树棍，脚放在上面即可取暖。火盆里往往少不了埋放十几颗带壳儿的花生，待花生壳发出一声炸响，即刻取出剥食，特别香。彼时，地上放着收音机，听听刘兰芳的评书《岳飞传》或《杨家将》，那真是冬日里难得的悠闲享受啊。

摊饼褶子。这是我们当地有些独创性的吃食，算是绿豆制品吧，工艺比较考究。准备上好的绿豆若干，洗净后放清水中浸泡，同时泡上一定比例的大米，约莫一天后，再将浸泡好的大米和绿豆捞出，上村里共用的石磨，磨成灰白色的黏稠流体。之后，将绿豆与米的混合流体舀出适量，一张张地烙，类似于京津一带街头的煎饼果子。摊饼褶子是一个利落活儿，灶下的火候也很重要，火大了易煳，火小了难熟。我们家年年是请我手脚麻利的舅爷爷来摊，一般是两口大锅并用，利用两张饼摊制的时间差，交替忙活。舅爷爷摊饼褶子是出了名的快手，右手执一把圆蒲扇，不停地给摊薄在锅中的绿豆饼扇风，确保不粘在锅上，随时起锅。那左右闪转、翻飞腾挪的场面，观赏性很强。

站在一旁观看的人，早已流下口水，待一出锅，便抢出一张来，撕成小块吃。吃刚出锅的饼褶子，必须蘸着自家做的红辣椒酱，才算地道，香软够味。连吃几锅之后，孩子还想继续拿吃的想法被大人们叫停了。因为这还不是饼褶子的最后模样，其制作工序，还要继续往下走。摊好的饼褶子，稍微凉一些之后，会被叠在一起，切成短短的宽条状，宽度略同河粉，之后再放进大竹匾之中抖落均匀、摊开，持续太阳照晒，直至干硬。

干条状的饼褶子，怎么个吃法？记住，与下面条不同，干饼褶子一定要和凉水一起下锅，才能煮透。一般来说，一碗干的饼褶子可以煮出两碗的量。煮好后，在碗底放上一筷头冻住的猪油，撒一些青蒜叶，直接捞进碗里即可。饼褶子煮熟到有些嚼头最好，过于烂熟也不行。每年春节过后，我都会带回一些亲戚做的饼褶子，时不时做两碗尝尝。

自制米花糖。这是过年筹备诸事中战线最长的一桩事情，由前后衔接的三个活儿组成。

第一件是要蒸糯米。蒸糯米的蒸子，是上小下大的木制圆筒状物件，经过浸泡后的糯米放入蒸子，置于大铁锅中，锅里加水，煮沸熏蒸。蒸出来的糯米蒸饭，一粒粒成型，香糯透亮，趁热吃很好。待蒸饭全部凉下来后，须尽可能揉开，摊在竹匾中，置于大太阳下晒上十来天，最终晒成一粒粒脱水的硬蒸饭。想吃的时候，就舀一些干硬的蒸饭粒在热锅里翻炒，这些脱水饭粒预热后膨胀，干嚼或泡着吃，脆香可口。这是做米花糖的必备原料，也是徽菜名食"鸡汤泡炒米"的炒米原料。

其次就是熬糖稀。将从地里收的山芋（也就是北方所称的"红薯"）洗净削皮，搁入大木盆中切成小块，然后集中放进大铁锅里加水用柴火煮烂。待到山芋在锅中全部煮成泥状后，再将黏稠的山芋连汤带水地盛出来，放进事先悬于大梁上的一个涮袋布中（这种涮袋是粗布材质，灰黄色，四角均用细绳系好，然后固定垂在屋梁下）。通过反复拧干布袋，将山芋的汁水过滤出来，山芋渣喂猪，山芋汁水继续回锅，架大木柴在灶下持续不断地熬煮，经一天半左右的时间，即可熬成黏稠的糖稀。熬好的标准是，锅铲放入熬煮的山芋汁水中迅速拿起时，糖稀能慢慢地挂住，以挂住后下落速度的快慢分别称作小挂片、大挂片。一旦出现大挂片，就说明糖稀熬制大功告成。

晒干了蒸饭粒，熬好了山芋糖稀，接下来就要合成最后一道工序——做糖了。做糖技术含量较高，都是要外请手艺人来家制作。每到腊月十五之后，做糖的手艺人就十分吃香，挨村挨户地忙活儿。做糖师傅一般的装束是：肩上扛着一柄大炒铲，挂一四四方方的木条格，手拎着半袋黑细沙、一个铁网筛子、一个木滚筒，以及用半拉破锅改装成的带柄沙铲。先将黑细沙倒入铁锅中炒热，然后将干硬蒸饭粒倒入锅中，与细沙一起爆炒，高温下蒸饭粒很快膨胀成米花。再过一遍铁网筛子，留下米花，漏下细沙，继续下一轮爆炒。

之后，将前些天熬好的山芋糖稀放入锅中煮沸，米花倒入其中，搅拌成一个巨大糖团，出锅后置入事先备好的四方木模中，摊平整，用木槌砸严实，再以木滚筒在上面反复碾压，略微冷却成型，一刀刀笔直切开，再细切成长方形糖块。

师傅除了做米花糖之外，还会做花生糖、芝麻糖，基本是在炒米中加入更多的花生或芝麻，如法炮制就行。不过，当年我们这个家族七八家的做糖工程，用不着外请他人，全由动手能力很强的友忠表叔一人承担了。自制的米花糖，除了过年用作招待客人的茶点，也是开春后农忙时节垫肚子抵饿的好东西。

磨豆腐。村里各家全是自己推石磨。记得村西头二奶奶家有一套比较齐全的石磨家伙。母亲在家中将黄豆浸泡两天后，就挪到二奶奶家上石磨。母亲在石磨一头不断地将泡好的黄豆放入磨孔之中，加少许水，父亲和我则在另一头推着木架带动石磨转，吱吱呀呀的很有意思，黄豆汁就从石磨的缝隙间流下来。之后，父亲将磨好的黄豆汁水放入锅中，开始煮浆。煮好豆浆后，父亲似乎用石膏粉点卤，加速豆浆凝固。制作豆腐这个过程的具体细节我已不大清楚，只记得现场喝热豆浆的感觉很爽。

淘汰下来的豆腐渣，其实也有用处，加一些盐和熟菜籽油，拌匀后可作一样小菜，正像马季相声描述的那样：香扑扑香扑扑的。

舂团子面。就是元宵的面，我们当地称作“团子”，用糯米粉做成的。腊月二十之后，母亲便开始泡糯米，准备舂团子面（方言叫“磕团子面”）。村西头侯大妈家门口有一个很大的石臼（方言叫“碓窝”），半个村子的人都在这里共用。大家就按先后顺序一个个去舂。将沥干了水的糯米，倒入空心的圆石臼中，再举起带柄的石碓，一下下地舂砸，直至糯米被砸成粉末状。然后分别过格筛、萝筛、面筛三种逐渐细密的筛子，一遍遍地筛，一遍遍地舂，最终才可获得极细密的团子面。后来，邻村有人弄了一台磨面机，效率一下子提高了。不过，人们总觉得不如碓窝里舂出来、面筛过出来的团子面好吃，手工的团子面更有咬劲、更香一些。

20 世纪 70 年代中后期的村子，收入少、人气旺，家家条件相差无几，有手艺人的人家能过得更滋润一些。秋收之后，全村孩子就沉浸在盼过年的氛围中。现如今，有九成以上的人家都在县城或更远的城市买房置业，回村过年的人越来越少了。

年味渐渐淡去，年俗渐渐遗忘。趁着腊月里的周末闲暇，追忆起那些热闹与忙碌的年前筹备，是一件快慰之事。写下这些，只是想让更多的人知晓：虽然那些岁月生活艰苦，但村子里的年味，却是最浓郁的。

欢喜故乡年：无处不在的仪式感

李宗品

又到了腊月，乡愁如约来袭。去年写了篇故乡筹备过年的追忆文字，热切共鸣的乡党不少。意犹未尽，我就接着写写村子里腊月正月的年俗吧，在点点滴滴的记述中过把瘾。

其实，我们常说的年味儿，是物质与精神的混合体，不仅包括比平日更丰富的美味吃食，而且是由一个个具体的年俗连缀而成，由人人遵从、内心充溢的仪式感组成。前几天，朋友圈忙着晒吃腊八粥、泡腊八蒜的时候，总不忘说一句：过了腊八就是年。大致意思就是腊八一过，春节就在眼前，年味儿也渐渐浓郁。不过，长江北岸的故乡对于腊八似乎不大在意，印象中也不特意熬制腊八粥。除了忙过年的吃穿筹备打冬月里就启动之外，故乡过年的仪式是从腊月二十三那天真正开始的。谨以时间为序，记录如下。

掸尘祭灶

腊月二十三，掸尘、祭灶。这天一大早，母亲系上围裙，套上护袖，将长竹竿的顶端绑上一束细密的竹叶，开始集中清扫屋檐墙角的蛛网、游丝。像都市里搞“断舍离”的人们一样，收拾屋内杂物，除旧布新，拂去这一年积攒下来的灰尘，360 度无死角，清清爽爽过大年。之所以选择腊月二十三掸尘、祭灶，是因为传说中灶神（我们当地俗称“灶老爷”）这天得去天庭做“年终总结”，人们烧上一炷香，希望灶老爷在玉帝面前多多美言几句，来年给人间祈福降瑞。锅灶侧面上方给灶老爷留一放香炉的牌位，名为“积善堂”，贴着永远不变的一副对联：“上天言好事，下界保平安。”

赶大集，办年货。乡亲们攒了一年的财力，相当一部分花在了办年货这个刀刃上。与城里人在菜市场的采买略有不同，赶集不是全天候的，也不是天天能赶的。村子周边的三个集镇，按农历日子尾数进行了“势力范围”的划分：一、四、七逢濮集（本乡），二、五、八逢广平（邻乡），一、四、六、九逢古河（邻镇）。年底的最后一个逢集日，被乡人戏称为“光棍集”，意思是一贫如洗挨到最后才不得已办些简单年货。借用黄梅戏经典折子戏《王小六打豆腐》里男主的话说：“有钱人家过年，我没钱还能在年外头蹲着啊。”

赶集和成名一样，都须趁早。赶集的人们，都是天蒙蒙亮就从家出发。他们常常既是买家，也是卖家，让人想起“以物易物”的远古光景。不管是买还是卖，早是没错的。去得早，就可以买到品种更多、品质更好的满意年货，也可以将自家要卖的东西占个显眼的好位置。约莫早晨七点，赶集进入高峰期，人气爆棚，万头攒动。马路两边满满当当摆的都是摊位，各色年货，一应俱全。有地里长的荸荠，家里养的柴鸡与柴鸡下的蛋，有抽干河水捞上来的大鱼，还有猎枪打的野鸡、野兔……一派欢庆景象。

年货中最富时代气息的要数年画。在地上一字排开的，有传统的杨柳青年画、受人尊敬的领袖画像，还有喜兴的胖娃娃年画。年画中的胖娃娃个数，也随着计生政策的变迁，渐渐增多，一个变两个，还有的突破性地放了三个、四个，很有想象力，哈哈。

写春联

腊月二十九，写春联（我们那儿叫“门对子”）。过去村子里识字的人不多，能拿毛笔写字的更少，街上也不像如今可以买到现成的春联。一到二十八、二十九，能写毛笔字的几个人就异常忙碌，多的时候，一个人需要写十来户人家的门对子。春联写起来倒是挺快，比较费时间的是裁纸。家里门多的话，得需要十多张红纸，按照门的大小裁好，理齐整，叠成五个字或七个字的折印，便于书写时均匀布局。当然，还需要忍耐的是冻手，屋里没有暖气，裁纸与拿笔的手，常常有冻僵的感觉。

虽然很冻手，但自写春联的年俗，我们家坚持至今，从未间断过。小时候，每年爷爷写门对子时，我就在一旁打下手，摁住纸的一角保持纸面平整，爷爷的字往下写，我一边随时配合上拉，一边猜爷爷下一个字会写什么，忙碌而快活。后来，我渐渐发现，爷爷写的门对子有个特点：不同位置的门，配内容不同的对联，而且年年不变。比如，双扇大门永远都是那副“倚马奇才绵世泽，犹龙道德振家声”，卧室房门固定使用“子孝双亲乐，家和万事成”，单扇的后门则是“前门增百福，后户纳千祥”。爷爷说，大门的门对子是我们老李家一直沿用的老对子。后来我才渐渐了解，祖上是把老子（姓李名耳）奉为门庭祖风的源头的，对联中的“道德”应该是取自老子的《道德经》，“倚马奇才”指的是写文章“倚马可待”。现在想来，这算是祖先们用拔高的目标，给予后辈们一种期许、一个鞭策，也是一份良好的愿望吧。

另外，春联用纸的颜色，也有祖上传承下来的严格规矩，不得乱来。在我们当地，门对子纸分红、黄、绿三种。一般人家都是选用喜庆红纸，若当年不幸有亲人故去的人家，只能贴黄纸以祭奠逝者，次年贴绿纸，到第三年才恢复用红纸写春联。不过，即使是服丧人家，也有两处的对联可用红纸：一是堂屋北墙正中的香案上方，往往悬挂“金炉不断千年火，玉盏长明万寿灯”这样一副对子；另一处就是上面所说的灶老爷牌位的对子。

大年三十

大年三十，最为忙碌。早起第一件事，就是上祖坟。家家户户都是长辈领着晚辈，带上纸钱、鞭炮、一盒香去村后小林场附近的坟地，给逝去的祖先亲人磕头祭祀。那时候，村庄四周的鞭炮声此起彼伏，年就这么开始了。之后回到家中，就开始疯忙起来，熬好面糊，挨门挨窗地贴春联、贴红果（窗花），“总把新桃换旧符”。将近中午时分，你再看看左邻右舍，门前屋后早已焕然一新，每个人的心中都溢满了新鲜和兴奋。说到贴春联，补记一桩尴尬又有趣的往事，邻居信圣伯不识字，把用在碗橱上和猪圈上的对子正好贴反了，猪圈门边贴的是“入厨先洗手，上灶莫多言”，而碗橱上赫然贴着“五谷丰登，六畜兴旺”。

按照乡俗，大年三十的中午，新女婿要去岳父母家吃年饭，提前团圆。年夜饭，作为辞旧迎新的关键环节，其仪式显得格外隆重。大年三十下午开始，母亲就一直在厨房忙着烧各种好吃的，鸡鸭鱼肉全部齐备，包蛋饺、炖鸡汤、糯米肉丸子等，菜的样数以八个或十个居多，取“发财”“十全十美”之意。锅灶边的香气就那么满屋子飘着，孩子们就在厨房与堂屋间快活地来回跑动。饭菜的香气与团聚的喜气从家家户户的门窗溢出来，沉醉了整个村子。

吃年夜饭之前，还有一个仪式，就是去村东南角的土地庙敬香，祈求土地老爷赏饭，保佑来年五谷丰登。当母亲张罗好的菜肴摆满一桌时，父亲在香案上点燃三炷香，然后在门前燃放鞭炮，年夜饭才正式开吃。年夜饭吃完不久，一个门里的伯伯和叔叔们就互相走动，聊聊这一年来家中的大事小情，聊聊孩子们的成长进步，最为重要的一环是给未成年、未成家的晚辈发压岁钱。压岁钱的数额，从 20 世纪 80 年代初期的五毛一块，逐渐加码到五块十块，再到如今的两百、三百甚至更多。压岁钱虽然每年都是你来我往地互发，收支上似乎也是大体平衡，但很有必要，这个仪式少不得，因为这里面牵连着家族的亲缘血脉。

宗祠里闹红火。年夜饭吃过、压岁钱发完，还有个雷打不动的固定流程，就是去宗族祠堂闹红火。彼时，祠堂上下已是张灯结彩，门口锣鼓喧天，烟花绚丽升空。一听到锣鼓声响起，男女老少们便纷纷聚集到祠堂门口来，孩子们也轮流着敲锣打鼓，好不热闹。从祠堂回来后，爱打牌的人就凑成了一桌，更多的人坐在电视前看春晚。看春晚守岁，这一仪式自打 20 世纪 80 年代初期流行，直至 21 世纪最初的十年基本终结。究其根由，或许是节目矫情寡淡，或许是娱乐方式多元吧。反正，过去俺能忍冻看完，且全程无尿点，但从十多年前开始，看到一半就困意涨潮，实难撑到零点钟声敲响。

禁　　忌

辞旧岁，迎新春，是村里一年之中最大的事情，必须待以最隆重的礼仪。一边是红红火火的筹备，一边是心存敬畏的迎接。年货足够丰盛了，还有一整套约定俗成的禁忌，需要乡亲族人共同遵从，不可违逆，只为图个好彩头。

比如说话用词的禁忌。过年期间，不能直接提“老鼠”两字，得用“烂牙”来代替；不能直接说“醋”（方言中，与“错”谐音），须以“甜子”代称。可是大人们越不让说，孩子们一紧张，也就越容易说出来。记得我六七岁时候的大年初一早晨，一家人围坐在桌边吃酥糖（本地的一种小点心，方形纸包装，拆开后可拽出长条状的糖，上面裹着一层灰面状的粉），我吃得嘴边沾的全是粉，于是边吃边随口说了句：这跟吃药一样。立刻招来父亲的一顿厉声训斥。因为这是犯了禁忌的，年初一大早上就说了不吉利的话。

这种语言的禁忌约束期较长，从大年三十早上开始生效，直到正月十五元宵节过完解禁。仪式感，让每一个人都很兴奋，又有些紧张。一般来说，过年期间大人对孩子都很宽容。孩子们盼过年，除了有好吃好穿好玩的之外，不轻易受责罚斥骂的自由，也是盼头之一。

此外，按过年旧俗，大年初一，水不往外倒，不动刀子。因为水主财，不轻易泼出去；做饭不动刀子，戒杀生一天。

另有一项与头发、胡子有关的禁忌，就是初一到十五，不准理发，因为乡谚说："月半里剃头死舅舅。"这一禁忌好像大半个中国都有吧，北京的"禁剃期"似乎更长，整个正月都不准理发。所以，正月里天下的舅舅们，过得格外紧张。

全村大拜年

正月初一早上，全村大拜年。最热闹的莫过于年初一早上，从新春零点钟声敲响开始，鞭炮声就从没断过，想睡个安稳觉是不可能的。起床后，人人从头至脚，换上一身崭新行头。先是起早来祠堂烧香拜祖先的，整个村子从东到西都是全家出动，赶着给祖先们烧一炷香、磕几个响头，时间是越早越好。那时候，祠堂里磬声悠扬、檀香缭绕，音箱里传出了寺庙里常用的佛乐《大悲咒》，男女老少排着大队跪拜十几个祖宗牌位，屋内升腾起满满的虔诚与神圣。祠堂正厅内，与祖先牌位并列的还有三尊木雕神像——仙姑老太、仙童、仙叔，他们一起接受族人的敬拜。佛乐背景下，拜祖敬神，这个空间里儒道释巧妙合一，天衣无缝。

各家去祠堂上完香之后，紧接着又是一个全村总动员——挨家挨户大拜年，互贺新春。按长幼有序、亲疏有别的原则，晚辈们先要结伴上门给长辈们去请安。到了人家门口，都是先和长辈打招呼，恭贺新年好、财运好，然后主人家忙不迭地给大人们递烟，给孩子抓一把上好的糖果，之后众人再赶往下一家，继续拜大年。这一个多小时里，大家笑脸相迎每一个人，将大年第一天的兴奋、喜庆、祥和，在整个村子中接力传递。

这里还有一个禁忌仪式，就是当年服丧人家，年初一早上是不能出去参加大拜年的，只能在年初二的一早去挨家挨户补拜年。

外出拜年互访

从大年初二开始，走亲访友外出拜年启动，基本是一周之内密集互访。外出拜年的礼物，自我记事以来，几经演变升级，从最初的一斤红糖（用报纸包成立体三棱角）、十个鸡蛋、两盒方片糕，到后来的蜜枣、桂圆、盒装白酒，携带的品种越来越多，礼物拎起来也越来越重。不得不说，这一互换的仪式确实比较累人。不过亲戚的互访走动是必要的，一旦过年不走动，就意味着今后的关系将淡远、生疏直至断裂。

在故乡，外出拜年的安排上，也是有既定的时间表的。年初二至初四，这三天依次去舅舅、姑姑和岳父家，雷打不动。娘亲舅大，年初二早上得去舅舅家拜年。新年第一次出门前，需要放一挂鞭炮再走，以示郑重。

相比初二拜舅舅、初四拜岳父，年初三给姑姑家拜年，人员安排起来比较头疼一些。父亲的姑姑比较多，包括一个亲姑姑、三个走动很近的堂姑姑，她们出嫁在四个地方，相距也较远。所以一到年初三早上，爷爷协调孩子们分头去拜年，往往众口难调，很是伤脑筋。因为年初三上午，姑姑们都在家里盼着侄子侄女们过来，若换其他日子来拜年，就算是失礼了。姑姑们面子上过不去，心里恐怕也很难舒畅。礼仪安排带来了秩序，增添了亲情和年味，但也难免有些烦恼。

过完三天年，还有个“送年”的仪式。年初三傍晚时分，父亲从大门门楣的一排“红果”中，撕下当间的一张，在大门口燃起一把稻草，将红果放在上面烧掉，点上三炷香，再放一挂鞭炮，珍贵的三天年就此宣告结束。每当此时，我们都十分不舍，内心涌起惆怅。大人们便笑着说：不送走，还留在家里慢慢过啊。

初五及之后的日子，走访谁不做严格限定，去哪儿也就不论了。不过，人们出入也有一个“七不出，八不归，初九出门一大堆”的谚语，意思是初七一般不安排出门拜年，初八那天最好在客人家住一晚，等到初九再出门拜年或回到自己家。年初五至元宵节前的十来天，按部就班，是相对平静的亲朋走访日子。

正月十五过小年，闹元宵，但年已经抵达尾声。十五一大早，家家户户仍然鞭炮齐鸣开大门。还留在故乡的人们，以及外乡李姓的宗亲又都赶来祠堂烧香拜祖。

正月十六走太平。在过去，这一天是村中媳妇们回娘家的法定日子。当然这一旧时代的风俗，多少年前就已被打破。外出打工者，早在年初五六的样子，就已纷纷返城，收束起欢腾的心，开始新一年的奔波劳碌了。而这一天，在全椒县城，“正月十六走太平”的年俗早已声名远扬，将本已收尾的年味，突破性地延续到了元宵节之外，掀起又一个高潮。

纪念我的爷爷

李宗品

农历四月二十三，是我爷爷的祭日。1993 年的这一天，爷爷因病去世，迄今整整三十个年头。

那是我在本乡中学教书的第二年，爷爷是在当天下午两点多的时候走的，临终前我未能和他说上一句话。当时我从学校飞奔回家，他已撒手人寰。爷爷得的是贲门癌晚期，记得最后的那段日子，他痛不欲生，只能靠打杜冷丁缓解，后来杜冷丁也止不住疼，我从乡医院买了另一种强效麻醉药物，让爷爷含在舌根下，每天能多睡个把小时的觉。等他醒来时，我就守在床边拉着他的手，小声跟他说说话。我跟爷爷说起小时候受他教育的点点滴滴，他那时身体已经很虚弱，只是轻声地回说："这些都是你自己用功的结果。"爷爷病情恶化的那些日子，家里的气氛很凝重，我特别难过，因为无法减轻他越来越重的病痛，也为他过早承受这样的厄运而伤心。

三十年前火葬在老家将行未行，所幸爷爷比较担心的事没有发生。按照爷爷遗愿，请邻村老木匠师傅学培、学枝表爹打了一副棺材，把他平时随身用的老花镜、钟山牌手表、小收音机放在棺木枕边，陪伴爷爷。说来蹊跷，爷爷去世的消息没有告诉正在南航教书的宗长大哥，但某天晚上大哥梦见爷爷走了，家里人正在商议要不要告诉他。大哥说，当时他甚至不敢对大嫂提起这个梦，太不吉利了，因为半个月前大哥刚回来看过爷爷。后来一验证，才知道大哥做梦的那个日子，和爷爷去世恰是同一天，也许这就是冥冥之中的契合吧。大哥说爷爷生前关心他每一步的成长，给了他很多鼓励，未能送爷爷最后一程，这是非常大的遗憾。

瓦匠师傅

爷爷讳家厚，生于 1930 年（庚午）正月初六，属马。出生地在皖东全椒县西南丰乐古城边的村庄——岗李村，那时李姓祖上及后辈在当地已生活近六百年。我查了一下万年历，正月初六阳历是 2 月 4 日，那天正好立春。

爷爷浓眉长脸，清瘦身材，身高足有一米七五。他穿着利落清爽，走起路来腰板挺直，一副儒生模样。爷爷自小只在村中读过几年私塾，无非是“三百千”（《三字经》《百家姓》《千字文》）这些基本的幼学读物。几年私塾下来，家里再无经济能力供他继续学业。他自己很爱读书，及至年长做活之余，床头总摆着一些书，午休或晚上睡前读一读。

爷爷喜欢讲古。听爷爷生前说，他十多岁的时候，国民党三个县的流亡政府曾同时在村里办公，村中常有青壮年被抽调，充实部队力量或做挑夫。那时，日本侵略军有一支部队经过巢湖柘皋镇，离我们村三十多里地。有一个日本兵掉队，落在距离村庄七八里的程家市附近的田里，被周边村民发现乱棍打死了。

故乡的祠堂，修葺一新

抗日战争在村里老人的印象中大概只剩下这些。爷爷十七八岁时，常与村里的伙伴肩挑地里收获的黄豆、花生等，走上一天一夜，去一百公里开外的南京售卖，其中辛苦自不必说。

乡里有句老话：荒年饿不死手艺人。五十五岁之前，爷爷除了和村里人一样种地之外，还有一个职业身份——瓦匠。成年之后，爷爷跟随自己的岳父学习瓦工手艺。因手艺扎实、做事稳当，爷爷很快自立门户，收了很多徒弟，拉起一套班子，农闲时节给四乡八邻盖房子。

农耕社会，匠人地位不算低，那份尊重也是靠匠人们严守规矩、打磨手艺获得的。那个时候，师承关系很重要，素有“严师出高徒”之说。学徒很苦，须吃上“三年萝卜干饭”，把技术基本功打牢，熟知职业规矩，才能满师出山、单独执业。

爷爷带徒弟非常严格。到房主家忙完活儿，用餐礼仪也很讲究。师傅不动筷，徒弟不能随便夹菜。爷爷教给徒弟们一句口诀“吃一望二眼观三”，瞅准了再去夹菜，别在碗里翻来拨去，失了礼数，让人笑话。后来，他的一个徒弟跟我们说过上桌夹菜的尴尬事，那天房主家做了一道白菜炖肉，徒弟盯上一块肥肉很久，瞅准了动筷一夹，放入碗中才发现是一大块白菜帮子。

盖房子是件大事，木匠与瓦匠在乡亲们眼里也格外受重视一些。特别是“上梁”的仪式很隆重。当天，粗壮大梁铺着红绸布，木工与瓦工大师傅各骑大梁东西一头，各垂下一条红绸带，不时将房主家系好的红包提上来，然后一人一句给房主家“说好”（一些押韵的吉利话、奉承话，比如“老板老板真舍得，五块十块往上搁”），给前来观礼的乡亲们撒下糖果、欢团之类的好吃的。新屋的四根立柱上，用红纸写上“竖柱巧逢黄道日，上梁正遇紫薇星”等对联。这种热闹的仪式都为图个彩头。

那个年代，村里识字的人很少，爷爷又因为打得一手好算盘，还在生产队做过几年会计。爷爷在家打算盘忙队里账目的时候，我和两个姐姐围坐在他身边，喜欢听他噼里啪啦熟练拨打算盘的声音。一有空，爷爷就手把手教我们姐弟仨打算盘，练习打传统的“小九九”，边打还边念着口诀“三一三剩一，逢三进一，逢三进一……”爷爷用了几十年的那把老算盘至今还在家里墙上挂着，快成文物了。记得那时生产队有个敞口带把儿的铁皮喊话筒放在我家，队长邦海太爷爷或我爷爷常常会拿着这个话筒，站在空旷处催喊：“社员同志们，上工啦！”还有成堆成堆的生产队账本和工分本放在我家，记得有个笔记本上还写着“自我批评”几个字。

续修宗谱

后来年纪大了，爷爷便将瓦工班子转交父亲牵头，他自己在村里开了一爿小店，卖一些日杂用品，靠薄利贴补家用。那时候交通不便利，去古河镇进货，得先走上二十分钟到滁河边坐船过去，采买完成再搭船回来，下船后肩挑一百多斤重的担子回村。

将近花甲之年，爷爷做了一件让自己满意也让族人称道的事：续修宗谱。岗李村从东头到西头，一百多户人家，九成以上都姓李。我家当时存有一套旧家谱，是由老一辈人在民国十八年（1929 年）冬至前后修撰的，旧谱中约定，族中后人应六十年续修一次。

当时，爷爷在村中辈分较高，又是他们那一辈人中少有的几个识字人之一。爷爷主动承担起续修家谱的责任。1988 年秋天，爷爷召集本村及外地的宗族牵头人，在家中开了多次碰头会，筹备续修《李氏宗谱》。续修家谱类似于治史，琐碎繁难，相当于给每家每户搞人口普查，族中每个人的生老病死、婚丧嫁娶等都登记在册，以备查阅、传承。除了统计人丁、编写排印、资金筹措之外，还有许多迁徙在外乡、外县的李氏家族的人，比如含山仙踪、无为汤沟等地都有一支，这些地方需要派人去寻访登记，工作十分繁重。另外，续修宗谱的序言也需要找当时本族中比较有声望的人或是新一代大学生来写。大哥宗长那时正在南大读研一，学业任务比较重，爷爷每次看到他都会提醒别忘了抽空给家谱写序。

前两天大哥回忆说，续修宗谱是功德无量的事情，也是十分操心劳累的事，爷爷以一己之力把族人聚拢起来，一起为宗族出力办事，非常不容易。写序这个事爷爷非常看重，大哥受命之后匆忙写就，他自己也不太满意。家谱第二次补修的时候，大哥格外用心重新写了一版序言。历时一年多，1989 年冬至前后续修宗谱之事终于大功告成。后来，父亲和庆昭伯、时任全椒人大常委会副主任的宗烈二哥等人在 1998 年再次补修重印新版宗谱，并带人在旧址上复建了古色古香的李氏宗祠，供族人祭奠祖先。那时爷爷已去世五年多，若地下有知，爷爷肯定无比宽慰。

爷爷虽然识字不算多，但对读书和读书人却十分看重。宗长大哥是家族也是本村第一个大学生，爷爷人前人后都夸赞有加，时刻提醒我多向大哥请教。宗长大哥婚后和大嫂从南京回乡下过年度假，每次爷爷都会很高兴地和长孙、长孙媳一起打打牌、说说话，聊起家里家外的许多事情，爷爷常常话题不断。除大哥之外，1986 年考取东北财经大学的李晖叔，也是爷爷常常提醒我学习的榜样。李晖叔之前跟我说过，当时他家境比较困难，读高中灰心泄气时，爷爷总给他说一些鼓劲的话，给他一些力所能及的帮助。

言传身教

爷爷向来有大家长的威严。他和奶奶的三个孩子，除了姑姑外，我父亲和二叔都怕他，连我的二爷爷竟也有些怕他。爷爷自己兄弟姊妹三人，他和二爷爷头上还有一个姐姐，他们姐弟仨感情非常深，每隔一段时间兄弟俩就会结伴去滁河对面，看望嫁在含山谢集的姐姐。

爷爷为人处世的一些规范，也给了我许多潜移默化的影响。现在回想起来，从我五六岁开始，爷爷便有意识地给我立了很多标杆和规矩，讲很多故事来引导我养成一些好习惯。夏天夜晚，一家人在门口乘凉，爷爷讲起解学士（明代解缙）小时候机智改对联的事情，从“门对千竿竹，家藏万卷书”到“门对千竿竹短无，家藏万卷书长有”，让老财主生气地砍掉了门前竹子。躺在凉床上，他还常常出一些书上的经典对联来考我，比如“冰冷酒，一点两点三点；丁香花，百头千头万头”“八月中秋中，半夜二更半”。又如，讲些“甘罗十二身为宰，周瑜十三把兵提”之类的励志故事。虽然“为宰”“提兵”的愿望已难以实现，爷爷的用心却让我感念至今。还有一些教人知书达礼的谚语，我仍清楚记得：“叫人不折本，舌头打个滚”“书要熟、字要好”“要想过人头、就在书中求”。如今看来，虽有局限的地方，但客观上却给我指引了一个走出去的路径。

因为有读私塾的底子，爷爷毛笔字写得很好，每到春节村里许多人家都请爷爷帮写春联。为了多个帮手，爷爷也给我下了任务：从小学二年级开始，每年寒暑假必须练大字。从握笔方法到坐姿（肚子离桌沿一拳之隔），爷爷都有严格要求，他在一旁监督执行。有时候，他会冷不丁从旁边拔我手中的毛笔，看看是否握得紧。虽然至今我也没能在书法上有啥成绩，但每年坚持自己写春联，作为一种传统，一直保持了下来。

在我儿时的印象中，爷爷总是很严厉。比如夏天下河洗澡（其实就是游泳），必须经家人同意，在规定时间回家。有一次，我偷偷与邻居几个小伙伴到村前池塘里游泳，正游得欢实，一眼看到爷爷远远地从村口往家的方向走来，赶紧上岸回家，擦干身上的水，端坐在门口，还是被爷爷发现了“蛛丝马迹”，免不了挨一顿训。当然，生活上爷爷的慈爱也不会掩饰：1985 年夏天，我读小学四年级，去县里参加语文竞赛，爷爷特意花十二块钱买了一件“时新”的灰色拉链夹克衫作为奖励，那个大雾弥漫的早上，他从家一直送我到四里外的汽车站，看我上车才离开；去乡里读初一时，爷爷上街总顺便买些包子（小时候俺的最爱）在教室门口张望，我即刻走出去，站在山墙外吃完，继续进去听课。现在回想这些画面，不禁泪盈眼眶；我去滁州读师范时，每次回家返校前，爷爷总要给我把回去的车票钱和在校的零花钱，叠得整整齐齐塞到我手里，而他自己平时用钱、用物都十分节俭。

爷爷一生嗜好不多，抽烟比较厉害，偶尔打个麻将牌，很少饮酒，最大的爱好就是耕种劳作之余看看古代小说。早些年，村里还没有收音机，也没有通电，晚饭之后，邻居们聚到我家，听爷爷讲书，杨家将、岳飞传这一类他读过的演义小说，讲得最多。受爷爷影响，小学毕业之前，他床头的那些书我抽空基本看完了，比如《说岳全传》《水浒》《三国演义》《隋唐演义》《薛刚反唐》《武则天》《粉妆楼》《西游记》等，打下我偏好文史的底子。

爷爷还珍藏着一套旧书《两朝御批通鉴辑览》，光绪年间由上海藻文书局出版。据他说，中华人民共和国成立前，周县长准备出三百块大洋购买，他没舍得卖，交代我好好保管。早些年，这套书一直用旧报纸与细麻绳包裹着，放在家里。每年梅雨季节，父亲在老家会拿出来翻晒防潮，并非因为旧书价值多少，而是其中饱含对亲人的一份念想。几年前，这套旧书已被我从老家带到北京，每每翻起这些泛黄的竖版书页，我就想起爷爷生前说过的许多话，做过的许多事。

三十年来，爷爷时常在我的梦里清晰出现，他给我的教益影响至今。三十年了，爷爷如果能活到现在已经九十三岁了，那该多好！虽然这些年诸般不顺、一事无成，愧对他老人家的教诲，但也要感念他在我儿时给的那些积极影响。有时候我总在想，如果他能多活十年、五年，我一定要领着他在北京四处转转，帮他完成更多他想做的事情，比如坐一坐飞机看看脚下的云，办个护照去国外看看。可是，人生没有如果。

愿爷爷地下安息！

父亲，我不是你的骄傲

李宗长

父亲离世已经二十五年了，我没有一刻忘掉他。一直以来，我都想写写父亲，可我始终不敢动笔，我怕我心长力绌，写不好，干出来的活让父亲难看。作为一名瓦匠，父亲做出来的活，远近乡亲及他的工友都赞不绝口。我是他儿子，文章写了几十年，连自己父亲都写不好，父亲要是地下有知，不暴扁我才怪。

一

出生不久，我就和爷爷奶奶生活在一起，一直到十岁才回到父母身边。小时候，我对父亲几乎没有印象。稍长，父亲给我的印象是很少归家。他常年在滁州做瓦工，农忙时才回家帮母亲干农活。

父亲的瓦匠活特别棒，我在《粽香还是故乡浓》一文中，曾将他与《人世间》里的秉昆爸做过比较，同样是建筑工，我认为父亲的业务水平绝不会比秉昆爸差，这不是空穴来风。过去，农村瓦匠最重要的两件事，一是架屋一是支锅。架屋最基础的工作是砌墙，以两边山墙的垒砌最为复杂。庄户人家架屋极其不易，考量、积累许久，一般不愿请过多瓦匠师傅，瓦工木工漆工到家是要付工钱的。父亲总是独当一面完成山墙的垒砌。他砌完一面山墙，另一面山墙很少能完工的。给他当小工，和泥、递砖也很累，泥浆或砖块传递跟不上他的速度，就会遭到他调笑。

支锅是农家又一件大事，周边村庄的瓦匠师傅很多，可许多人家喜欢请父亲支锅。听人说，父亲支的锅，好烧且节约柴草。因此，每次父亲从城里回来干完农活，就会被人请去支锅。有的瓦匠师傅支锅会带上一个徒弟，两个人忙活一天，晚上才能完工。父亲不是没有徒弟，但他支锅总是一人独往，而且早早完工。这既为主家节省了待客的酒菜，也是对自己手艺的自信。有时，父亲支完锅回家较迟，那必定是主家较远或喝多了老酒。

泥瓦工又苦又脏又累，非亲身经历不能体会。高中阶段，父亲就对我说："你即使考不上大学，挑高箩也不要跟我后面干瓦匠。"我不信邪。1985 年暑假，我已是一名大二学生，仍向父亲提出要去他们工地做小工，想赚点钱出门旅行，父亲同意了。第二天，父亲交给我一把铁锹，要我去铲楼房顶部的沥青楼面，说这活轻松。我干了一天，浑身湿了干、干了湿不说，晚上回来，满手血泡，握不住锹把。父亲对我说："干活你不行，你回家吧。"

辛苦一天回来，晚上喝上几杯，解乏又易睡，瓦工师傅大都好这口。父亲特别喜欢喝酒。在家的日子里，几乎每天中午和晚上都要喝酒，出门务工更不用提了。父亲买酒，不是论斤论两地买，而是用塑料桶从酒厂几十斤几十斤地买。夏天的傍晚，父亲总是早早从地里收工回来，将凉床搬放门前，烧上几个小菜就喝上了。如果有人陪饮，父亲兴致更高。爷爷奶奶及二叔三叔，

翻看我家老影集，这大概是父亲和我及大妹 20 世纪 90 年代初唯一的一张合影

经常会被叫来一起吃喝。即便邻居，路过门前，也常被他喊来，一起喝两杯。也因此，父亲在乡亲们中间，人缘挺好。父亲待人特别大方、热情，弟弟宗品回忆说，有年正月初一早上，大拜年之后村里许多人挤在我家吃馄饨，馄饨是父亲一手包的，那时候过年早餐村里人能吃上面条元宵就不错了。

父亲也是做农活的一把好手，他仿佛有一身使不完的力气。那年月，耕田种地很少使用机械，麦子稻子收割完毕，要从地里肩挑到打谷场，父亲担子上码起的麦把稻把高度，令人望而生畏，可他总是挑起就走。有种动作叫刷刮（南京话里的意思是“干净利索”），父亲就是一个干活非常刷刮的人。

父亲还会做菜，这大概遗传了爷爷的基因。爷爷是乡下大厨，村里人家每逢红白喜事，都会请爷爷去主厨。回老家，叔叔们常对我说：“你老爹（我们当地称爷爷叫‘老爹’）有两道菜烧得非常好吃，一道是‘涨鸡蛋’，一道是‘蚂蚁上树’。”我以为，父亲的烧菜水平不亚于爷爷，毕竟他待在城里时间较长，加上走村串户，比爷爷见的世面要大、品尝过的菜肴要多要好。爷爷年纪大了，父亲就取代爷爷为村里人及附近亲戚进行主厨服务。以前回老家过年，父亲烧的“羊肉锅仔”，总能让我们一家大饱口福。

父亲的缺点显而易见，最突出的是脾气不好。即使是我爷爷奶奶，有时他也没好言相对。孝顺二字于他而言，只做到了一半，即孝而不顺。比如，从我上大学的 1984 年起，我家几乎每年都要“杀年猪”。杀完猪之后，父亲总会让杀猪师傅切上几条白肉，再将猪肝、猪肺、猪油、猪血、猪大肠等猪下水分出一份，让我给爷爷奶奶送去。父亲捉鱼摸虾的本领甚是了得，奶奶告诉我：“你大大（我们当地称父亲为‘大大’）逮鱼摸虾，村里没人能搞过他。有一年，村子旁边的一口水塘要干没干，塘里有两条十多斤重的大黑鱼，一村人在捉黑鱼，都捉不过他，全被你大大一人捉住。”这个场面我没见过，但我深信不疑，因为后来每次父亲从城里回来，只要有空，他总能弄到许多鱼虾，也会分出一部分，让我送给爷爷奶奶。摸鱼捉虾这方面，我却十分低能，我不是父亲的骄傲。

二

上小学时，有年暑假，父亲带我去滁州见世面。白天父亲和建筑队的叔叔们做工，我就坐在津浦铁路边上，“一节、二节、三节”，反反复复数着过往货车的车厢数目，乐此不疲，向往着有一天自己也能坐上火车，天南海北地游逛。暑期天热，父亲总会给我一些零钱，让我买冰棒吃。他对我的爱，总也离不开吃饭穿衣一类的。

高中到了知道臭美的年龄。我在读高中的两年中，寒假里，最盼望的是父亲能早点从城里回来。因为他每次从城里回来，都会给我带回一条过年穿的新裤子。村里的小伙伴过年穿的新裤子，大多是父母请来裁缝到家里缝制的，而我穿的裤子则是从城里买来的，大小、长短、颜色、做工，都极其令我满意。我不知道父亲是怎么知道我穿衣的大小和长短的。

考上大学，父亲脱下戴了时间不长的“上海牌”手表，让我戴上。1986 年，父亲又托人买了一辆“永久牌”自行车，让我使用。那时，购买“永久”“凤凰”“飞鸽”三大品牌的自行车，需要凭票供应，父亲是如何弄到那样的票证的呢？我不得而知。读大学期间，父亲和我约定，除了学校发放的助学金之外，每个月他再另外给我二十元零用钱，每个月月头去他工地旁的宿舍取回。当时，安徽师范类院校大学生助学金是每月十九元五角，以饭票和菜票的形式发给学生，男生基本够吃，女生大都吃不完。

我在石沛中学当老师期间，有一次回家，跟父亲不经意间说到烧煤油炉缺煤油。某天傍晚，我下课回宿舍，看到门口停了辆自行车，父亲和我庆全三叔坐在宿舍里，宿舍中间放着一个大大的塑料桶。父亲告诉我，桶里装的是五十斤煤油。原来，父亲下工后汽车站到乡下的班车已经停运，他就请庆全三叔骑车带着煤油和他，一路送到学校。我一个教师买煤油都困难，父亲只是一个泥瓦匠，从哪里买到煤油的呢？父亲没有告诉我。直到我离开石沛中学去南大读研，煤油还没有烧完。

最近，我重读《傅雷家书》，其中的许多细节让人落泪，比如，“……到别人家里……围巾必须和大衣一同脱在衣帽间，不穿大衣时，也要除去围巾。手插在上衣袋里比插在裤袋里更无礼貌，切忌切忌”“在饭桌上，两手不拿刀叉时，也要平放在桌面上，不能放在桌下，搁在自己腿上或膝盖上”“写信要训练把字写得小，信纸用薄的航空纸：字小纸薄，才可以多写而不多花邮费”“收到你波兰第四信和许多照片……通常总该在照片后面写印日期、地方，以便他日查考”“有一夜快十点了，你还要练琴，她（恩德）劝你明天再练，你回答说：像你那样，我还会有成绩吗？对人家的好意，用反批评的办法，自然不行”“对终身伴侣的要求，正如对人生的要求一样不能太苛”……

父亲只读过几年书，本来就不善言辞，根本说不了这样的话。况且，我只是一个不起眼的乡下教师，做不了什么大事，并不是他的骄傲。但他对我的爱，恐怕一点也不比傅雷对傅聪的少。

三

听叔叔们说，父亲做过民兵营长，这恐怕是他一生中做过的最大的“官”了。他还有许多故事，却很少跟我提及，父亲不是一个能言会道的人。我上大学、读硕士博士，也从没听到过他在工友们面前表扬我。我以为我不是父亲的骄傲。别的叔叔对他说：“你儿子考上大学，读了研究生，你老了有靠山了。”他回答：“他是他，我是我。我把他的婚事办完，就不管他了。”

父亲是这么说的，也是这么做的。我婚后的许多事，他从没管过，也管不了。

你养我长大，我陪你老去。这是许多子女对父母的美好承诺，我也不例外。然而，天不遂人愿，父亲病了。1996 年冬，父亲来南京找我，带着他种的花生，养的鸡鸭。父亲让我带他去医院看病，医生告诉我，你父亲患的是重度肝硬化，转氨酶数据很高，说明乙肝病毒仍在复制，要赶紧治疗。

当时，我们一家四口住在南航集体宿舍，我正处在博士论文写作的关键阶段，精神高度紧张，父亲病了更让我焦虑万分。父亲无法住在家里，去南航的御苑宾馆住宿，一晚住宿费要十七元，父亲和我都舍不得。我带着父亲一起坐公交来到南师大研究生公寓，交了五元借宿费，两人挤在一张单人床上。

“你安心念书，不要担心我。我回去后照医生说的打针吃药，不要紧。”睡在床上，父亲反过来劝慰我。我知道这种病的凶险程度，也知道看病花费肯定不会少，我对父亲说：“回去后一定要按时打针吃药，针一打完，我就送药回来。你感觉不好，就赶紧来南京检查拿药，地里的农活别干了。”那时，母亲来南京帮我带孩子，父亲独自一人在乡下，除了自己烧饭洗衣，还种了一亩多地。

当时，一针降病毒的药需二十八元，加上口服药，父亲一个月的医药费一千出头，正好是我工资加上给自学考试学生上课赚的“口水费”的全部。大半年过去了，父亲自觉身体好转，吃饭香了，干活也有力气了，不愿再看，最主要的是他怕再花钱。

没想到，后来他的病情加重了。1998 年清明回老家扫墓，看到父亲眼珠发黄，精神萎靡，我又赶紧带他来到南京，住进八一医院。八一医院肝脏科的何主任是我的安徽老乡，对父亲特别好，4 月 5 日当天就帮我们办理了住院手续。看病期间，何主任对父亲照顾有加。报社那时刚给每个编辑记者发了一套“现代作家传记丛书”，我用旧自行车驮着这套丛书送到医院，对何主任说：“主任，我刚毕业不久，经济非常困难，你对我父亲这么好，我无以回报，就把这套丛书送给你孩子看看吧。”我对吃饭穿衣都没有什么特别要求，唯独对书籍珍爱万分，我至今记得清末藏书家叶德辉说过的一句话：“妻与藏书，概不出借。”我把这套还没有拆封的丛书送给何主任，何主任自然知道其中的情分，对我也是感谢不已。

父亲住院期间，虽然医生用尽办法，但病情仍然难以控制，看病费用也让父亲十分焦虑。有天我下班后去探视，他问我：“我得的是不是癌症？你去问问医生。要是得的绝症，我们就回家不看了，省得人财两空。”我安慰他：“何主任不是对你说了吗？肯定不是癌症。看病的钱你不用担心，我会有办法的。”

住院十多天后，医院催款，那时我们夫妻所有的积蓄近两万元，已经全部花完。怎么办？我只好向报社借了一万元。23 日下午拿到钱款，我当即回到南航家中，准备告诉母亲借到钱了。等我到家时，却发现母亲不在家，我很奇怪。隔壁阿姨告诉我，你赶快去医院，你父亲好像病情加重了。奔跑到楼下，骑车直奔医院。到了父亲的病房，发现医生围了一大圈，母亲在哭泣，父亲因消化道大出血命悬一线。何主任把我拉到一边，对我说："抢救不过来了。我帮你找辆救护车，你赶紧把你父亲送回老家。如果在医院断气，丧事就要在南京办理，那样你的麻烦更大。"我已六神无主，全听何主任安排。何主任不仅帮我叫了救护车，还自己跑到医院附近的寿衣店，帮父亲买好寿衣。他对我说："你家里肯定没有准备，就从南京买了带回去吧。"我对何主任千恩万谢，跟着陪护医生及救护车送父亲回家。

救护车驶入宁合高速不久，父亲就断气了。医生从父亲身上拔掉输血的管子，告诉了我这一噩耗。顿时，我的眼泪滚滚而下，怎么也止不住。这个世界上最爱我的男人走了，像我心里的一棵大树轰然倒下，从此我将无所依靠。这茫茫人世间，今后谁会来为我遮风挡雨？父亲啊，这次你是真的不管我了，而不是像从前那样只是随便说说。

从 1998 年 4 月 5 日清明节当天住院，到 4 月 23 日父亲病危离开医院回老家，父亲在医院住了十九天。在医院里，父亲非常听话，积极配合医生治疗。因为上班，我也不能时时陪他。十多天里，他自己打饭，自己料理自己，吊水吃药全凭医生和护士安排。在我心里，父亲的身体一直以来都非常棒，总以为不会有什么大事，最不济也就是多花点钱而已。后面发生的事，让我追悔莫及。现在我还常常想：我当时为什么不请假，为什么不多陪陪父亲呢？如果知道他就要撒手人寰，我一定会请假，一定会多陪陪他。然而，正如弟弟宗品在《纪念我的爷爷》一文中所说："可是，人生没有如果。"

前两年，偶尔听到一首《天堂一定很美》的歌，歌中唱道："我想天堂一定很美/妈妈才会一去不回/一路的风景都是否有人陪/如果天堂真的很美/我也希望妈妈不要再回/怕你看到历尽沧桑的我会掉眼泪。”听着歌，回味父亲的点点滴滴，眼泪总是禁不住在眼眶打转。

父亲讳庆坤，生于1943年，属羊，仙逝时享年五十五岁。

第二辑

铭记来时路

初入学堂头三年

李宗品

立秋那天早晨，下了一场不小的雨，午后转晴，蝉鸣不已。眼见着，孩子们又该迎来新学年了。能不能入学区最牛校？要不要请名师开小灶？这让都市里的家长们焦灼不已。在对学校的权衡，师资的对比中，家长们加入了旷日持久的内卷大战。即使和如今都市里的“差校”相比，当年我们村东头的小学校，基础条件也不知差了多少倍。可时至今日，我仍常常想念它给了我们简单快乐的日子，感激它带给我们最初的知识和教育。

岗李小学

岗李村呈东西走向，共四个生产队，东西各有两队，我们队在西边。学校设在中间位置，名字自然叫岗李小学。学校只有六间砖瓦房，五间教室，一间用作老师办公室。听父亲说，小学校的砖和瓦大都是从原来的宗族祠堂运过来的。祠堂在 20 世纪六七十年代被拆掉了，所幸拆下来的砖瓦木料没有浪费，直接挪到村东头盖了岗李小学，方便了本村及张集、大朱、大湾等周边好几个村庄的孩子读书。

小学南面空地上，建有一个篮球场，两个水泥乒乓球台。那时，在本乡所有村小之中，这样的配置算是相当“豪华”了。学校只设小学一到三年级，共三个班。二、三年级各占一间房，一年级人多，独占三间房。一年级之所以人多，一是许多人家都把孩子送过来认认字。另一个原因是留级生多，上一届留下来继续蹲点战斗的“老革命”充实了队伍。到了二、三年级，辍学的孩子逐渐增多，凑够一个班就算不错了。没有幼儿园，只有一个人数很少的“红儿班”，插在一年级教室里一起上课，搞“复式教学”。那时候，村里娃儿上“红儿班”的极少，绝大多数是直接上的一年级，之前都在家里玩泥巴、打弹弓，各种疯玩是常态。或放牛放鹅，帮衬着家里干点活儿，不像城里娃儿，上学之前还要经过小班、中班、大班至少三年的“预备役”，甚至小班之前还要上个“托班”。

给我们上课的老师，都是本乡高考落榜或是高中未毕业的学生。当时高中生也是凤毛麟角，回到村里就能得到一个民办教师的职位。说是老师，其实他们跟“赤脚医生”一样，都是双重身份，教书之外的角色是农民，家里都种着地。除了法定的寒暑假之外，在午收和秋收两个季节，我们都会放十天左右的忙假。老师们回家抢收抢种，孩子们回家帮家里人凑个忙。那个时候，孩子们没那么金贵，也都皮实，被老师“体罚”是家常便饭，没人去举报，家长们甚至主动跟老师打招呼：“不听话就教训他。”

记得学校四周全是庄稼地，东边有个池塘，春夏时节，满目青绿，景色很宜人。下课十分钟，我们踢毽子、斗鸡子（也叫“脚斗士”）、用瓦片打水漂。冬天，小伙伴们靠在教室外墙上排成一排，分成两拨，相互挤压取暖，我们叫它“挤油渣”。或用自制的木板球拍在水泥台上打乒乓球。离家太近了，疯累了，我们还可以回家舀一瓢凉水灌进肚子里，两分钟就能从容来回。当然，我们都更喜欢喝村东面两个老奶奶卖的红红绿绿的“饮料”，一分钱一杯。其实就是井水放了点糖精，再放进去一些红的绿的食用香精和色素而已。现在看来不算健康，但当时特别受孩子们追捧。老奶奶那里还能买到糖食，最多也就是一分钱的白糖饼子、两分钱的杠子糖，吃起来特别香。

忙归忙，玩归玩，学归学。一到期末，成绩好的孩子就迎来了“高光”时刻，领了成绩单，明晃晃的奖状也一并到手，家里土房子的墙壁上再贴一张。而成绩差一点的孩子最怕看成绩单，有的为了回去过家长那一关，甚至铤而走险，动起了改分数的念头。特别是第二学期期末的成绩单，上面有“升留级”的最后决定，成绩不好、表现差的孩子会被班主任判“留级”，客观上耽误时间，主观上也是一种“羞辱”。我清楚记得，村东头老奎兄弟光一年级就蹲了快四年。

李翠老师

李翠老师是当时岗李小学唯一的女教师，对孩子们特别有耐心，也特别有爱心。她和我们是同姓同宗，辈分上与我一样，如果不是我老师，我该叫她大姐。李翠逢人说话总是笑盈盈的，声音很响亮，满面春风的样子。她本是邻乡广平人，因爱人申老师那时候在本乡中心校（辅导区）教书，后来举家都搬来我们村住了很多年。

李翠老师教的是一年级，其他年级老师有事外出的时候，三个年级就都是她一个人管。她从无怨言，总是很开心地把所有孩子归拢到一年级的大教室里，给大家讲中国传统民间故事，讲安徒生童话，还常常教我们唱当时流行的各种歌曲。她把歌词写在黑板上，大姐小时候歌词本上抄的歌曲基本上都是李翠老师教的，比如《卖报歌》《读书郎》以及《校园的早晨》《走在乡间的小路上》等台湾校园歌曲。她对孩子们的关心细致入微。印象很深的一次是，我那时还没上学，跟着二姐一起坐在教室里听课，在她课桌边上睡着了。李翠老师看到了，把我抱到办公室桌上，让我舒舒服服躺下，怕我着凉还在我身上盖了一件衣裳。

那个年头，知识女性在村里极为少见。李翠老师为人正派和善，还很有见地，常开风气之先。20 世纪 70 年代末，村里未出嫁的姑娘都是梳长辫子，出嫁的女人都是盘头梳发髻，每天早上梳头的流程比较复杂。李翠老师那时候是齐耳短发，比较利落省事。那年夏天，她力劝我母亲把发髻拆散了剪掉，她可以帮着剪发，她说这样既省时间，又凉快，也好看。在我母亲带头剪发之后，村里的女人们都纷纷效法，掀起了一场发髻潮流革命。可以说，这是李翠老师一手策划并推动的。

后来，她和申老师一起调到广平小学，也举家搬到了那边。搬家那天，一辆手扶拖拉机装满行李，李翠老师坐在上面，泪流满面，跟乡亲们挥手告别。村里人几乎全来了，一直把他们全家送到村东头小学校的路口，上点年纪的人不住地擦眼泪，所有人都舍不得他们走。按照当地习俗，几天之后，村里人应李翠老师邀请，大人孩子几十个人又聚到她的新家——广平小学家属院里，吃了一场乔迁的喜宴，热热闹闹的团聚场景，至今难忘。

邢老师

我的一年级语文老师是邢老师。他是本乡第一批民办教师，学历并不高，但我们学生打心里十分敬重他。他家住在我们村后面的大湾，原先住在邢集——一个仅有几户人家的小土墩上。每次发大水，那里就四面环水，白茫茫一片，像一座孤岛。

邢老师当时三十来岁，印象中皱纹已经不少。他个子不高，说话慢声细语，性格极其温和厚道，很少见他体罚学生。他家孩子多，负担也重，家里种了不少地。不知道因为什么，他和师母经常争吵。有一次，刚烈的师母竟然直接闯进课堂，找到正在上课的邢老师，打了一架。邢老师颜面全无，也没听他抱怨什么。那时候的我们，也不大懂得大人们之间的事情，只是替邢老师抱屈，时不时能见到他脸上“挂了花”。

邢老师教书非常认真负责，板书极其工整清晰，特别是他的汉语拼音教得好。我们当地发音习惯，往往 n、l 不分，前鼻音后鼻音不分，而这个问题在我这儿基本消除了，不得不说这与当年邢老师给我打下的扎实基础有关。不忙的时候，他会挨着村子去学生家里进行家访，跟家长沟通孩子的学习情况。有一年春节，全乡搞文艺会演，在一个跑旱船的传统节目中，我看到扮演艄公的竟是邢老师，没想到他还是个文艺积极分子。

听父亲说，几年前邢老师因病去世了。我最后一次见他，大概是五年前的国庆期间，在乡间水泥路边，邢老师和家里人正在晒稻。那一次，我们站在路边聊了很久，关于过去的、现在的许多人和事。没料到，和邢老师这一面竟成永诀。

小滕老师

小滕老师是岗李小学当时唯一的公办教师，也是最年轻的老师，毕业于安徽嘉山师范（或天长师范），不过只在我们这里教了不到一年。他当年二十来岁，脸庞白皙，个子一米七五以上，比较帅气。但周边人都叫他“书呆子”，可能是因为他一心用功读书，不善交往，不太懂得所谓的人情世故吧。在我们孩子眼里，他是非常有水平且有责任心的优秀老师。

我读三年级的时候，小滕老师从别的村小调过来教我们，语文、数学他一肩挑。第一天来班里点名，小滕老师看着花名册喊了半天“李宗史”也没人答应，后来只剩下我同桌（也是邻居）三子没被叫到，他才跟老师说“我叫李宗央”。因“史”与“央”长得很像，而又与“屎”同音，全班爆笑。他上课时的标准动作是，双唇紧闭，双手交叉搭在腹部。我们课下常常会去模仿他。

1983 年冬天，故乡下了迄今为止最大的一场雪。当天恰好是期末考试，父亲一路铲雪，送我和邻居几个小伙伴到学校门口，那时候小滕老师还没到。他家住在两里地外的大滕村，不多久我们就看到他冒着风雪，深一脚浅一脚地赶到学校。到了学校山墙跟前，站下，一手扶墙，一手脱下靴子，倒出灌满靴筒的碎雪，他的袜子全湿了。

我们都很喜欢听他讲课，很生动，很有激情，他常常讲得口干舌燥，唇边嘴角留白。可惜好景不长，他只教了我们不到一年。有一回，我们正在教室上着课，不知道因为什么，小滕老师与大个子 Y 老师（也是岗李小学校长）在窗外春天的泥地里打了一架。回到教室的时候，小滕老师有些伤感地告诉我们，他可能不教大家了，其实他并不想离开我们。果然，小滕老师很快就调走了，就在我们三年级下学期还没结束的时候。我们很想念他，几个小伙伴还特意旷课去城埂头上的古城小学去看他。见到我们，他很高兴，说了几句话后，就让我们赶紧回学校去。再后来小滕老师身体出了问题，终身未娶，一直病休在家，直到十多年前在家中病故。他是孤独的，但我和小伙伴们不会忘记小滕老师在岗李小学的全心付出。

沧海桑田，世事变迁。将近二十年前，小学校那六间校舍就已被全部拆除，夷为平地。岗李小学也成了无人知晓的历史名词。这片曾经育人的土地，已经种上了水稻，正在茂盛生长。

直到现在，我还常常梦见那几间教室，空落落的样子。

我与电话的“隐秘”往事

李宗品

昨晚下班，路过家附近的菜场，想问问家里冰箱缺点啥，我顺路买些回去。微信、手机都没联系上家人，只好拨了一下家里的座机，那头意外传来一句：“您所拨打的号码是空号。”

晕！啥时候被销号了啊？可能是因为半年也用不上一回，总免不了忘交月租费，估计电信局没法再忍受下去，就直接给“清零”了吧。回到家里，去客厅沙发一角，瞅了一眼话机，盘面和听筒上落满了灰尘，显然已经被忽视太久。

实际上，座机电话很多人家早就不用了，也不知道为啥会在我家“苟延残喘”了这么多年。不过这一次它也终于没挺过去，油尽灯枯、寿终正寝了。不由得回想起过去的那些日子，我与电话之间发生的趣味往事，有时忍不住笑出泪来。

先说说我和电话机的第一次相逢。记得是十来岁的样子，我跟着爷爷去镇上姑爷爷家串门，姑爷爷当时是镇工商所所长，他家里的墙上挂着一部黑色“摇把子”话机。姑爷爷往外打电话时，没法直接跟要找的人通话，总是先“呜呜呜呜”一通猛摇，等接通总机，再由总机接线员转拨给要找的人，大费周折。那个年代能吃皇粮已经不易，家里还能装上公家的话机，更是一种“身份”的象征。对于这样的老式“摇把子”，孩子们只能敬而远之，虽说很想走近去摸摸只有电影里才见到的稀罕物，却多半会被长辈们及时制止。

第一次打电话是在五六年之后，我去市里的师范上学期间。有一次，碰巧校团委的老师让我去办公室帮忙值班，包括接听电话、登记一些必要事务。那时候话机已经进步了，由“摇把子”变为“轮盘机”，话机台面上是一个周身带窟窿眼儿的转盘，食指伸进窟窿眼儿，按号码的数字来转，发出“吱吱吱吱”的声音。心想，这回可逮着机会了，必须试试打个电话尝个新鲜。

可是打给谁呢？没有任何熟人的电话号码（也不可能有），正好老师办公桌边有一本厚厚的电话通信簿（后来叫黄页，邮政局印发的），我随手翻找，看看能打给谁家，又不显得尴尬。最后决定给市新华书店拨个电话，当时本市的电话号码才 4 位，倒是简单。拨通之后，那头的书店营业员问：“喂，哪里？什么事？”记得当时我似乎既兴奋又紧张地答道：“我是师范图书馆啊，请问你们新版的《汪国真诗选》到货了吗？”营业员没好气地回答：“忙得很，你们自己来找。”20 世纪 90 年代初，北岛、食指、海子在大学里的拥趸很多，汪国真的诗句比较起来明白浅显一些，曾经在中学校园流行过一阵子，同时期台湾的席慕蓉则颇受女生们的追捧。

那一次亲密接触之后，电话和我又陌生起来。几年后我回到故乡中学教书，整个乡镇只有一部程控电话，安放在乡财政所的办公室里。那时候，我刚刚从学校毕业，为了方便及时联系，给外地同学留的号码就是乡政府这唯一的一部“活宝”电话号码。好在我初中女同学 F 就在财政所上班，接打电话也就有了近水楼台先得月的便利。中学距离乡政府还有相当一段路程，F同学在接到我外地朋友打给我的电话之后，往往会在街上拦住一学生给我捎口信：让你们李老师在某天某时某刻来财政所接电话。后来，春晚小品里有个段子说的是“某老总名片上留的电话号码是××××××，请胡同刘大妈喊一嗓子”，确实太有生活味了！我心有戚戚焉。

教书三年之后，终于熬到学校换了新址盖了新大楼，学校也终于有了属于自己的一部电话。不过，Y校长一贯勤俭节约，严控电话费，教职工打电话必须严格登记，是长途还是市内、时长多少，十分精准，然后月末从各人的工资中扣除。后来，Y校长对这部宝贝话机的“呵护”进一步升级，干脆请他老同学——隔壁村子里的木匠D师傅，给这部红色话机“量身”定做了一个木盒子，将拨号盘面盖住，并在盖子上嵌入一个圆锁头，钥匙由校长贴身带着，只露出听筒（因为接电话不花钱）供大家接听。可是百密一疏，裸露部分与木盖子下面仍有较大缝隙，找校长拿钥匙毕竟流程太长且费钱，有经验丰富的同事灵机一动想出一招：用夏天吃完的雪糕棒（宽扁平的那种），贴着缝隙伸进木盒下的盘面上，逐一按着号码即可拨出电话。虽说姿势艰难，但屡试不爽。

不过有一次，一同事却差点在校长面前暴露出用雪糕棒拨电话的秘密。那天，一调皮孩子被校长叫到办公室训斥，孩子父母都在浦东种菜，校长让班主任给孩子家长打个电话。校长正要找钥匙开电话盒，这位班主任老兄却天才一般从自己的抽屉里摸出了一根扁扁的雪糕棒，完全是下意识的习惯动作，急得旁边一老兄连连摇头、暗暗摆手。也不知道这一动作是被Y校长看在了眼里，还是后来有人告密，反正校长大人很快对宝贝话机的管控手段继续升级，在木盒底部放了两本书垫衬，木盖与盘面之间的间隙一下子被填满，雪糕棒等一类的作案工具立马失去用武之地。众人一声长叹，只怪那位仁兄“一失手”成千古恨！

“道高一尺，魔高一丈”，高手总在民间。雪糕棒暴露之后，天才的 D 师兄不知道从哪儿又学来一个方法，根本不用摁话机盘面上的数字，只需拿起听筒，摁听筒那头上的可以上下弹起的按键，就可以顺利拨出电话。具体做法是这样的，根据电话号码的不同数字，像发电报一样按不同的次数，比如 1 按 1 下，9 按 9 下，0 按 10 下，其他类推。而每个数字之间的间隔时间必须均匀，这很挑战一个人的手指灵活度和韵律节奏感。且需要持续不断地摁听筒那头的按键，发出“嗒嗒嗒嗒”机关枪扫射一样的声音，也像敲锣打鼓庆丰收。在 D 师兄示范成功后，因乐感格外好，这个光荣而艰巨的任务基本就落在了我的肩上。那段时间，因为考学深造与北京联系较多，用“机枪扫射法”拨电话，光拨北京区号 010 就给俺累得够呛。当然，技术要求越高，成就感也越强，我常乐此不疲。其实也省不下几个钱，更多的是对“抠门”校长的戏谑，以及通信短缺岁月里的苦中作乐。后来，听 D 师兄说这部话机，在电闪雷鸣的雨季，常常会出现“呲呲呲呲”的杂音，我们猜想可能是因为它作业频繁、劳累过度了，不免心生悲悯。

如今，不仅那部话机不复存在了，随着人口迁往县城，中学也先后变成了小学、教学点到完全消失，现在是万亩艾草现代化生产厂区。沧海桑田，往事如烟，令人不胜唏嘘。

伴着王菲和那英合唱的《相约一九九八》，二十四年前我北上读书。刚到学校那会儿，先是周末晚上在电话室里排长队打电话，之后宿舍里也装了电话（那时学生是买 201 电话卡打）。当时市场经济正如火如荼，大款们手持“大哥大”成了标配，学生也用上了寻呼机。临毕业前，为了找工作我一咬牙也花一千块钱买了一款“摩托罗拉精英王”汉显寻呼机，呼号选的是名噪京城的百思特寻呼台，记得呼号是 68271188，转多少忘了。寻呼机是一个过渡产品，我印象中到 2000 年底左右，它就逐渐被手机淘汰出江湖。1999 年我在《中国经济时报》实习期间，还发过一篇采访报道《寻呼业：离夕阳还有多远》。果然，用了不到一年，我的寻呼机就成了一块“电子表”，如今它已经成为旧时代的文物，静静躺在我书房的抽屉里。再后来，就是手机一统天下、不断迭代，成为集通信、阅读、理财、社交、音视频等为一体的多媒体移动终端。

四十年的变迁，通信方式从荒芜到发达，毋庸置疑生活便捷了太多，沟通成本也降低太多。不过，要说弊端也能列出不少。比如，想不被人找到、独享安静时空几无可能了；再比如，人们之间温情脉脉、往来关爱的书信，基本成了历史名词，快节奏的生活里少了一分润泽，文学作品也少了一个重要类别。

恰如台湾诗人、画家木心在《从前慢》里所写的，“从前的日色变得慢/车，马，邮件都慢/一生只够爱一个人”。

没错，放慢脚步，回首往事，你能会心一笑泯恩仇；放慢脚步，从容走着，你会发现，路边的风景也格外好看。

我在石沛当老师

李宗长

一

快乐的时光总是短暂的。转眼间，暑假就要结束了，孩子们又要背着书包走入学校。无论是在街上，还是在公交地铁上，每当看到一张张生动的学生脸，我就会想起三十七年前我在老家全椒县石沛乡当老师的过往。

1987年，暑假快要结束的一天，住在我们村附近的老陆（他是我滁州师专的同学）来我家，给我送来分配通知书，我被分到石沛中学任教。“石沛中学在哪呀？”我问。“我也不知道。你再问问其他人吧。”老陆回答。七问八问，才知道石沛中学在县城西北十多公里外的镇上。简单收拾点行李，我便拎着一箱换洗衣服，背着一包书，在指定时间匆匆上路了。一早出发，坐汽车到县城，再转车去石沛，紧赶慢赶，下午终于到学校了。

学校的破烂程度按下不表，我先说说这里的校领导给我的第一印象吧。找到校长家，校长爱人不像是一个老师，她正在用木桶挑水，然后倒进一个大水缸里。家里光线暗淡，布置简陋，锅灶支在陋室一角，灶台表面用水泥抹平。即使在农村，我家门前也有手压水井，灶面和周围贴满雪白的瓷砖。“校长家竟然没有自来水，吃水靠挑，锅灶也不亮堂，怎么还不如农家呢?”我在心里一边做着比较，一边嘀咕着。

校长姓谢，中等个头，面目黧黑，穿着也不像一个知识分子，跟我们村的生产队长差不离。老谢人非常和善，说话慢声细语。一见面，他就坦率地告诉我，他很快就要调走了，要我去找副校长老范。老范较胖，浑身的赘肉像要随时从衣服里跑出来。老范也很和善，说话有点喘，他向我简单介绍了学校情况后，关切地对我说：“现在回县城的客车早走了，晚饭就在我家吃吧，睡觉也在我家将就一下，和我家老二睡一起。明天你回去，到正式开学那天再来。”

正式开学了，我再次来到学校。总务主任老费把我领到他家隔壁的一个房间，对我说：“这是你宿舍，还有一个新教师和你同住。你没带床铺吧？”“带了铺盖，没床。”我回答。“这样吧，我家有张没脚的凉床，你用两张长板凳放在两头，凉床放在板凳上就能睡觉了。”费主任抓耳挠腮了半天，最后说。教师办公室没有多余的办公桌，只有过去学生留下来的部分课桌，低矮、破旧，桌面拼接处缝隙也大。搬两张到房间里，将缝隙大的一面靠墙，买来白纸，铺在桌上，码上带来的书本，就可以在宿舍办公啦。

过了一两个礼拜，星期天坐车回家。这次回校，我把我家当时最贵重的“大件”——一辆“永久”牌自行车骑到了学校，这是我读大学时父亲为我买的。同时带来的，还有家里一只不用的旧煤油炉，学校食堂周日不开伙，自己不烧，到哪里吃饭呢？总不能经常上街下馆子吧。

二

谢校长关系转走了，当年和他闹矛盾的教导主任老胡被调到小学任教，老金荣升教导主任。老金三十出头，未婚，是回乡青年，民办教师。经过多年的函授学习，我去学校的那年，老金拿到了华东师大的文凭，也不知是专科还是本科，学位肯定没有，因为他不懂英文。

老金面白，个子挺高，腰板笔直，是个帅气青年，板书很漂亮。老金找到我，对我说："毕业班有一百多号人，应届生八九十，历届生四五十。中考指望应届生肯定不行，我们把历届生平均分到两个应届的班里，我俩各带一个班的语文。"听起来很公平，我当然只有服从的份。学校已有一位早我两年来的学姐，也是中文系毕业的，老金没有安排她带毕业班，而将如此大任交付于我，我觉得他好像挺器重我的。

教学生涯开始了。学生大都是本乡穷苦人家的孩子，指望着考学"华山一条道"改变命运，不能耽误人家。我备课是认真的，教书也算尽了心力。可是，我的某些做派领导并不喜欢。比如早自读，那时我要求学生课本里所有的古诗文都要会背，学生早上在背语文，而我却拎着一本《新概念英语》在背英文。金主任看到了，眉头直皱，也不好说什么。我这人一根筋，也没对他皱眉头太在意。对那些"冒号型"领导，或媚上欺下的领导，我这辈子都是面子上尊重心里不愿与之为伍。这个臭毛病，到现在快要退休了，也没改掉。

下课之后，办公室里没有办公桌，正好直接回房间。看书、备课、改作业，远离办公室八卦，正合我意。累了，把做菜当休息。刚开始，我杀鱼不知道去鳞，炒菜不知道锅里是先放菜还是先放油，切出来的土豆丝粗得像铅笔。同宿舍的关老师，和我一样是苦出身，却比我聪明能干很多，他教会了我做菜。宿舍是很多年前盖的房子，屋顶经常往下掉土，有时正在炒菜或吃饭，“啪”的一声，一些碎土块从天而降，掉在菜盆或锅里，搅乱我们的“饕餮大餐”，也没啥办法。向住在隔壁的老师取经，怎样防掉土，原来他们家房顶都用纸板或木板挡着，没有我们的烦恼。

关老师告诉我，无论做什么菜，都是先将油烧热，然后再放菜炒制。有一次，一人在家，不想烧菜，决定下面条对付。铝锅里倒入菜籽油，烧到冒烟时，我将桶里的井水慢慢倒入锅中。没想到，冷水一进油锅，“砰砰砰……”持续的爆炸声吓得我不轻，热油被溅得四处横飞。情急之中，我一脚踢翻了铝锅，爆炸声随之止息。看着身上溅到的油渍，心里的凄凉油然而生。

艰难困苦没有玉我于成，却教会了我烧饭做菜。新冠疫情前，我常回老家，婶婶每次都会给我带回杀好的老母鸡、野生的黄鳝泥鳅之类的。双休时，我就围上围裙，在厨房内大展身手，烹制出一桌家乡菜，请同学朋友一起品尝。大家都说我做的菜好吃，不管是真是假，我听了都很高兴。

三

学校的同事有二三十位，我最感兴趣的是四位女教师。

一位是石沛乡党委副书记的爱人，姓侯，年长，矮胖，总是笑嘻嘻的。她爱人来学校检查工作，都是校长主任陪同，我们只在远处观望，他强任他强，清风拂山岗。“用舍由时，行藏在我，袖手何妨闲处看”，是我一直以来的心态。但是，和侯老师打交道，却异常轻松，心里一点负担都没有，也看不出她爱人就是分管学校工作的乡领导，我到现在心里都对她充满尊敬。

魏老师、何老师，比我早一两年到校，都是正儿八经的院校毕业的。公办教师的身份倒也不算什么，关键的是她们都年轻貌美，充满朝气。认识之后，我很想和她们多多接触，毕竟是同龄人，共同语言多。可是，她们对我的态度不温不火，原来她们早已名花有主，男朋友就在身边呢。明月装饰了她们的窗子，她们装饰了别人的梦，不是我的梦。还有一位沈老师，是代课老师，和我们打交道相对较多，相处下来，感觉她也早已心有所属，不是我碗里的“菜”。

那年月，电视连续剧《新星》（根据柯云路同名小说改编）正在全国热播。周日不回老家，我有时会去隔壁费主任家看电视，里面的一个细节对我触动特别大。县委书记李向南去横岭裕小学视察，学校老师肖婷婷对李书记说，公社书记潘苟世（当地人叫他“潘狗屎”）要她嫁给自己的侄子，如果不同意，就要让她一个人上山看林子。如果同意，就提拔她到公社供销社当售货员。我不认为老师的地位一定比供销社售货员高，但要老师“好好干，提拔去当售货员”的说法，怎么也让我接受不了。

风气如此，那时教师在社会上不受待见就司空见惯了。影响所及，村里和街上的“小芳”，很少为我们这些青年教师流过泪水。落花有意，可流水无情啊。既然“小芳”们也无意于我，我就一门心思读书考学吧。

因为离家较远，周日我回老家的次数不多。每到周六，家住附近的老师，一下班就匆匆回去和家人团聚。家在县城的老师也彼此相约，一起坐客车回县城。校园里空空落落，寂寞难耐。那个时刻，我心里最难受。经常独坐房间，静静地听日本小提琴手西崎崇子演奏的《梁祝》，百听不厌，常常听得泪流满面，“往往取酒还独倾”。哦，我要交代一句，为了学习英语，那时我用三个月左右的工资，买了台录音机，每次择菜、洗菜、炒菜时，我都会播放《新概念英语》磁带。考研前，《新概念英语》第三册六十篇课文，我几乎全部会背了。周日，也会从师范学校毕业的耿老师处，借来贝多芬、舒曼、莫扎特、勃拉姆斯等人的音乐磁带，静静倾听。

四

同事之外，老师家属们对我的关心，也让我铭记在心。

早饭是从食堂打来的稀饭，咸菜也是食堂买来的大路货。端着饭盆往宿舍走，边走边“吸溜吸溜”喝稀饭。教数学的尹老师一家和我住在一排，相隔不远。老尹父母和他爱人王大姐，看到我喝粥，总会喊我去他家里吃点小菜。他们有时会叫孩子把菜盆端到我面前，叫我夹菜。偶尔，老尹家来了客人，也会喊我去作陪，没啥目的，他们就是想让我吃点好吃的。

老尹后来做了石沛中学的校长，前几年退休。有一年，王大姐生病来南京看病，在南京军区总院（现在叫“中国人民解放军东部战区总医院”）看了一个礼拜左右也没啥效果。不得已，老尹给我电话，问我认不认识江苏省人民医院的医生，想转院去那里治疗。我不想麻烦朋友，接到电话，就和爱人赶到人民医院，提前预约专家号，跑上跑下，陪同老尹办理住院手续。住院期间，我去医院看望王大姐，老尹和王大姐非常开心，聊起过去的事，夫妻俩相互抢话，争着和我说。幸运的是，王大姐的病在人民医院看好了。王大姐，多保重啊。

在石沛当老师期间，感动我的人和事，又何止这一件。

有一次，我早早吃完晚饭，在房间静静看书。“砰砰砰”，几声敲门声骤然响起。打开门，隔壁费主任的爱人站在门外，她满头银发，手里小心地端着一碗汤汤水水。“大妈，找我有事吗？”我问。费大妈乐呵呵地说：“家里今天包饺子，我包的，也不晓得味道怎样，盛一碗送给你尝尝。”临走，还不忘叮嘱我一句，“吃完别洗碗了，送来我洗。”我连声感谢，不争气的眼泪顿时盈满眼眶。此情可待成追忆，只是当时已惘然啊。

食堂师傅大都是教师家属，谢校长的爱人也在其列。打菜的时候，给教师的分量总比学生足。偶尔卖红烧肉，大师傅舀起一勺，仍然会像卖给学生一样，习惯性地一颠一晃，我的心也随着这“一颠一晃”上下起伏，生怕晃动太大，倒进碗里的红烧肉，几口就吃完了。

教化学的申老师和我挺好，他家也是我常去蹭饭蹭菜的地方，我们的交情从下象棋时就结下了。这一点，我在微信公众号“兄弟双城记”推送的文章《象棋，让我欢喜让我迷》中已作交代。老申的爱人陈大姐，泼辣能干。学校的事情，好像没有她不知道的。有一次，我正在上课，一位美女从外地来看我。下课路过陈大姐家门口，她向我招手，喊我进家，神秘兮兮地问我：“李老师，你宿舍来了位漂亮姑娘，她是谁呀？你女朋友吗？”我不置可否，笑而不答。

五

石沛中学是初级中学，学生年龄不大，见到老师有点怯怯的，平时和我交往不多。因为没做过班主任，我对学生的情况也不太了解。那时，我除了教语文，也教初二地理。

初二年级班里有个女学生，脸上有烫伤，上课时总是低着头，一副自卑模样。我看在眼里，难受在心里。经常会踱到她面前，主动问她一些学习方面的情况，想多给她一些关爱。我离开中学以后，听别人说，这个学生后来早逝了，于是心里有隐隐的痛，不知情况是不是属实。

初中生是小，不是瞎。老师上课认不认真，对他们好不好，他们心里知道，却不会向你表达，或者表达的方式与寻常人不一样。

深秋的一个傍晚，吃完饭后，我仍在房间静静看书。“吱溜”一声，虚掩的门被推开。接着，“哗、哗”的声音传过来，有不少东西扔进房间。我吓了一跳，赶紧从蚊帐后面的书桌旁走出来，看到各种蔬菜躺了一地，豇豆、茄子、毛豆、包菜、萝卜、大白菜，等等等等。

“这是谁干的呢？”

出门寻觅，只见几个瘦小的身影快速跑掉，原来是几个女学生送来的。我不知道她们是谁，第二天去班级询问，孩子们都不说，到现在我都不知道送菜的同学叫啥。可是，这一幕却在我心里定格了几十年，总也忘不掉，有时还会在梦中重现。我被真真切切暖到了。

“释放无限光明的是人心，制造无边黑暗的也是人心。”雨果在《悲惨世界》里如是说。我的那些石沛中学的学生们啊，从你们心里释放出来的，都是无限的光明，哪有什么黑暗。

来南京工作之后，回老家探亲，偶尔也会和熟悉的学生聚会。有个王同学，现在是县公安局的领导，当年就非常聪明，现在表达更好。几杯酒下肚，他对我说：

“老师哎，我现在有时跟同事讲，你们别跟我牛，牛什么呀？你们在初中接受的是什么教育，我接受的是什么教育，你们知道吗？我语文是文学博士教的，数学是理学硕士教的（教数学的戴老师几年后考取了上海财经大学的研究生），英语是东南大学的博导教的（教英语的耿老师现在是东南大学的博导）。你们能跟我比吗？怎么比？”

我听了嘴上呵呵着，心里窃喜。我在想：假若他数学不好，说当年数学是体育老师教的，是在编故事；假若他语文不好，说当年语文是地理老师教的，倒也未尝不可。

今年，我和弟弟搞了个微信公众号“兄弟双城记”。工作之余，兄弟俩轮流上阵，每周写篇稿件，作文自娱。没承想，文章发出来之后，一个石沛中学毕业的叫费琼的学生给予了特别关注，经常给我们留言，鼓励我们。我也不会回复她，总觉得很惭愧，有点对不住她。她还记得当年我离开学校前，给他们上的最后一课，而我自己却忘了。

闲暇时，我就想：我要用心写作每一篇稿件，写得不好是能力欠缺，态度首先要端正，不能对不起关注我的学生和朋友们啊。

象棋，让我欢喜让我迷

李宗长

今年全国新高考语文试卷，用了三个围棋术语“本手、妙手、俗手”作为作文题的素材，引起网上热议。我不会下围棋，对这个题目不敢妄议。但我曾经非常喜爱下象棋，几近痴迷，下象棋的故事还不少呢。

1984 年 10 月，首届中日围棋擂台赛开赛，包括江铸久、曹大元、刘小光、马晓春、聂卫平等在内的众多中方高手，悉数上场。比赛结果是：中国队以 8∶7 获胜！顿时举国欢腾，茶余饭后，大家聊棋、下棋的氛围高涨，大学生尤其如此。也是在这一年秋季，我以一分之差，落选本科院校，被滁州师范专科学校（现在叫滁州学院）中文系录取，心情万分沮丧。中国棋手的胜利，仿佛一股清风，吹散了我郁结心中的阴霾，学下棋的想法油然而生。

班里同学会下围棋的不多，会下象棋的倒有几个。平时，他们下棋，我也不太注意。自从中国棋手击败日本棋手后，我对象棋的兴趣陡然升高，同学下棋，我经常会坐在一旁观战。看着看着，自己的手就痒痒起来，有时会提出和同学交一下手。

高同学是上海人，下乡知青。当时，他是我们班公认的象棋顶尖高手，我提出和他下棋后，他总是说一会有事，百般推辞，不愿与我对弈。大家都懂的，从我的角度讲，下棋自然要找高手，弄斧到班门嘛。但是，从高同学的角度讲，下棋讲求棋逢对手。和我下，走不了十来着，基本上就结局已定，确实也没啥意思。

太伤自尊啦！我不是一个轻易服输的人，怎么办？我的办法是分两步走。第一步，买来几本棋谱，仔细研究，实践需要理论指导啊。记得当年我买的棋谱棋书有《桔中秘》《梅花谱》《象棋中局初探》《象棋残局精选》，等等。这些书现在都不知被我放到什么地方了。读谱需要时间，课余时间不够，我甚至在上课时读。那时，我坐在教室最后一排，跟我坐在一排的同桌骆同学，入学不久查出患有肺结核，休学回家了。我一人独坐一张课桌。买来小一号的棋子，纸画的棋盘也不大，放进课桌肚子里不受影响。这样，老师在讲台上讲授古代文学、文学理论，我在课桌肚子里面忙活着炮二平五、马二进三，彼此也相安无事。

不是每一个大学老师对学生都采取放任自流的态度。有一次，上写作课，我在写作教材下面压着一本叶辛的《蹉跎岁月》，津津有味地读着，课桌肚子下面还摆放着棋盘棋子。突然，伸过来一只大手，掀开我的教材，把我正在读的书拿了起来。我抬头一看，身材高大的写作老师正站在我面前，“轰”的一下，我的脑袋一片空白，满脸通红，僵持在那里。写作老师涵养很好，并没有没收我的小说，他看看我的桌肚，把书还给我，同时对我说了句意味深长的话：“我看啊，岁月确实被你蹉跎了。”

学象棋的第二步，是找班里次一流的选手下棋。那时，能跟高同学对弈的还有陶同学、寇同学、林同学等。他们拒绝我的次数相对较少。下着下着，一两年的时间过去了。当时我们专科学生的学习年限是三年，等到最后一年，我再找高同学下棋时，他通常会爽快地答应。对弈中，有时我也会让他陷入思考之中。虽然我还是输多赢少，但我战胜他的盘数在慢慢增多。

也是在 1984 年，阿城的小说《棋王》在《上海文学》发表。这部被视作新时期“寻根文学”的发轫之作，讲述的是“棋呆子”王一生四处寻找对手下棋、拼棋的故事，前文化部部长王蒙先生曾撰文高度评价这部小说。从这部小说中，我了解到了什么是下盲棋以及车轮大战等概念。但我远远达不到王一生的境界，盲棋走不了十来着，我的脑子就乱成一团，局面根本记不住。

毕业之后，我分到老家全椒县的一所乡下中学教书，宿舍隔壁是教数学的戴老师。下午放学后，教化学的申老师经常来他宿舍，和他下棋。闲暇时，我常常站在一边，静静地观棋。我那年二十岁，典型的“小杆子”，又是初来乍到，有时看到双方下出臭手，也不便点评，观棋不语是君子呀，这句话喜欢下棋的人都知道的。渐渐熟悉了，有时实在憋不住，就点评一番，没承想两位老师竟然点头称是。

那个年代，智能手机的爷爷都还没有出生呢，更不用说微信、抖音之类的徒子徒孙了。刷不了微信、抖音，乡下学校又没图书馆可泡，看电影只能几个星期进城一次，解解馋。教师的娱乐方式很少很少。有的老师喜欢打麻将消遣度日，而我教书读书之余的休息方式主要是下象棋。

我开始和戴老师、申老师下棋了。不是自吹自擂啊，那时我的赢面较大，毕竟我认真读过几本棋谱，对国内特级象棋大师，诸如胡荣华、吕钦、李来群、徐天红等人的名字，也算耳熟能详，他们每个人的经典棋局及战绩，我也能略述一二。戴老师很快考取安徽教育学院，脱产进修去了。经常主动找我下棋的，就剩申老师了，在他心目中，我可能也算得上学校里下象棋的高手吧。

纸做的棋盘，下久了破损不堪，不能用了。没有棋盘时怎么下棋？这难不倒我们做老师的。拿上两根粉笔，“刷刷刷”几下就在门前的水泥地上画出了棋盘。画出来的棋盘无法移动，夏日午后，有时暴雨不期而至，我和老申（因为下棋结下的友谊，那时我已将“申老师”改口唤作“老申”了）的棋局仍未结束，心里较着劲，谁也不愿善罢甘休。我们冲进房间，拿来雨伞，撑在头上继续下。

傍晚时分，常常是我和老申酣战最为激烈的时刻。“老申啊，你在哪里啊？”“老申哎，回家吃饭了喂！”饭点到了，常常会传来老申老婆的吆喊声。老申装作没听见，丝毫不为所动。喊的次数多了，我会提醒老申：“你老婆喊你几次了，咱们结束吧。”老申大手一挥：“别管她！”他仍在低头苦苦思索，面色凝重。有一次，老申老婆实在忍不住了，冲到我房间，嗔怪老申：“你干脆别回家了，和李老师一起拎个饭盆，吃食堂算啦。”听了这话，我赶紧推散棋子，打圆场说：“结束了，结束了。”夫妻两人，这才双双回家吃饭。

“何以解忧？唯有象棋。”是《棋王》中“棋呆子”王一生常说的一句话。王一生还说：“‘忧’这玩意儿，是文人的作料儿。我们这种人，没有什么忧，顶多有些不痛快。何以解不痛快？唯有象棋。”

在中学工作期间，我对王一生的这几句话感同身受。那时，我从城里的大学毕业来到乡下，冬天没有澡堂洗澡，只能在塑料盆中倒进热水，旁边再准备两瓶开水，快速脱光衣服，跳进盆内，三下五除二，解决问题。因为靠近河边，夏天房间的地上总是湿漉漉的，十分不舒服。吃饭在食堂，菜品难以下咽。想要改善一下，还要自己动手，而我工作之前从没烧过饭炒过菜。心情糟糕至极。“何以解不痛快？唯有象棋。”王一生的话，给我指明了排遣痛苦的方向，感谢“棋呆子”王一生！感谢阿城！

两年后，我离开乡下中学，来到南京大学攻读硕士学位。同门管师兄也喜欢下象棋，然而我们只是偶尔在星期天下个一两局，不能过瘾，学业太紧张了。沉迷在下棋当中，实在会辜负老师的教诲。同学们比的是写文章、发论文，棋艺的上下高低，算不了什么。从此，我和象棋的缘分渐渐淡了，至今已很多年没摸过象棋了。

作家柳青告诉人们：“人生的道路虽然漫长，但紧要处常常只有几步，特别是当人年轻的时候。”年轻时的我，上课不认真听讲，沉迷于下棋，走了一段弯路。后来，象棋伴我度过一段艰难岁月，带给我无限欢乐。最终，我把下棋的热情逐步转向读书问学，也算是改邪归正、步入正途了。

曾经配音迷，断续主播梦

李宗品

前几天，单位组织朗诵活动，我很自然站到了本部门男生领诵的位置上。主要是男生太少吧，挑选余地不大，当然我也没推辞，在业余队伍里我还是有那么一点“半专业”自信的。从小到大，除了求学工作这条连绵不绝的明线，其实还有另一条隐隐约约、断断续续的暗线潜伏着，就是我对诵读播音与模拟配音的执着与喜爱。

梦的发端：台上卡壳儿

爱好仅仅是爱好，不能拿它当饭吃，只能躲在生活的角落里跑个龙套，浅吟低唱。追溯起来，这一爱好应当发端于我小学时候的一次登台朗诵。那是 1985 年儿童节前夕，全乡照例要搞一场大联欢汇报演出，地点就在乡政府大礼堂，也是全乡唯一的室内电影院和大戏台。当时我读小学四年级，教语文的滕传道老师从报纸上找了两首诗，一首歌颂祖国，一首赞美家乡，都很正能量。滕老师让我就朗诵这两首诗，代表本村小学登台汇报。上台前两首诗我背得滚瓜烂熟，去小学辅导区中心校彩排也非常成功，可正式登台那天却出了事故。

“六一”当天站在台上，十来岁的黑瘦小子准备朗诵第一首《祖国有多重》，刚张口念出两句：“祖国有多大？很大，很大/祖国有多重？很重，很重……”忽然间，瞄到台下由远及近乌黑一片，挤挤挨挨全是脑袋，我自己的脑袋顿时嗡的一声，后面的词儿就一片空白了，足足卡壳二十秒，忽忽悠悠我又缓过神来恢复了记忆，总算坚持到了最后。底下村小的亲友团们都为我捏了一把汗。下来之后，滕老师和班主任姚厚传老师没批评我，反而多抓一把糖果奖励我，这让我既惭愧又感动。第二年儿童节，换了个形式，我与本村的小伙伴郭同学表演双人快板《你选谁》，反映基层民主选举新风尚的。还是那个礼堂，刚表演不久突然停电了，台下顿时闹哄哄像一塘鸭子，我俩只好硬着头皮在没有扩音的情况下，扯着嗓子在台上演完，真是水逆到家了，哈哈。

事不过三。上了初中，总算扳回一局。读初一那年，全校举行朗读比赛，语文老师朱玉松推荐我读他本家朱自清先生的《春》，俺不惧高年级学长们的碾压，声音、节奏都不错，关键是走心，通过学校裹着红布的扩音器和大喇叭传声，最终脱颖而出，拿了个全校第一名，学校发了个红皮笔记本作为奖品，扉页还戳上了红艳艳的公章。这给少年的我莫大信心，喜欢诵读的种子就此埋下了。

一段痴狂经历：模拟配音

中考那年我超常发挥考取了师范，率先跳出农门，转户口吃上了“皇粮”。可我却带着十分灰暗的心情到了学校，因为失去了参加高考奔赴远方的机会，在无限遗憾与懊恼中度过了在滁师的第一年。好在第二年开始，我从学校的“三字一话”活动里找到不少乐趣。所谓“三字一话”，就是毛笔字、钢笔字、粉笔字，外加一个“普通话”，这是教育工作者必备的基本素质，师范类学校都很重视。“三字”，我很一般；普通话，我兴趣很浓，投入了相当多的时间和精力。特别是上海电影译制片厂译制的外国电影经典对白，以及上译厂那些著名配音演员的独特音色与表达魅力，我和同班同学，也是亲密搭档李哲武十分着迷，到了几近痴狂的地步。比如《王子复仇记》里为丹麦王子哈姆雷特配音的孙道临，《虎口脱险》里为两个英国士兵配音的尚华、于鼎，《生死恋》里为大宫、夏子配音的乔榛、刘广宁，还有毕克、丁建华、曹雷、胡庆汉等，不一而足。最令我俩醉心不已的，是为《佐罗》配音的童自荣和为《简・爱》里的男一号罗切斯特配音的邱岳峰。童自荣音色纯净清亮，十足的高贵又浪荡的王子范儿；邱岳峰的嗓音低沉沙哑，却极富机智与幽默气质。在模拟童自荣和邱岳峰声音方面，哲武声线更胜一筹，名震校园。

我和哲武模拟电影对白的启蒙老师，是教我们“说话”课的黄波老师。黄老师毕业于安徽师范大学中文系，一米八以上的大高个儿，很帅气，喉结比较突出，音色浑厚，一口标准的普通话。一次全校朗诵比赛中，我和哲武进入了前三，身为评委，也是全校推广普通话负责人的黄老师找到我俩说：知道为什么你俩可以超过其他参赛同学吗？情绪表达都差不多，你们是赢在了天生的、独特的音色与音质上。随后，他交给我俩一本外国电影对白，不是书，是用蜡纸钢板刻写，然后油印出来的一叠白纸黑字，装订得整整齐齐。我们从黄老师那里借来磁带，一遍遍细听、模拟，琢磨用声音塑造人物的方法和感觉。之后，我从音像店又新买来《悲惨世界》《巴黎圣母院》等电影录音磁带，把家里的熊猫一代单卡录音机带到学校，反复听磁带，然后每听一句就摁下暂停键，记下台词，就这么听一句、停一下、记一句，将经典段落全部记录下来，再油印装订成册，继续研习就方便多了。

当时，恰逢国家语委（语言文字工作委员会）和国家教委要来滁师评估验收普通话推广工作。学校上上下下忙得够呛，另外还要给“两委”评审专家们准备一场汇报演出。我“受宠若惊”，一人被派了俩活儿：一个节目是独立完成配乐诗朗诵；另一个是我和哲武共同完成电影对白，选的正是我们平时烂熟于心的保留节目——巴基斯坦电影《人世间》中的一段对白“父子法庭辩论”，哲武模拟公诉人（童自荣配音）、我模拟大律师（乔榛配音），法官一角由黄波老师在幕后旁白。那一场下来，掌声雷动，我们也收获了不少粉丝，从此在校园里打响了“双李对白”的小小品牌，这痴迷配音的“病根儿”也算落下了。

在滁师读书期间，每次放假回家，我总会在笔陡的楼道里一个人二傻子似的来几句台词，想象那是个宽大的舞台，常常把家里人常常吓一跳。那时候，外甥女婷婷刚会说话，我常模仿邱岳峰的声音念《悲惨世界》里客栈老板德拉迪艾的台词来逗她玩：“用不着上火，明天我们也会有鸡吃，那可不是要来的……”把她逗得咯咯笑。因为当年下过一番苦功夫，记忆是刻骨铭心的，大段大段的著名独白与对白台词，至今我都能背下来（抖音号“浮笙六记”里我模拟过几段，可搜“fusheng365”看相关视频）。

短暂的“主播生涯”

其时，我和哲武都有一个不切实际的梦想：报考北京广播学院。当然也就是想想而已，终究还是各自回到故乡，执教于三尺讲堂。不过一有崭露头角的机会，我心里跃跃欲试的念头，就如同按不下去的葫芦，必定会从河底浮上水面。记得有一次滁州市广播电台公开招聘播音员，我还瞒着学校悄悄报了名，很遗憾初试就被斩落马下。

下乡教书三年后，机会又鬼使神差般来敲门了。大约1995年中秋之后，全椒电视台、全椒广播电台联合招聘播音员、主持人，正在准备考研的我再次被吸引。经过初赛复赛好几轮的笔试、面试，县里还特别邀请省电台的傅庆同、高亚葵两位知名播音员（艺名庆同、亚葵，在安徽名声很大，我是听他们的声音长大的）来担任复赛评委。有点骄傲的是，初赛复赛我的总成绩都是第一名。随后，县广播电视局即向县教委发函，先借调我到电视台做播音员，待走完试用及其他手续再正式调入。那个时候，村里有电视看也不过才十年，电视台的地位正是如日中天。将要借调去电视台的那段日子，我整个人在学校里都有些发飘啊，似乎梦想就要照进现实了，又有一种“陈焕生上城”、土包子洗脚上岸的兴奋。

那是10月的某一天，第一次端坐在县电视台演播大厅的主播台上，我右手边坐着女主播，就像央视新闻联播那样，你一句我一句开始录播《全椒新闻联播》。有时候，和我并肩播报新闻的是别的女主播。被村里六七岁的堂妹看到了，就在小伙伴面前夸口说，这电视里说话的是我大哥，隔几天他就换个女朋友。童言无忌能乐死人。除了这档纯新闻节目，那时我还要单独主持《市场天地》和《点歌台》两档节目。《市场天地》应该算作经济类专栏，主要就是给县里的利税大户、明星企业播播宣传片；综艺娱乐专栏只有《点歌台》，是当时红极一时的节目，也很挣钱。逢到小孩满月、老人做寿、学子金榜题名、新人洞房花烛等，亲朋好友都会来电视台现场交费，花个百八十块点上一首歌，就为主播在电视屏幕上提到这件喜庆的事，还能看到那首歌的 MTV 画面下方滚动播出那一长串亲友团的名字。

既然做了主播，便不可素面朝天，必须粉墨登台。做头发和化妆都是自己的事，台里不管。当时电视台会计戴姐帮了我不少忙，她先是主动帮我化妆，另外她家里开办了一间美容厅，位于当年老南屏电影院对面，当时取名"梦妮美容厅"，现如今不知道还在不在营业。每天上镜之前，我可以去她店里免费捯饬。那段时间，我是天天起早去美容厅请小梅、小左等美女帮忙化妆、做发型，过了一段空前绝后的"精致"日子。每天我早出晚归，住在刚毕业留县城教书的发小年兄那里。晚上回到年兄住处，有时来不及卸妆，他便打趣说：感觉你从泰国刚演完回来。一开始，台里不让戴眼镜出镜，我特意赶到南京斥巨资一百八十元（当时月薪不到四百块）买了一副博士伦。可是，眼里揉不得沙子，这回要硬生生塞进去一个椭圆形塑料皮哪成啊。我自己死活是戴不进去，只得央求年兄援手，他给我摁在床上，试了几次，终于凑合给戴上了，那场景那画风实在让人喷饭。因为戴一次都如此受罪，我就戴一周都不想摘，最后眼睛里布满血丝，才不得不摘下来，还是换有形眼镜出镜。从此，我就"戒"了隐形眼镜，再也没有往眼里塞过一次。

这看似光鲜实则辛苦的主播生涯，犹如昙花一现。不到半年，此事不了了之，我又重回到故乡中学，继续我的教书生涯，直到 1998 年北上求学。后来，我还专门写信给省电台的高亚葵老师，说出了我的梦想与迷茫，请她指点迷津。不久，亚葵老师十分认真地回了一封信，勉励我这个年轻人继续努力，说模拟配音是个基础，但只是个噱头，最终走出来，无论声音还是表达，都需要有自己的个性。

时至今日，我来北京已经二十四年，从事新闻工作整十五年。青春时代的那点激情与梦想，只剩下一点心头好了，偶尔会在抖音号、视频号里亮上一嗓子，过过干瘾，如此而已。

心境不够明朗之时，我常常会随口来几句舒婷的诗："我是你河边上破旧的老水车，数百年来纺着疲惫的歌/我是你额上熏黑的矿灯，照你在历史的隧洞里蜗行摸索/我是干瘪的稻穗，是失修的路基，是淤滩上的驳船，把纤绳深深地勒进你的肩膀里……"三十年来，只念这几句，从未变过。

同学老许，治愈了我的焦虑与内卷

李宗长

7 月 25 日晚，一条《回村三天，二舅治好了我的精神内耗》B 站视频，在朋友圈刷屏。短短一天，视频便登上 B 站热门第一，播放量突破六百万，实时在线观看人数一直保持在三万以上，截至 8 月 2 日 14 时，该视频总播放量已超过三千八百万次。我身边也有一个“同学版”二舅——老许，我来讲讲老许和我相交的故事吧。

“老许得了尿毒症！”听到这个惊人消息，“轰”的一下，我的脑子顿时变成一团乱麻。怎么回事啊？怎么说病就病了呢？“老许在南京军区总院（现在叫‘中国人民解放军东部战区总医院’）肾病研究所治疗。”同学告诉我。这是 1990 年三四月间的事，彼时我正在南京大学中文系读研。

匆忙赶到医院，左问右问，找到了老许的病房。躺在病床上的老许，形容枯槁，脸色灰暗，打不起精神。那时，他从大学英语系毕业不到三年，在家乡中学教高中英语，正是以梦为马的大好时光。放开手脚，大干一场，是他不负韶华的执念。当时，他连女朋友也没谈，横遭此祸，心里是什么滋味呀。

“死马当作活马医吧。”老许对我说。我知道，此时此刻，任

1987 年，大学毕业时，老许、老罗和我的合影

何安慰的话，都解决不了问题，陪伴就是最好的告白。尿毒症要经常透析，要做各种检查。老许父亲年纪大了，想要抱起儿子，力不从心。老许其他亲戚，对这个病也不了解，有人误认为尿毒症会传染，在照顾老许的过程中，还心存顾忌。而我那时年轻，身体挺好。去医院探视，逢到老许检查或透析，我总是争着去搀扶他、抱起他，好让老许省点力气。

由于高烧降不下来，老许很快转入上海长征医院治疗。我和他的联系中断了。在学校，我常常会想起老许和我交往的点点滴滴。“那挥不去的缘，弥漫了我整片天。爱的往事一件一件件，甜蜜地蔓延。你的影子一天一天天，拉长了思念。”这段歌词，是老许去上海治疗期间我心情的真实写照。

老许和我是 1982 级全椒三圣中学的高中同学。高中期间，他在校外和别人合租一个防震棚，我和大多数同学住集体宿舍。集体宿舍条件很差，一个房间摆放六张双层床，二十四人同住（每张床上下铺各睡二人），屋里臭袜子的怪味，走了又来，总也散不尽。宿舍后面是农民的麦田，内急时，我们常常跑到麦田边，站在田埂上，对着麦苗乱滋。夏天晚上没地方洗澡，大家就到校园前面的池塘边，用毛巾蘸水，擦擦穿着衣服的身子。一般过个几天，老许就会喊我，让我和他一起去他租住的地方，脱掉衣服，认真洗一次。

那时，乡下同学一般隔几个礼拜回老家一次，背些大米来学校换饭票，顺便带点下饭的咸菜。装咸菜的缸子，大都是又粗又大的白瓷缸，用网兜兜着拎来学校。光景好的人家，会在咸菜里放些咸鸭咸鹅之类的。老许家景况较好，每次从家里带来好吃的，总要喊我去他的防震棚一起分享，像个大哥哥一样地照顾我。我那时太瘦，高考预选体检，体重只有四十六公斤。不像现在，吃得脑满肠肥，整天东跑西跑要减肥。

1984 年秋，我考取了滁州师专中文系。一年后，老许也考进了师专外语系，我们又成了同学。在学校，吃过晚饭后，不是他来找我，就是我去找他。滁州师专坐落在琅琊山脚，我们一起在琅琊古道上散步，重温欧阳修的美文《醉翁亭记》，一起去学校附近的铜矿电影院看电影。校园东南面有片梨园，春天来了，千树万树梨花盛开，白色的花瓣一朵连着一朵，清冽的香味能醉人，我们在花丛中徜徉。冬天下雪，我们一起野到醉翁亭，拍照、嬉戏，流连忘返。星期天（那时还没有双休日），我们也经常去山里，下象棋、吹笛子，一起交心彼此喜欢的姑娘，一起商谈毕业后的去向。深秀湖旁，酿泉水边，留下我们无数的足印和身影，我的“芳华”岁月是和老许一起度过的。

“你这个家伙，就会做梦。我跟你不一样。”那时，老许常对我这样说。因为对未来有着不同的预期，我们也争论，互相都说服不了对方。我当然知道他的言外之意，觉得我不切实际的想法太多，搞不好没有什么好结果，但这丝毫没有影响我们的友谊。他是真真切切替我担忧。

老许在上海治疗的情况，是他后来告诉我的。他说，他是1990年7月31日上午8点独自进手术室的。当时他弟弟还住在小旅社，没有赶到。等老许从手术室出来时，也只有弟弟一个亲人陪伴左右。在重症监护室观察一个月后，又在上海长征医院下属分院疗养了几个月。当年腊月，老许乘坐绿皮火车回家，买了站票，站到昆山才有一个座位。到达滁州后，再坐长途客车，在后排多买一个座位的票，躺在座位上，一路颠簸回到全椒老家。

《回村三天，二舅治好了我的精神内耗》里有句话：“普通人的生活就是这样，普通到不快进一万倍都没法看的。”转眼，老许恢复了健康。1997年夏，为了生计，他从乡下来到县城，租房办起英语辅导班。老许的英语教学水平堪称一流，又特别认真负责，找他辅导的家长源源不断。桃李不言，下自成蹊。有的县领导也辗转托人，请老许辅导自己的小孩。

2002年，手头有了些积蓄，老许想在县城买房，一来长期租房办辅导班不是事，二来父母住在乡下，年纪大了，也不方便照顾。可是，买房资金仍有欠缺。老许来到南京，找我商量。他对我说："最近，我在县城看中一处房产，想买下来，还有两万元缺口。我身体不好，不知意外和明天哪一个先来。向别人借钱，怕人家心里不踏实。给你写张借条，你能不能支持一下？很快我会还你的。"我接过借条，看也没看，撕碎后扔进垃圾桶，然后取出两万元交给他。没过多长时间，老许就把借款还来了。他不是一个言而无信的人。

常住县城之后，老许的事业和人生迎来高光时刻。经他辅导的学生，许多考取了满意的大学。说他桃李满天下，一点也不为过。弟弟的女儿过继给老许后，老许视如己出，一直把她培养到大学毕业，直到操办完婚事，才稍稍松口气。老许的父母长寿，父亲活到九十三岁，临走时都是老许送医照料，床前尽孝一点也不含糊。这两年国家"双减"政策出台，老许的辅导班没了，收入大为下降，没见他有多懊恼；中学撤并之后，老许的工作关系转入城内小学，改教小学科学课程，一周十二节课，也没听他喊苦喊累。他很少借口身体原因，向领导提要求。

老许身体好转后，我常劝他考虑一下个人问题。"我自己都不知道能活多久，再找个人，耽误人家怎么办？"为别人考虑得多，为自己考虑得少，是他一以贯之的做派。其实，老许心里考虑的不全是生活的苟且，也有诗和远方。作为一个超级喜爱英语的老师，他曾对我说，要是有机会去英美等国看看，切身感受一下西方的语言和文化，该有多好。他能如愿以偿吗？

命运的一粒尘，落到个人头上，就是一座山。老许没有被命运的大山压倒，反而越活越有劲。而我，到报社工作不久，家里变故就一起接着一起，父亲、二叔、三叔两年中相继病故。八十多岁的奶奶，经常不由自主，独自摸到三个儿子的坟上，失声痛哭，拦都拦不住。家里人告诉我这些，我的心都碎了，自己也生病住院了。刚出院不久，奶奶又瘫痪在床，生活不能自理。我想把奶奶接到身边照顾，奈何当时房子太小，无法如愿。心里的苦痛无处诉说，我就想到了老许。坐在老许对面，听着他慢条斯理的劝慰，我的浮躁与焦虑一扫而光。我就想：奶奶儿子没了，还有我这个长孙，我不能倒下。我要把身体保养好，不仅是为了自己，也是为了奶奶，我要为她养老送终。

前几天，老许给我电话，告诉我他换肾已经整整三十二年了。“像我这种情况，全国可能只有几十例。”从 1990 年罹患尿毒症，不断检查、透析，到最后换了双肾，老许健康活到今天，老许的生命是个奇迹！前些年，老许还对我说：“我能活过五十吗？肯定不会。和你打赌，要是五十还没走，我就跳楼。”老许不仅活过了五十，而且还活得挺滋润，挺饱满。他大病之后的很多次人生选择，无疑都是对的。可是这次，他却完完全全说错了，赌输了。

也幸亏如此，我们的交往仍在延续。后面的时光，愿我如星君如月，夜夜流光相皎洁。

书信远逝，只剩怀念

李宗品

斗转星移，时世变迁。不知不觉中，我们曾经每天拥有的习惯正在渐渐改变，我们曾经熟悉的许多东西也在悄悄离场，或许永远不见。比如纸币，我已经太久没跟它打过照面了，出门付钱都是扫个码完事；又比如书信，这个古往今来温情脉脉的物件，已人间蒸发许多年，很可能就此“断种”。

一

书信绝迹之祸，自然要“归罪”于通信方式的电子化、数字化。有人可能会说，E-mail 取代书信不是更好吗？一秒到达、免了等候之苦，还省了笔墨纸张和邮费开销。如果单纯计算物质得失，通信肯定是越快越好，越便捷越好，尤其是视频对话还可以即刻化解亲友间的思念。这些都毋庸置疑，不必争论，全是互联网技术的颠覆式创新，带给人们的现代化福利，需要致敬与感激。不过这一次，我只想从精神生活与人文方式的角度，来“凭吊”一下书信，并怀念那些曾被书信滋润过的日子。

其实，从精神文化层面来看，亲友间的来往书信并不是冷冰

二十年前，我和大哥宗长在天安门广场合影留念

冰的E-mail所能替代的。从杜甫的“烽火连三月，家书抵万金”，到李清照的“云中谁寄锦书来，雁字回时，月满西楼”，再到传世经典《曾国藩家书》《傅雷家书》，古往今来太多的文学名篇佳作都与书信有关。书信是一种独立的文体，名流之间的书信往来更是十分难得的鲜活史料，笔墨纸砚一统天下的旧时代，名流之间的书信还是价值连城的艺术品。

名人书信罩着各种光环，引人瞩目。普通人的书信也自有温润如玉的价值。深夜，台灯下、书桌前，呷一杯茶，铺开信纸，执笔沙沙地写，整个人静下来，心情随着笔墨流淌，平实叙述或洒泪倾诉，与远方亲友对话，又何尝不是自我心绪的一次梳理，一次荡涤。笔迹落在纸上，是有温度的，这不像键盘敲出来的文字千篇一律，毫无生气。信发出去了，便有了一份牵挂，一份期待，可以让坚硬的日子柔软起来，可以让枯燥的工作润泽起来，可以感染前前后后好长一段时间。书信与我们的生活渐行渐远，几近消失，是一种人文生存方式的断绝，不仅邮政部门少了一大块收入，还是人们精神资产的一大“亏损”，困顿之时静静纾解心绪的一个重要通道关闭了。

二

就像 E-mail 不能取代书信，如今在城市奔跑的快递小哥与过去在乡村坚守的邮递员，自然也不好放在一起来比。二十多年前，霍建起拍的文艺片《那山那人那狗》（改编自彭见明 1983 年发表在《萌芽》上的同名短篇小说），讲述的是一个子承父业的邮递员的故事，父子俩翻山越岭的艰辛付出、接力坚守，为那个偏远山乡带去无数的暖意与期盼。片子很温暖，画面很唯美。

回想起来，我发出去的第一封信，应该是小学四年级暑假期间写给安徽人民广播电台“听众点播”节目组的点播信，似乎点了当时很流行的两首歌《望星空》和《小草》。不过，等了很久也没听到节目主播念我的信，最终石沉大海。两个姐姐在一旁打趣我说：“恐怕早被主持人当擦屁股纸，扔在茅厕里了。”姐姐们对这封信下场的揣测，我虽然不认可，但失落的心情还是难免的。后来，我常常给村西头二奶奶代写代念家信。二奶奶娘家有个侄子，当年去新疆参军，后来提干留在兵团，常常写信过来介绍他那边的情况。有年冬天，二奶奶的内侄还给她寄了一件军用羊皮袄过来，厚实暖和。

我读初三时，学习上遇到了一些困惑，就给村里正在东北财经大学读大三的李晖叔写信。不久之后，老师在教室里把印着东北财大校名的一封信递给我，当时我心里美滋滋的。信封上，叔叔的字体洒脱好看。他回信详细告诉了我一些学习方法，并要我在数学和英语上多下功夫，这是两个拉分“大户”，考好考差悬殊会非常大。李晖叔还特别借他同学之口，夸了我钢笔字写得很好。这些鼓励和方法指引，对少年的我大有帮助。

中考之后，可能受早一点吃皇粮思想的诱惑吧，懵懵懂懂中我选择了读师范，虽然我的成绩高出县重点中学录取线五十分。很快我就后悔了，但为时已晚，追悔莫及。那年秋天，我带着无限怅惘去了滁州。刚到学校，就给教我三年的数学老师陶友平写信直抒悔意，记得陶老师的回信是用大白纸写的，写了满满两大张，当中有这么几句话至今难忘：宗品，饭打多了撑着吃下去，就犯了两次错误；人生是长跑，起初跑在前面的，不一定最先到达终点。陶老师长我六七岁，在我看来他是个很有数学天分的人，逻辑思维极为缜密，为人和善正直。他那时候有晨跑的习惯，我也常常跟着一起跑，然后去他的宿舍看书，印象中有一本《随便翻翻》，里面到底写了什么，我已记不清了。

在师范读书期间，每个班都有同学兼着“收发员”的工作，负责为全班同学收取平信。每当看到课桌或宿舍床铺上躺着几封信，那种开心和被人牵挂的暖意油然而生，不是一顿美食可以替代的。钱锺书先生在《围城》里写方鸿渐收到心上人唐晓芙的信，放在枕边来来回回地看，信纸都磨破了。挂号信则需要自己去校门口的传达室取，传达室门口的小黑板上，写着挂号信主人的名字。有一类挂号信是“取款单”，记得师范有个叫刘敏的女孩名字常常上榜，因为她常在报刊上发表散文作品，不定期收到稿费。大家都很是羡慕她的“名”与“利”。

与我书信往来最多、给我影响最大的，莫过于大哥宗长。读师范、回乡教书、赴京求学，我成长的每一处转弯，都离不开大哥给我的教益，记得他信中写有一句话：努力有可能失败，但不努力永远别指望成功。老家的红皮箱里，大哥写给我的所有信件都整齐完好地保存着，信封上的落款来自大哥求学及工作过的南京大学、南京航空航天大学、南京师范大学、新华日报社等不同地方。

通信技术的不断进步，加速了我们与书信之间的疏离，就像和老朋友渐渐失联，进而形同陌路，直至断交一样。与书信的这份“故交”情意忙起来就忘却与麻木了，一旦闲下来就会在心灵深处隐隐作痛。最近二十多年来，印象中我只收到过两封私人书信，我自己通过邮局也只发出过两封信，一封是写给读高三的外甥女婷婷的，另一封是写给读高二的外甥民民的，就像当年李晖叔和大哥鼓励我一样，我讲述自己的经历和方法，希望用这样的仪式感，来传承与致敬书信曾经给予我的心境疏导与精神教益。

三

大约在 2000 年，我注册了第一个电子邮箱，是中华网提供的，当时很兴奋。我发出去的第一封 E-mail，是拿它当书信写的。但渐渐地，你会发现这种感觉还是差点意思，没有了书法线条的优美与流畅，没有了信纸的温度，没有了邮票与邮戳的加持，完全不是原来的味儿。进入高速运转的互联网时代后，人们似乎也没有闲暇来给远方的亲友慢悠悠写一封信，有事抄起电话就打，几分钟解决问题。渐渐地，人们也达成了一种共识与默契，电子邮件就不再用来传达私事私情了，只是职场管理的一个工具，不少公司都形成了很系统的一套邮件抄送回复“文化”。

哲人说，距离产生美。手机迭代更新如此之快，社交媒体收割人们的碎片化时间，看起来每天的人际交往片刻不离、十分热闹，但人与人之间真正触及心底的沟通却越来越少。即使面对面聚会时，多数人都会隔一会儿刷下手机，已被手机深度绑定。而精准定位功能，也使得每个人都是“裸奔”在这个世界上。“太近了……”就像电影《手机》里张国立饰演的费墨所说：“这不是手机，是手雷。”

我有时在想：为什么世人常会蒙眼狂奔，把自己累得喘不过气来，像一只陀螺被人不断抽打，头昏眼晕，永不停歇地转圈儿？作家木心先生有一首诗《从前慢》，近年来广为流传，其中这几句特别受追捧：“从前的日色/变得慢/车，马，邮件都慢/一生只够爱一个人。”

是啊，脚步放慢一点，从容看看路边风景，不美吗？

我的食物记：从南“吃”到北

李宗品

胃是有记忆的，儿时刻下的味蕾烙印，养成的饮食习惯，会跟着你一辈子。比如，我喜欢吃甜味的点心，但受不了家常炒菜里的甜腻；我喜欢吃臭豆腐、臭鳜鱼，但吃不了榴梿。许多人超爱的三文鱼刺身，我只能咬牙勉强吃一点，暴殄天物；许多人超爱半生不熟的带血牛排，我这个土人常常招呼店员给我来个“十成熟的”，贻笑大方。

儿时最爱食物榜 TOP3

对美味的记忆，往往与饥饿、食物短缺相关，物以稀为贵嘛。单口相声大王刘宝瑞讲过一个关于民间传说的段子，朱元璋追忆自己潦倒之时的一顿美味，被溜须逢迎的大臣取名“珍珠翡翠白玉汤”，其实就是剩饭锅巴、烂白菜帮子外加几块馊豆腐放在一起乱炖而已，对饿昏过去的朱元璋来说，就是极为难得的至味了。

小时候，我最爱吃的食物排名第一的莫过于蒸包子。那时候，猪肉凭肉票限量供应，食品站独家经营，虽只卖一块钱一斤，但庄户人家手里余钱不多，家常饭桌上很少能见到肉，除非是家里来了贵客或有人生病需要调养才会买肉。孩子们也就格外馋肉，上街吃包子就像过年一样开心。七岁那年我去外婆家玩，还在广平中学读初二的小舅领着我去老街吃包子，热腾腾的白面蒸包子，软乎乎香喷喷，五分钱一个，我一人就吃了十五个，现在想来都不可思议，用老家话说：饿死鬼投胎一样。二爷爷是本乡第一代拖拉机手，儿时我常常追着浓烟滚滚的拖拉机跑，喜欢闻柴油燃烧后发出的特别气味。二爷爷只要开车上街卖粮，就让我横坐在“副驾”位置，开玩笑说“我带你上街看人家吃包子”，其实每次都是让我撑个够。

还有一件事可以佐证：我刚上初一那年，有一天上午我们正在上课，去集镇办事的爷爷站在教室门口张望，手里还拎着一兜蒸包子，陶老师环顾四周问道：“是找哪个同学的？自己出去一下。”我即刻飞出教室，站在山墙边一口气把十来个包子解决了。现如今，每次回乡我都会赶着逢集的日子，到广平农贸市场边上那家早点铺尝几笼蒸包子、锅贴饺子。还是几十年前的味道，每次都是供不应求的拥挤抢购场面。店主汪老板为人厚道，不急不躁，笑嘻嘻一一安排妥当。

排名第二、第三的，要数传统点心鸡蛋糕和水果罐头。那时的鸡蛋糕，感觉鸡蛋含量很高，用薄纸包着，浸出的油将纸变得很透明，吃起来绵软香甜。后来在北京稻香村买的蜂蜜蛋糕有类似口味，但还是不及当年老家的鸡蛋糕好吃。儿时记忆里，水果罐头算是奢侈品了，一般都是远客来家里，才会带这样的礼物。水果罐头用厚铁皮盖子封口，胖墩墩的玻璃瓶装着浸泡在糖汁水里的果肉，拧开盖颇费一番周折，常常要用剪子一点点撬开边沿，漏出气来才能打开。我比较喜欢的是梨子罐头和橘子罐头，新冠疫情期间爆红的“黄桃罐头”那时并不多见。

“留底儿”：让人有了解馋的盼望

食物短缺的时代痕迹，从当年本乡的谦让习俗里可见一斑。农忙时节，爷爷经常天不亮就牵着牛去犁田或耙地，天刚亮时母亲会用糖开水泡一些锅巴或炒米，外加两个溏心蛋，大瓷缸装好，用网兜兜住，让我或两个姐姐送到地里给干活的爷爷补充点能量，我们当地方言叫：“送滚水。”每次爷爷都会剩下一些锅巴或炒米、一个鸡蛋给我们吃，算是对我们跑路的回报。久而久之，“送滚水”就形成了“留底儿”的习惯，我们也会把这个活儿当作一份美差，内心存了解馋的盼望。

热情好客、爱面子是我们本乡人的一大特点，好东西永远是留给客人用，家里即使揭不开锅，借也得把客人招待周全。当年老家待客有个经典的“下午茶”项目，就是“一碗炒米三个蛋”，这是待客的最高规格和礼遇（级别按鸡蛋个数递增，到三为止），客人推让一番就吃了，不过按当时乡俗也会留下一些炒米或一两个鸡蛋，显示吃相文明谦让，也是照顾一下主人家馋猫一样的娃（那个时候解馋摆在首位，卫生问题也就顾不上了）。当然也有例外的情况。有一次，家里来了个远房亲戚，母亲照样给了最高待遇——一碗炒米卧了仨鸡蛋。结果我们眼睁睁看着那位亲戚一口气吃了个底儿朝天。希望落空了，我们姐弟仨私下里就议论纷纷、指指戳戳，“痛斥”这位大妈不懂礼数，“简直太不像话，就跟牢里放出来一个样”，哈哈。

鱼，我所欲也

小时候最喜欢捉鱼摸虾，家常菜中我也最爱吃鱼虾。故乡地处长江北岸，母亲河——芦子坝是滁河支流。芦子坝盛产各种河鲜，有鲫鱼、鲶胡、黑鱼、青混子、昂刺鱼（也叫“黄辣丁”）、白米虾、河蚌、螺蛳、黄鳝、泥鳅等。

村里人的捕鱼手段难以穷尽，撒网捕鱼、钩子钓鱼、竹笼诱鱼、钢叉扎鱼等，不一而足。村里人也特别善于用各种方法做鱼吃。如同北方人可以将面粉做出各种花式吃法一样，老家人的烧鱼智慧堪称一流。泥鳅煮挂面、黑鱼烧小菜（一般用腌制的雪里蕻或芥菜搭配）、蒜苗烧膳段、鲶胡炖豆腐、昂刺鱼（也叫黄辣丁）蒸鸡蛋、鲫鱼烧毛豆、韭菜炒螺蛳、洋葱炒米虾……这些菜名我可以随口报出。每写下一道菜名，想象它散发的香味，我都悄悄咽了下口水。值得特别指出的是昂刺鱼蒸鸡蛋，直接放在饭锅头上熏蒸即可，这道菜刺少、肉嫩，我们当地人都用它来给幼儿喂食，营养非常好。

鱼要好吃，须突出一个特性：鲜。老家人做鱼，万变不离其宗，必须让鱼的鲜味凸显出来。比如红烧鲫鱼，我们当地的做法是，下锅之前鲫鱼肚里先放好盐，再将鲫鱼放入热油（菜籽油为宜）锅里，煎至两面微黄，酱油、醋少许，倒入葱姜蒜辣子，加入适量水反复炖，待浓汤刚好盖住鱼身为好。冬天时，这样带着汤汁的红烧鲫鱼，剩下的部分再吃可以直接形成鱼冻，又是另一道美味。北方正式宴席上的鱼，做法要相对单调一些，常见的是红烧大黄鱼，总要用面粉裹着鱼先去炸一番，鱼的鲜美就被面给覆盖了。京郊农家乐的侉炖水库鱼和东北菜中的灶台鱼，是比较合口味的吃法。

不过，我吃鱼的执着精神并未影响到女儿。果同学很少吃鱼，她的理由是麻烦、怕刺扎。前年我因为吃鲫鱼不小心被刺卡住，进了擅长拔刺的同仁医院，大夫动用了麻药和喉镜手术才取出，耗费了俺大几百块钱。即便风险如此之大，也挡不住我在吃鱼的路上勇毅前行。

被我打入“冷宫”的食物

有爱便有恨，品尝食物也是如此。儿时的记忆中，最让我心生厌恨的主食是“化麦糊”。新麦收割上来之后，家里农活格外忙，母亲为了省出时间，就将新面直接倒进热水锅里，用筷子快速搅拌，做成麦糊糊，那个时候的早饭和晚饭常常吃这个。一碗白花花的麦糊上面，往往漂着一根腌豇豆或几瓣腌蒜头，麦糊的淡与腌菜的咸是个“标配”。少年的我每每端起一碗麦糊，就鼻子泛酸直想哭，这不就是年三十用来贴门对子的糨糊嘛。感觉家里人其实都不爱吃“化麦糊”，但为了应急充饥，也只好稀里糊涂对付一顿，咬牙灌下去两碗。

受儿时影响，还有两样东西到现在我一直不碰：鱼子和毛鸡蛋。不吃鱼子，是因为家里大人告诫我们小孩子吃了鱼子不识数，至今我也不知道这两者之间有何逻辑关系。是因为鱼子太多难以计数吗？后来有人指出，鱼子是高蛋白，大人们想留给自己吃，我不太相信这个观点。每到春上，孵小鸡失败的半成品，家里人便挑出来放在锅灶下炉膛里，用柴火余烬将毛鸡蛋烤熟，也是一道下酒的美味。不过看着这些鸡蛋壳里裹着的带毛的家伙，我实在没法塞进嘴里。还有饭桌上的牛蛙与蛇肉我也基本不碰，前者与吃虫子的青蛙颇为相似，联想至此，便也无法下箸；蛇肉在故乡不受欢迎，许多人因为恐惧对它提不起兴味。

蔬菜中我最不爱吃的莫过于花菜。花菜做出来的样子，就是硬邦邦地杵在那里，咬起来一嘴碎花和硬梗子，难以下咽。最初对花菜的坏印象，来自当年读师范时的食堂，做得难吃不说，我们眼见着食堂墙角的一堆烂花菜，一两周内就被学生们消灭得干干净净。自此，饭桌上见到花菜我就直反胃，躲着走。可见第一印象太重要了。

延续儿时的咸鲜口味，我对甜腻的菜很排斥。点菜时，主人每每问起禁忌，我的答案只有一个：忌甜。饭馆菜单上，有几道菜已被我永远打入“冷宫”：咖喱系列、拔丝系列、糖醋里脊、咕咾肉、松鼠鳜鱼、鱼香肉丝。

变迁：米饭霸主地位旁落

从1998年秋天北上求学至今，我在北京生活的时间已经超过了在故乡的日子。除了咸鲜口味不可撼动之外，我的主食习惯已有了潜移默化的变迁，过去米饭的霸主地位全然让给了北方的面食。

初来北京时，看到同宿舍的山东兄弟马长老啃着冰冷的硬馒头津津有味，我很是诧异与佩服。印象中馒头不都是热腾腾地吃吗？他却对我说，白面馒头怎么吃都好吃，可以抵饿、养胃，不像米饭直拉嗓子。南方米饭和北方馒头孰优孰劣，当时我们争执不下、相持良久，遂搁置争议，各吃各的去了。在我们老家，馒头和面条都是当点心和辅食吃的。

盛夏时节，家里收割下新麦子就磨新面，这是一年里集中吃面的季节。母亲在碗橱里用酵母和馊头发面，待到第二天中午，陶瓷钵里就发了满满一钵面，再添些碱水揉面，用刀切成长方形小馒头，放在饭锅头上蒸，这种裂开了嘴的碱面馒头很好吃，蘸着红烧鱼的汤汁就更好了。夏天晚上，母亲也常常用长长的擀面杖手擀面条，拿红烧河蚌做炝锅面，汤浓面香，味道鲜美，保准你吃个肚子圆。还有一种特别难忘的面食，就是外婆家的发面烙饼。在大肚子铝锅的锅底放油，将发面平摊上去，文火慢慢烤，一张两面脆黄中间软乎的烙饼就成了。自从外婆去世后，这样馋人的烙饼再也没有吃到过。

一到北京，就被遍地都是的各色面馆团团围住，老北京炸酱面、山西刀削面、陕西油泼面、河南烩面、兰州拉面等百花竞放，也似诸侯割据，各有势力。如今，这几大面食都俘获了我的胃，平日里我常"翻它们的牌子"轮换着吃，反而将米饭这个根本"冷落"到一边。前些年同学相约的几次公园野餐，玉玲同学带去的山西私房美食"扁豆焖面"，大受同学们欢迎，是每次聚餐吃了还想吃的保留主食。我吃过的炸酱面最地道的一家，首推方庄环岛西南角的"一碗居"，这是已故旭兄二十年前引荐兄弟们小聚的一个馆子。面很劲道，炸酱很香，菜码精细，芥末墩、麻豆腐等各种地道的老北京小吃一应俱全，虽说馆子在地下，但门庭若市，京味儿十足。店小二用京腔高声迎候吆喝，门口挂着会说话的八哥，一张张四方八仙桌配着厚实长条板凳，忒有感觉。现场还有京剧票友随着京胡唱些名段，那种氛围仿佛又给食客拉回到民国时期的北平。

刚来北京那会儿，我对羊肉串里的孜然、涮羊肉吃的麻酱没法接受，而今早已不在话下。这几年，除了在外头馆子吃面，回到家里我也喜欢做西红柿鸡蛋炝锅面、摊葱花饼两样面食，而且可以从早吃到晚，百吃不厌。这些年，朋友圈里不断提及西式大餐，我却无福消受：吃三文鱼刺身嫌冰，吃五分熟牛排嫌生，吃法式鹅肝嫌腻……于我不仅是囊中羞涩，也是饮食“积习”难以改变。西方的古典音乐、建筑样式、绘画雕塑，以及现代科技等，我都很欣赏，独独对它的饮食提不起兴趣。事实已经证明，我这个烟火熏烧的“土胃”，断然适应不了“洋餐”。

所以，山珍海味、白菜豆腐，各得其所、皆大欢喜吧。

压力之下出清泉

李宗长

几乎所有的博士生都无法回避读书过程中来自经济的压力。好朋友远道来访，是去餐厅开怀畅饮还是去食堂填饱肚子；拿着一本好书把玩不已，最终是断然买下还是怏怏而归……这些因囊中羞涩而出现的尴尬场面常常让博士们无所适从。

我当然不能例外。

然而，更让我感铭于心的压力不是经济拮据，而是学业本身。

第一学期，两门外语及一门马列原著选读已让我手忙脚乱。可我的导师——著名文史专家、南师大中文系的郁贤皓教授仍然要求我完成两篇学位课程论文，并且要在省级以上刊物上发表。说实在的，当时自己对能否如期完成导师布置的任务，心里真是没底。因此，去他家里向他汇报读书心得时的脚步总是迟疑不决，我不知如何回答郁老师每次见面时少不了要问的两个问题：论文写得怎么样了？最近发表了什么文章？师兄弟们戏称这两个问题是导师对我们施加的“善意的压力”。

正是因为这“善意的压力”时时存在，三年来我不戚戚于贫贱，不汲汲于名利，学业上丝毫不敢懈怠，孜孜矻矻，总想通过自己的后天努力，使得回答导师询问时的声音能干脆一些、响亮一些。

在我之前毕业的诸位师兄弟都已在学术界崭露头角。有的博士论文已付梓出版，有的评上了正高级职称，有的成为教学科研的骨干。即使在没有毕业的师兄弟中，已获高级职称者有之，发表数十篇论文者有之。他们不少是在恢复高考制度的最初几年考入大学的，无论是生活阅历还是学术水平，都远远在我之上。与他们同窗共读，不但使我获得了极其难得的向他们学习的机会，而且也令我感受到了前所未有的压力。看着师兄弟频频在杂志上“露脸”，论文接二连三地被权威刊物转载，在敬羡的同时，我自加压力：以前的高低优劣姑且不论，读博期间决不能甘于落后。就这样，通过与师兄弟们的“纵”“横”比较，我在压力中进步很快，三年下来，从发表论文的数量到发表刊物的档次，我都可以较为响亮地回答导师的“两个问题”了。

博士生的学习阶段是短暂的，但我从导师给我的“善意的压力”中，从师兄弟们同窗共读形成的催人上进的压力中学到了许多许多。常言说：没有压力，哪有汩汩流淌的泉水？在获得博士学位之后，我愈加感受到这句话所蕴含的深刻哲理。

原刊于《服务导报》1997 年 11 月 12 日第八版

附记：

岁月不居，时节如流。转眼间迎来了郁老师九十华诞。记得郁老师八十华诞的时候，在大师兄张采民老师所编的《郁贤皓先生学术思想研究文集》中，我写过一篇小文《由一个问讯电话想到的》，回忆了报考郁老师博士生的忐忑心迹。

博士毕业之后，我离开学术界，入行媒体圈，对近年来郁老师取得的学术成就了解不多，知之甚少，没有能力对老师在学术上的巨大贡献进行论说与评析。但是，跟随郁老师读书问学的三年时光，已深深融入我的血液当中，成为我一辈子难以忘却的永恒印记。值此郁老师九十华诞之际，谨以此旧作，为郁老师九十华诞献上一瓣心香，祝福郁老师健康快乐，心想事成！祝愿郁老师白寿可即，茶寿可期！

往事如“歌”

李宗品

说起来，记忆真是很奇妙。引发你浮想联翩的，有时候是视觉，一个场景、一样物件就能打动你，正所谓触景生情、睹物思人；有时候是味觉，吃到儿时喜爱的食品，使你想起童年光景；于我，则更多的是听觉，常常是一首老歌回响在耳边，即刻便串联起苦辣酸甜交织的往事。

青春啊青春

最初的记忆是一首《青春啊青春》。那是我在舅舅读书的广平中学教室外，听他们音乐老师弹着脚踏风琴教唱的。那位中年男老师的激情风采与学生合唱的清越，至今不能忘记：“青春啊青春，美丽的时光，比那彩霞还要鲜艳，比那玫瑰更加芬芳……”当时，舅舅在广平老中学读初二，我读小学一年级下学期。春夏之交，正是午收季节，岗李小学教课的都是民办教师，家家都种着地，每到此时就给孩子们放十天忙假，自己回家抢收抢种，也让孩子们回家帮忙干点碎活儿。我没跟家里人打招呼，一个人就偷偷去了六七里之外的外婆家快活了一周多。外婆、外公和小姨都要忙着插秧，我就跟着舅舅去学校闲溜达，印象最深的就是我趴在窗外听了这堂教唱《青春啊青春》的音乐课，第一次听到脚踏风琴的声音，那种感觉很美好、很明媚。

那几天过得跟神仙似的，舅舅每天领着我去广平老街吃包子，五分钱一个，才七岁的我一口气能干掉十五个。临走的时候，外婆给我买了一身崭新的汗衫和短裤，我抱着舅舅给买的篮球又原路返回了。然而好景不长、“乐极生悲”，刚一到家，我就被父亲拎到院子里罚跪，并挨了一顿揍，因为私自离家，还忘记了忙假结束时间，耽误了一天课。那时母亲刚刚动完阑尾炎手术，躺在屋内床上，一边轻声责骂我，一边劝我父亲下手轻点儿。如今每每想到这一桥段，我都能笑出泪来。

最早学唱的很多歌曲，都起源于我大姐的一个歌词本。记得那个小本子上大姐用蓝墨水钢笔抄写了很多歌，比如《读书郎》《卖报歌》《学习雷锋好榜样》《歌唱二小放牛郎》《中国，中国，鲜红的太阳永不落》等。20 世纪 80 年代头两年，台湾校园歌曲风靡一时，像一股清新的风吹到大陆，大姐歌词本上的《走在乡间的小路上》《外婆的澎湖湾》这两首我特别喜欢。还有一首《年轻的朋友来相会》，我们常常挂在嘴边：“年轻的朋友们今天来相会，荡起小船儿，暖风轻轻吹，花儿香，鸟儿鸣，春光惹人醉，欢歌笑语绕着彩云飞。”轻松的节奏里，每一个音符都荡漾出了青春的活力。

1983 年，电影《少林寺》全国热映，跟“觉远”小和尚李连杰一同一夜红遍大江南北的，还有那首婉转优美的《牧羊曲》。“莫道女儿娇，无暇有奇巧……”王立平词曲的绝妙，郑绪岚嗓音的甜润，牧羊女白无瑕（丁岚饰演）样貌的纯情灵动，让人心荡神驰，闻之迷醉。记得那年本乡是在大礼堂举行儿童节庆祝大会之后，招呼孩子们看了这部彩色武打故事片《少林寺》。这个片子基本上算是中华武术的“启蒙”教育片，我和小伙伴看完就迷上了电影里的各种武打招数，那段时间里整日模仿、操练一招一式，什么万蛇出洞、童子拜观音、鹰爪功、醉拳、螳螂拳等，跟邻村孩子打架也“现烧现卖”，用这些二把刀的招式来吓唬对手。后来，我们的儿童节档期又陆续推出了武打片《东方旭》《武当》，影响力弱了很多，也没能留下家喻户晓的乐曲。

《牧羊曲》之后，再次风靡全国的是一曲《万里长城永不倒》。那是村里第一次出现黑白电视机的年代，全村人像看露天电影一样挤在放电视的主家门口，电视里正在热播香港 TVB 出品的《霍元甲》，片首即是那首让人热血沸腾的主题歌：“昏睡百年，国人渐已醒……”这是我平生学的第一首粤语歌，半懂不懂地咬着港腔，那阵子孩子们嘴里哼的全是这个。晚饭后，小伙伴们“雄赳赳、气昂昂”来到打谷场，趁着亮堂堂的月光，开始操练新招式——霍元甲自创的“迷踪拳”，陈真的“连环腿”“扫膛腿”，一个个都像是武术大师附了身，神气十足。

彩云追月

《彩云追月》原本是很经典的广东民乐，李鸿章任两广总督的时候就很喜欢听。四十年前被音乐家付林填了词，当作情歌传唱：“站在白沙滩，翘首遥望，情思绵绵，何日你才能回还……”我是先听到了这首“软绵绵”的歌，很晚很晚才知道它是由广东民乐填词得来的。

这首《彩云追月》是村里办扫盲班时一位女老师教唱的。说是扫盲班，其实招进来的都是读过几年书后来辍学的孩子，这些孩子本身不“盲”，“扫”起来不费事，而且结业考试能拿高分，领导和老师成绩显著，所谓“上有政策、下有对策”。当然，因为集中上课会耽误干农活时间，乡里要给进班的孩子家里一些福利，比如抵销冬修水利工程挑土方的任务。大姐当时就是参加这个班，跟着老师学唱的这首歌。代课老师是邻村初中刚毕业的清秀女孩，也就十六七岁的样子，经过时光的历练，当年教唱《彩云追月》的她，如今已是指挥若定的村委会主任。

很快，街上理发店里，外放的全是红极一时的流行歌《走过咖啡屋》《站台》《路灯下的小姑娘》《月光迪斯科》等，闻之酥倒。还有那首永恒的舞曲《猛士迪斯科》，几乎在每一个彩灯不停闪烁的双卡录音机里响起。留微卷长发、戴蛤蟆镜、穿喇叭裤、跳迪斯科，是 20 世纪 80 年代初潮流青年的标配。顾长卫的电影《青红》里有个小镇迪厅的镜头，特别传神。昏暗灯光下，小镇青年秦昊在高圆圆等一众男女面前跳了一段迪斯科，那眼神、姿态都绝了。

邻居飞叔当时就是这样帅气热情、爱追时尚的青年，比较招女孩喜欢。飞叔只比我长六七岁，那时我常常去找他玩。他很有自己的想法，一切新鲜刺激的事情他都喜欢，而且敢想敢干。爱听流行歌，爱看书（除了课本），特别是武侠小说，金庸、古龙、梁羽生的书被他翻烂了，有时候也难免遇到类似“全庸”这样的山寨版本。他与兰婶年轻时候的爱情故事，惊心动魄。兰婶很温和秀气，那时她家挨着集镇边上。而爱上街闲逛看电影的飞叔，和兰婶一来二去就认识了，兰婶家里人极力反对他们交往。

飞叔兰婶就像所有追寻自由爱情的年轻人一样，悄然离家，由此引发了两个村子之间的“对垒”事件。那晚，兰婶哥哥组织邻居开着几辆拖拉机，几十号人马浩浩荡荡杀将过来，把飞叔家团团围住要人。我们村所有壮汉迅速集结，抄上家伙赶到现场，与“外敌”形成对垒之势，场面很是震撼，并惊动了乡政府。乡政府派了一位副乡长连夜过来，现场协调，最终摁住了这场一触即发的群斗。飞叔兰婶虽说“捅了娄子”，但赢得了爱情，勇气可嘉。后来他们有了一儿一女，如今儿女们也都有了儿女。自由恋爱之花结出幸福果实，我很佩服，也祝福他们。

大约在冬季

邓丽君甜美深情的歌声迷倒众人之后，20 世纪 80 年代末，齐秦的散发着淡淡忧伤的歌开始流行。1988 年冬天，我们初三毕业班的同学热情高涨，一定要搞一场元旦联欢会（或许受春晚影响吧，那时各地的学校也流行搞联欢会）。联欢会上，校花阿霞唱的是《昨夜星辰》《世界需要热心肠》，奔放热烈好听；幽默的杨自付老兄模仿牛群的相声《巧立名目》中的一句“领导，冒号”，惟妙惟肖；舞林高手阿五，似乎跳了一段“拉绳子”“擦玻璃”的霹雳舞，活力四射。

家住滁河南边的谢先议连唱了三首歌，头一首就是齐秦的《大约在冬季》，另两首就是迟志强的《狱中十二月》《铁窗泪》。记得那时先议兄长得敦实，头发浓密微长，嗓音低沉且有些沙哑，眼神有些迷离与感伤，唱起这两首歌来格外有感觉。那时候先议每天上学都要摆渡来回，很辛苦。中考落榜后他就做起了水电工，后来自己单干接活儿，日子越过越好，在县里也买了房子。十多年前，先议兄在工地的一次漏电事故中不幸遇难，得知噩耗的同学们无不痛惜掩泣。现在每次唱起或听到《大约在冬季》，我眼前总是浮现先议老兄带着笑意的温和面容，想起他在那次元旦联欢会上的深情演唱。

人在旅途

1989 年的夏天，87 版电视剧《红楼梦》正在热播。那段日子，我正为中考志愿错报中师懊恼不已，每天电视里都传来《葬花吟》哀伤幽怨的曲子，恰合我当时的苦闷心境。到了夜晚，我就一个人躺在楼顶上，眼望星空用口琴吹奏《葬花吟》《枉凝眉》《红豆曲》等，以解万般心结。唉，想想那个少年的我啊，至今难忘。

到了秋天，我和一帮同学还是或欣喜或遗憾，各自拎着箱子、扛着蚊帐进了师范的大门。印象很深的是，同宿舍的哲武兄当时嘴里总是哼着几句歌："城市生活中你曾失去什么，拥有是什么/城市生活中总会有些挫折，你要学习默默承受/心中的抉择，好好自己把握/晴空云掠过，一样的万里辽阔……"歌曲出自新加坡电视剧《调色板》的主题曲《城市节奏》。同时在播的还有另一部新加坡电视剧《人在旅途》，主题曲比较让人振奋，流传更广。歌中唱道："从来不怨命运之错/不怕旅途多坎坷/向着那梦中的地方去/错了我也不悔过/人生本来苦恼已多/再多一次又如何……"每每困顿之时，唱一唱《人在旅途》，其效用绝不亚于刘欢为下岗工人打气唱的那首《从头再来》。

我们宿舍的另一位大哥阿汉，个子不高，才华横溢，绝对是资深的文青。阿汉兄进校时就会弹吉他，会唱很多流行歌，写一手飘逸的钢笔字，还在班级“蓝箭”足球队踢主力前锋。那时他总郁郁寡欢，我原以为他和我一样懊悔填错了志愿，后来才晓得他是因为失恋了，一个叫阿美的女孩跟他分手，去了南方打工。他常常仰面倒在床上，斜抱着吉他，边弹边唱陈汝佳的歌，特别是那首《浪迹天涯》：“我从很远的地方来到这里/我还将到很远的地方去/如果你看到我疲惫的样子/请不要劝我就此放弃/我从很远的地方来到这里/我还将到很远的地方去/如果你看到我忧郁的样子/请不要追问我的归期……”每当此时，宿舍的兄弟们都被感染了，默不作声，各自想着自己的心事。

那时候，法国钢琴王子理查德·克莱德曼正风行全球，他演绎贝多芬的《命运》堪称一绝，那盘磁带在国内卖疯了。很搞笑的是，每天中午快要开饭的时候，师范广播台高音喇叭里就必定传来这首激昂的《命运》钢琴曲。刚刚下课的同学们，就伴着这样的节奏，拎着饭盆从各个教室飞奔出来，争取能早点抢到一块钱一份的红烧排骨，手速慢了就会错过。

故事被歌曲点缀，记忆让音乐唤醒。如今一听到《命运》钢琴曲，我第一反应就是饿了，紧接着就有红烧排骨的香味飘了过来。

我想，只要心里流淌着乐曲，日子也就不会枯涩吧。

我的老师郁贤皓

李宗长

今年是我的老师郁贤皓先生九十华诞，大师兄张采民教授早就筹划，要搞一次隆重庆典，无奈疫情原因，只好作罢。

仪式可以不搞，仪式感也可以不要，但不去看看老师肯定不对。因此，春节前我和太太一起去郁老师家里给他祝寿。接到电话，郁老师和师母都很开心。尤其郁老师，详细地给我们介绍去他家的路怎么走，生怕我们找不着会迷路，他天生是个认真的人。

拿读书做学问来说吧。大家都喜欢李白的诗歌，但对李白诗歌中提到的许多人到底是谁等诸多问题，少有人追根求源，郁老师是例外。他读李白，非得要把这些问题搞清楚不可。郁老师也因此成为国内顶尖的李白研究专家之一，学界曾称誉他是“当代李白研究第一人”。

郁老师研究李白的系列论著，包括《李白丛考》《天上谪仙人的秘密——李白考论集》《李白与唐代文史考论》《李白选集》《李太白全集校注》，等等。他还主编了《李白大辞典》，撰写了通俗读物《谪仙诗豪李白》。列举这么多的书目，读者也许会生厌。我想用我师母戏谑地对我说的一句话做总结：“你老师，他呀——除了李白，其他全黑。”

寻常人眼里，做学问时应该是正襟危坐的吧，郁老师不是。

他当年为了撰写《唐刺史考全编》，在没有空调，甚至没有电扇的酷热夏夜，打着赤膊，穿条短裤，书桌上放条毛巾，一边擦着头上的汗水，一边奋笔疾书，每天工作十六小时以上，一分钟也不敢耽误。

十年磨一剑。三百多万字的巨著《唐刺史考全编》横空问世。此书甫一印出，中华书局原总编辑傅璇琮先生即刻给郁老师写信，认为：“兄之此著，可谓传世之作，有功文史。”已故杭州大学郭在贻教授对此书更是推崇备至，认为“大著卷帙浩瀚，考订精审，诚经国之大业，不朽之盛事，并世学人，罕有能望其项背者矣”。

郁老师的“勤”，不是勤能补拙的“勤”，是天道酬勤的“勤”。

郁老师是上海人，十二岁就到工厂做童工。新中国成立后，曾在《新华日报》从事新闻工作多年，后来自学考取南京师院（南京师大前身）中文系。大学期间，就在《光明日报・文学遗产》上发表学术论文。作为《辞海・语词分册》的负责人之一，郁老师和全国众多名家一起修订《辞海》，那时他才三十多岁。不聪明不勤奋，能有那么意气风发的过往吗？

而他自己却经常对我们说，他很笨，他不会像其他聪明人那样会钓鱼。那怎么办？只有车干了水捉鱼。他的《唐刺史考全编》，就是穷尽已有的能见到的所有材料，捉到的“大鱼”。这使我想起中央大学（南京大学前身）的胡小石教授，告诫其高足王季思（中山大学已故著名教授）的一句话：“聪明人要用笨功夫。”此一典范非郁老师莫属。

郁贤皓先生和他 1997 届博士生的合影

这样一位学术大家，应该是不苟言笑的吧，郁老师不是。你看他的标准照，笑得多灿烂，笑得多率真，这是阅尽千帆、归来仍是少年的笑啊。

郁老师望之俨然的形象，我没见过。即之也温，倒是给我留下深刻印记。三十多年前，第一次去郁老师家里，是送硕士论文，请他写评阅意见。一进门，郁老师就满脸带笑，一点大教授的架子也没有，让人倍觉温暖。成为郁老师的学生之后，郁老师对我们的学业督促甚严，要求至少每两周去他家里一次，向他汇报近期读书心得。每次见面时，郁老师少不了要问两个问题：论文写得怎么样了？最近发表了什么文章？师兄弟们戏称这两个问题是导师对我们施加的“善意的压力”。

因为有“善意的压力”，那时去他家里汇报读书心得的脚步总是迟疑不决。可一旦和郁老师坐在一块，他的随和大度和可亲可敬，又让我感到如沐春风。

比如传道授业解惑，郁老师采用的主要路径之一是和学生聊天。师兄弟们有个共识，大家都特别爱和郁老师闲坐聊天。我们每每在聊天过程中把疑惑提出来，郁老师是知无不言，言无不尽。作为郁老师的弟子，我们常常可以零距离领略他的大师风范和大家情怀，在不知不觉中了解他那几十年治学的方法、心得和感悟，幸福得像在飞。

师生交往，作为导师应该讲究点师道尊严吧，郁老师也没有。有时听他的语气，看他的神态，实在让我们这些学生忍俊不禁。

1995 年 4 月，郁老师去美国访问讲学。讲学间隙，宾夕法尼亚大学教授秦寰明先生陪同他去基韦斯特岛海滩散心。回国后，郁老师充满神秘和惊讶地对我们说："美国人在海滩上，男男女女都不穿衣服的。哎呀，不得了，不得了。""真的都光着屁股吗？"我们故意问。"那还有假！真的真的。"郁老师一脸认真地答。在郁老师眼里，比基尼应该不能算作衣服。

有一阵子，我们去郁老师家，他会经常和我们谈股市行情。原来，他有一笔存款到期，听人说股票回报率高，就懵懵懂懂买了八万元股票。可那段时间恰逢熊市，他的股票每天都在缩水。见到我们，他又是摇头，又是叹气，不停地说："不得了，不得了。要破产啦！要破产啦！"郁老师这类夸张语气，是不是受到李白潜移默化的影响，我们不得而知。

名教授的日常，是不是不食人间烟火，寡然无趣呢？郁老师仍然不是。

一次，大师兄张采民与郁老师去日本，明海大学的市川桃子教授请吃法国大餐。回到住处，大师兄问郁老师味道怎么样，郁老师说开洋荤，不好吃。偶尔在路边吃日本传统小吃天井（类似中国的盖浇饭），价格便宜，郁老师赞不绝口。并由此得出一个结论：越贵的饭菜越不好吃，越便宜的饭菜越好吃。因为他曾说过，方便面便宜又好吃，应该给发明方便面的人颁诺贝尔奖。从日本回到上海后，坐大巴回南京，天气热，车上人也多。只见郁老师旁若无人地脱光上衣换衬衫，车上乘客肯定不会有人想到，这一举止竟是一位享誉海内外的大教授所为。

师妹曹丽芳教授回忆说，有一次去郁老师家汇报读书心得，进门后郁老师没有请她坐下，而是说："等着啊，我给你盛碗粥。"一会儿，一碗品相极佳的银耳莲子粥端了过来。郁老师说："我做的。还有冰糖呢，你尝尝。"等曹师妹喝完后，郁老师说："我再给你盛。"曹师妹又喝了一碗。郁老师要盛第三碗的时候，曹师妹有点犹豫了。她想：都说郁老师家做饭的锅不大，再喝的话，能否给郁老师自己留点呢？但看到郁老师高兴的样子，她也不想扫兴，索性又喝一碗，完了主动问："还有吗？"郁老师不好意思地笑笑说："下次吧，我再给你做。咱们谈正事。"

郁老师啊，您是教授中不一样的烟火。

几乎没有老师对自己的学生不好的。郁老师对学生的好，体现在细节之中。学生毕业了，拿着纪念册请他题词，他即刻写道："人无癖不可与交，以其无深情也；人无疵不可与交，以其无真气也。"与学生共勉。学生因学业紧张不能回家过年，他得知后提前在信箱里留下信件，邀请学生去他家过年。学生找工作遇到困难，他了解情况后主动为学生撰写推介信，替学生解忧。学生来南京看他，他会拿出珍藏多年的茅台、五粮液热情招待……

算起来，郁老师前后共培养出五位硕士、二十八位博士、四位博士后。在郁老师眼里，他的这些学生都是最好的。他常说的一句话是："我的学生某某某如何如何。"

而我却辜负了郁老师的期许与厚望。博士毕业之后，我离开学术界，入行媒体圈，为生活和工作奔波，从此与学术无缘。与众多师兄弟取得的骄人成绩相比，我不值一提，万分惭愧，又一次面临怕见郁老师的窘境。虽然我一直也在读书做事，老实做人，但郁老师会认同我吗？他在向别人介绍我时，也会说上一句"我的学生李宗长是最好的"吗？

学无成，人已老。但是，跟随郁老师读书问学的三年时光，已深深融入我的血液当中，成为我一辈子难以忘却的永恒印记。如果时间可以倒流，我还会选择回到郁老师身边，跟随他读书问学。

在郁老师九十寿辰之际，谨以此作，为郁老师九十华诞献上一瓣心香。祝福郁老师健康快乐，心想事成！祝愿郁老师白寿可即，茶寿可期！

第三辑

双城印记

和老郭打牌

李宗长

老郭写了篇《和老刘打牌》，牌友们交口称誉。有人说老郭把老刘写活了，也有人建议老郭别光写故去的人，活得很好的人也可写写。

活得很好的人，老郭算一个。别看老郭作文驾轻就熟，铺垫、比兴、粉饰等春秋笔法，他是十八般武艺样样精通，可人非圣贤，他也不是全知全能。牌局中，发生在老郭身上的糗事时有所闻。

可他会写自己身上的这些糗事吗？他有卢梭写《忏悔录》的勇气，把牌局中发生在自己身上的够不上大力揄扬的事写出来吗？即使写出来，这样的文字会很客观吗？

作为他的牌友，我和老郭交手挺多，其间发生的故事也不少。虽然我没有老郭的生花妙笔，但这样的文章也就是同好中传看传看而已，写得不好面子也不难看。

和老郭打牌最频繁的阶段，是在新华大厦十八楼。临近中午，互相发个信息，相约去食堂吃饭，以免步调不一致，没有牌搭子，一个人吃完后干坐傻等。

生活中的老郭寻常、低调，他的睿智和风采，不熟悉他的人，基本看不出来。可是一坐上牌桌，老郭就像换了一个人，顿时变得眉开眼笑，神采飞扬。话也多了，调侃是他的强项。牌局开始时，他比较矜持。打着打着，他的庐山真面目就暴露出来了。尤其跟熟悉的人交手，老郭不撩事，我们都觉得像缺少点什么。老郭撩事的艺术堪称一流。经他一撩，对手往往会愈加着急，沉不住气，有时还会变得急赤白脸。这时的老郭不由得喜不自禁。

有一年，老郭老陈老 Z，加上本人一起出行。一路上，老郭老 Z 搭档，老陈和我搭档。那次，我们对手的牌运超好，老陈和我一路上几乎是夫子搬家——全输。老陈是领导，沉稳成熟。我就不行了，急得抓耳挠腮。

下午到达池州，为了扳本，杏花村的景点也不急着去看，几个人坐在酒店大堂的沙发上再次交手。运气总是眷顾技术稍弱的人。老陈和我的局面仍无起色。我看老郭的眉头已完全舒展开来，眼睛里全是抑制不住的喜悦。为了不过于刺激我们，他有时会刻意收敛一下，装作不动声色，但最终还是绷不住领先的自得，时而不由自主地咧嘴暗笑。

赢牌之后的老郭，非常亲切，特别体贴人，甚至会和对手勾肩搭背，嘴里还连说："对不起啊，对不起啊。下手重了点。"表情愈诚恳，猫给耗子拜年——没安好心的心迹愈明显。

老郭败走麦城的情状又如何呢？一般而言，他会沉默不语，全然没有赢牌后的轻松活泼。常常步履匆匆，低头快步疾走，不给我们安慰他的机会。他知道，我们的安慰是假，没安好心是真。

老郭打牌的投入程度也为牌友们所公认。表现之一，他落后时会急躁，会指责对家，尽管对家有自己的考虑，甚至对家的想法细细想来还是科学的，他也会指责。当然，这并不影响老郭在我们心目中的高大形象。他的道德文章，牌友们都有口皆碑。表现之二，老郭打牌时基本上不会去洗手间方便，他也不是不喝水。有朋友说他肾好，我总觉得他是过于投入，而忘记了要方便。

牌局当中，瘾大水平低这句话常常被人提起。这句话用在老郭身上，只说对了一半，他的牌瘾实在太大，但水平不见得低。

有一年，我们四个同事相约出游，到底是去河南郭亮村、云台山，还是去福建武夷山、永定土楼，我已记不清了。晚上饭后，照例是酣战不已。我和搭档落后，又被老郭调侃。心里窝火，提出和他单挑。他欣然应允。那时已近凌晨，我们两人依然乐此不疲，竟然又玩了数小时。

又一年，我们去湖北恩施旅行。恩施有条河，名叫“清江”。坐游轮游览一下是必须的。买票时，大家觉得包间票价较贵，犹豫不决。老郭拍板：买。上船之后，进入包间，开始玩牌。尽管清江水皆缥碧，两岸青山如黛，风景如画，但老郭似乎视而不见，要求我们专注打牌。这时我们才了解到老郭拍板的真正用意，他是醉翁之意不在酒啊。

别看老郭对游山逛水似乎不是特别在意，可是旅游归来，写出来的游记思想深刻，内容丰富，妙趣横生。他也很少将这些大作示人。有时他发给我一些，奇文共欣赏，我都认真学习，收获颇多。比如，他发给我的《巴渝游散记》，我至今都保存在手机里，不忍删除。

有人说牌品如人品，这一点我绝对不赞成。至少在老郭身上，我觉得牌品和人品是一对悖论。比如，我们两个人打八十分，最后出现多牌少牌的情况，如果他自己多一张牌，他必定对我说："你怎么少一张牌？"如果他自己少一张牌，他必定对我说："你怎么多一张牌？"遇到这种情况，我是一脸无奈，拿他也没办法。

如果说牌品如人品这句话嫌重，那么，说老郭打牌比较较真，他应该无话可说。在新华大厦十八楼也好，在茶社酒店也好，甚至在老郭家里，我们两人对垒时，他较真起来的样子也着实好笑。试举一例：交手当中，出错牌的情况在所难免。如果我出错了，要反悔重出，老郭是坚决不许。他是我的老领导、老朋友、老大哥，我只好忍气吞声，心里安慰自己："算啦，朝前看，还有下把呢。"

老郭出错牌后，我也用手掌紧紧捂着错牌，不让他拿回，嘴里还念叨不停："落子无悔，落子无悔。"但老郭还是不依不饶，用力把我的手掌掰开，拿回错牌重出。事后想想，老郭已是奔七的人啦，掰开我手掌的力道之大，超出想象。每每想到此，我都不禁哑然失笑。

虽然老郭文思泉涌，聪明过人，但你若和他探讨作文之道，他还是会耐心倾听你的合理意见的。但是，如果你和他探讨打牌的技法，或者和他开玩笑，说他打牌不咋的，他一定会予以还击。其实，我对老郭打牌的技法还是比较服膺的，他能够审时度势，善于和搭档配合，打牌的节奏感把握得恰到好处。总的说来，赢面较大。可是，我就喜欢逗他玩，总是说他这也厉害，那也厉害，就是玩牌不厉害，也没见老郭真正生气过。

人活在世上，不为无益之事，何以度有涯之生啊。更何况，老郭打牌之外，做公益、教学生、写文章一样不落，不像我等玩物丧志之人。

和老郭打牌，轻松有趣，有益身心，能收获到许许多多的快乐，又何乐而不为呢？

和老朱喝酒

李宗长

和老朱喝酒是常态。这不，晚上又在一起喝上了。席间，老朱太太对我说："宗长，下午读了你中午写的《和老郭打牌》，蛮好看的。"有朋友在一旁撩事：如果宗长写《和老朱喝酒》，会更好看。

和老朱喝酒的源头，可以追溯到三十余年前。

1991年秋，老朱考取南京大学研究生，我比他早两年入校。因为专业方向同是古代文学，我俩各自的论文指导老师又是两口子，老朱和我这两个身在异乡的安徽人，想不亲近都不可能。

当年读书苦啊，不仅收入微薄，学业压力也大。周日时，有个志同道合的家乡人一起喝一杯，还有比这更开心的事吗？

那时喝酒也没啥菜，不是饭店菜品有限，是我们囊中羞涩，不敢点大菜硬菜。

印象中，油炸花生米、凉拌黄瓜，是我们下酒的必点菜。如若再斩半只咸水鸭，那实在是太奢侈，简直算得上饕餮大餐。喝的啥酒呢？我也记不清了。反正不会高于十元一瓶，当年有种酒叫分金亭，我们一定喝过。

毕业后，老朱去电视台工作，我在高校上班，喝酒的机会反而减少了。

1997年，我去报社工作，和老朱的交集又多了起来。有时，老朱去基层采访，通知我也参加。活动结束，和基层的领导干部们吃饭喝酒。坐上酒桌前，经常要梁山泊英雄排座次，我对这一套路十分反感。但人在江湖飘，哪能不挨刀啊。每当看到我主动端坐末位，老朱总是过来拉扯我，郑重地向领导介绍："我师兄啊，博士。"领导便也顺水推舟地礼让我坐在上位。

基层领导的酒量深不可测。酒席上，我常常把杯中酒倒给老朱，他来者不拒。也不是酒桌上所有人都能往老朱杯中倒酒，我是例外。我是他师兄嘛。他也知道，我确实不擅饮酒。

近些年，中央出台八项规定，公款吃喝风得到遏制。喝酒要自掏腰包。但这并不影响我和老朱在一起喝酒，我们喝酒的频次一点也不见少。酒酣耳热时，有人话多，有人会叫，有人会闹。这些与老朱无缘。他在酒桌上的风度颇佳。如果有人喝多了，口吐脏字，骂骂咧咧，老朱更是不能容忍，他的眼里揉不下沙子。

老朱在酒桌上的上佳表现是啥样的呢？他会背诵古典诗文，这是他的拿手好戏。什么"劝君更尽一杯酒，西出阳关无故人"啦，什么"白日放歌须纵酒，青春作伴好还乡"啦，什么"醒时相交欢，醉后各分散"啦……不一而足。

他最喜欢背诵的诗句，应该是李白的《将进酒》，其中的名句"人生得意须尽欢，莫使金樽空对月""钟鼓馔玉不足贵，但愿长醉不愿醒""古来圣贤皆寂寞，唯有饮者留其名"等，好像就是为老朱而写，是他本人喝酒生活的真实写照。

这些耳熟能详的诗句，能够背诵出来也不奇怪。令人称奇的是，老朱酒后甚至能将《琵琶行》《长恨歌》《岳阳楼记》《前赤壁赋》等，大段大段地背诵出来，而且毫厘不差。更为不易的是，他甚至能当场叫人拿来纸笔，即兴涂鸦，联句作诗，为朋友们助兴。

老朱酒桌上的另一上佳表现是清唱豫剧。老朱的家乡离河南太近，用他自己的话来说：“我家种的红薯，能长到河南的地块上。”我忒爱听老朱酒后清唱豫剧。见到酒桌上有人高谈阔论不着边际时，我就会怂恿老朱来两段。他也不扭捏推辞，答应爽快。

清唱前，老朱喜欢清清嗓子，一方面略做准备，另一方面提醒各位安静。老朱清唱的豫剧名段，经常是《花木兰》和《小二黑结婚》。一曲唱罢，常常引来满堂喝彩，老朱自然心头欢喜。

“朱老师，祝贺祝贺，敬你一杯。”如果这时有人端着酒杯，前来表示祝贺，那老朱更是喜上眉梢，甚至能拎壶就干。

和熟悉的朋友聚会，喝到兴起，老朱有时会提出猜拳行令。老朱划拳时，手指上下前后，伸缩自如，变幻莫测。节奏之美，绝对不亚于琵琶女的轻拢慢捻抹复挑。

老朱划拳赢了不是新闻，输了是新闻。

一般情况下，他会先和对手来三个。如果他输了，你别想就此罢休。“再来三个！”他会说。如果六个结束后是平局，“决个胜负，再来三个！”老朱又会说。划拳当中，老朱对对方杯中酒的多少，一点也不在意。对手有时输多了，他甚至会陪着共饮一杯。他在意的是击败对手后，内心那种喜滋滋的感觉。

常在河边走，哪有不湿鞋的。这不是说老朱，是说我自己。

有一次，老朱舅爷从东北来南京，在老朱家喝酒。为了表达对老朱舅爷的敬意，我频频举杯，还没走出老朱家门，就在他家院子旁边的拐角处吐酒了。后来又一次去老朱家喝酒，他儿子看到我来了，对我说：“叔叔，叔叔，上次你就在我家这个地方吐了。”童言无忌，我一脸尴尬，老朱一脸坏笑。

女子本弱，为母则刚。在老朱言传身教下，现在朋友聚会，我有时也敢主动撩事，属于“男子本弱，喝酒则刚”的一类。

和老朱喝酒，我基本上没有后顾之忧。因为我内心知道，我吐酒也好，找不到家也好，老朱会管我。他送我回家的次数不可谓不多。

一次，我们在学兄老徐家附近喝酒，喝完后坐公交回家。在公交站台，我摔了一跤，也没在意。第二天一早醒来，上班找眼镜，怎么也找不着。反复回忆，应该是昨晚摔跤时丢了。赶忙给老朱打电话，要他陪我去找眼镜，因为我根本不知道是在哪个站台摔跤了。

老朱领着我找到醉酒后摔倒的那个站台。果然，眼镜正静静地躺在旁边的草丛中。失而复得的喜悦让我不胜唏嘘。老朱后来写了首打油诗，记述其事：“眼镜很明亮，昨晚被遗忘。此物有灵性，静卧待宗长。”

和老朱喝酒的故事太多太多。回忆起来，充满无限温馨。我们都老了，老朱的酒量也有退步。现在再往他杯里倒酒，帮我分忧，既不厚道，他也不情愿了。

尽管如此，我还是很想经常和老朱在一起小酌。每当冬日来临，天气晦暗，老朱给我发微信说：“晚来天欲雪，能饮一杯无。”我就觉得特别亲切，心动不已。

跑跑玄武湖，南京很幸福

李宗长

曾几何时，南京玄武湖畔，环湖路边，竖立几块宣传牌，上书“跑跑玄武湖，南京很幸福”。且不说这句话是否有语病，反正我这个经常在玄武湖公园跑步的人，每次看到它，都是会心一笑。

我是2004年五一期间成为一枚跑步“小白”的。那时，我住在汉中门，离南京五台山体育中心不远，女儿在附近的拉萨路小学上学。早上送孩子到学校，时间尚早，绕着五台山体育场内的健身路径跑上几圈，再洗个澡上班，一点也不迟。

跑步缘起于体重增长过快。2003年下半年，我被借调到省委宣传部新闻协调小组工作，从繁忙的采访写稿中松弛下来。当时饭局较多，体重快速飙升。有时深夜饭局结束回家，心脏“咚咚咚”跳速加快，睡眠也受到影响。

到体育场去，到能跑步的地方去，把体重降下来，成为我的信念。刚开始，没跑几圈就喘个不停，大腿也经常酸痛。我根本没有想过能一次跑完十公里，更别说参加半马全马比赛了。三天打鱼两天晒网的情况时有发生。五台山体育场内的跑友们经常给我打电话，问我为什么没来。他们友善的督促，赶走了我的慵懒，让我坚持下来。

岁月不居，时节如流。2009年，我搬至玄武湖附近居住，开始在玄武湖环湖步道上奔跑。绕玄武湖公园一周计九千三百米，那时我已经能够轻松跑完一周。

跑进玄武湖公园，仿佛跑进历史之中。这里有东吴大帝孙权训练水军的阅武台，也有写下《金陵三首》的李白的塑像；有晚唐诗人韦庄笔下“无情最是台城柳，依旧烟笼十里堤”的胜景，也有被列宁称为“中国11世纪的改革家”的王安石泄玄武湖为田的故事；有一千多年前两晋游仙诗人郭璞的纪念馆，也有绵延六百多年朱元璋修筑的明城墙。站在钟毓桥头，四处远眺，一边是巍巍紫金山，一边是浩渺玄武湖。湖光山色，交相辉映，自然与人文在此携手，传统与现代在此交融。有人说，这里是南京“最美天际线”。

跑进玄武湖公园，仿佛跑进花的海洋。春来了，玄武湖公园里百花盛开，桃花、梨花、杏花、郁金香，还有颜色各异的不知名花儿，争奇斗艳。玄武门往南至解放门段，近年引进的樱花，每到盛花期，就会漫天飞舞，白色、粉色、粉红的花瓣洒落地下，给环湖步道铺上一层锦绣，引来成群的游客观赏拍照。到了夏天，神策门、太平门附近的莲花开得轰轰烈烈，不同品种的莲花竞相绽放，香远益清，拉长了玄武湖的夏。秋冬时节，跑在玄武湖公园，馥郁的桂花，粉红的、金黄的、纯白的菊花，以及无意争春的梅花，触目可见，幽暗的香气直往你的鼻孔里钻，令人心醉。

玄武湖公园，跑你千遍也不厌倦。

跑玄武湖公园的人很多。许多人非常面熟，却难得相知。也有人几次相遇，就转而相知，为你打开一扇崭新的窗口。他们对跑步的感受和体悟，有的能说到你心坎里。请看这段：“跑步于我，是娜拉的出走，是逃离，是抗争，是让自己远离生活的鸡零狗碎，不曾奢望做那只特立独行的猪，却也不愿被生活锤成奄奄一息的牛。”说得多好！

毋庸置疑，跑步是项较为单调枯燥的运动，怎样才能让它变得活色生香充满乐趣呢？我的感受是，和异性跑友一起跑，会轻松许多，男女搭配，跑步不累嘛。在南京城北，我们曾有个小小的跑友圈，里面不乏大神级女跑友，比如无双、豆姐、小娥等。可是，我们各自闲暇时间不同，配速也不一样，难得在一起跑一次。“我吹过你吹过的风，这算不算相拥；我走过你走过的路，这算不算相逢。”“独跑无相亲”之时，我常常用这段歌词聊以自慰。

独乐乐不如众乐乐。玄武湖里跑团很多，我常遇到的就有南京悦跑跑团、南京硬腿子跑团、江豚湾湾跑团、南京爱跑步跑团、莱斯跑团、江海粮油跑团……前几天，刚跑不远，恰巧迎面碰上江海粮油跑团的队伍，我立马掉转方向，跟着跑团一起跑。一路上，他们不时高呼：“江海粮油，健康追求！”“一起出发，一起到达！”整齐划一的步伐与声震霄汉的口号相互交融，气氛热烈，煞是有趣。

世界这么大，我想去看看，更想去跑跑。2009 年，我在波罗的海海边的德国小镇——罗斯托克奔跑。一路上，海风轻拂脸颊，空中海鸥展翅，远处的海面帆影点点，感觉真是棒极了。2018 年，我在美国纽约中央公园奔跑。一路上，千姿百态的雕塑从身边掠过，边跑边观赏，我的步伐无法更快。记得在《独立宣言》诞生地费城，因为跑得较远，回来我竟找不到投宿的宾馆了。

天下跑友是一家。跑步还让我认识了许多外地朋友。有一年，在贵州黔南布依族苗族自治州荔波县，早上跑步时经过中共早期领导人邓恩铭纪念馆，才知道荔波是邓恩铭的家乡。路上偶遇荔波县纪委的老雷，他是布依族人。老雷一路陪我奔跑，一路给我介绍当地的乡风民俗，我收获了一段意想不到的体验。又一年，在大连星海广场晨跑，一位开照相馆的老人，向我介绍星海广场的前世今生，对曾经矗立在广场中央的华表雕塑倾慕不已，对改建后的音乐喷泉不以为然。

这些年，国内马拉松异常火热，我也心向往之，蠢蠢欲动。2016 年，我报名第二届南京马拉松全马项目，幸运中签。10 月 16 日，南马如期举行。枪响之后，我跟着马拉松“老司机”老潘一起跑，配速在六百三十左右。跑着跑着，我觉得可以更快。尤其经过玄武湖环湖路时，看到有熟悉的朋友为我加油，更是忘乎所以，不由自主加快了脚步。二十八公里处，我的大腿开始疼痛，举步维艰，只能边跑边走，我的首马是“走”完的。后来，我又跑了近二十场的全马和半马，最好成绩分别是 4 小时 41 分 49 秒、1 小时 57 分 30 秒。

我跑步的“木古”（南京方言，意谓不知轻重缓急），不是第一个马拉松就报名全马项目，而是对跑马过程中可能出现的许多状况严重估计不足。2017 年 10 月，南马最后几公里，由于赛前不知道给乳头贴上创可贴，导致乳头被运动衫磨破出血，疼痛难忍。只好一手拎开运动衫，避免贴身摩擦，一边跑步，其状可笑可叹。

跑步会损伤膝盖吗？跑马会猝死吗？好心的朋友常常问我，并规劝我适可而止。

我们周围确实有不少因跑步而损伤膝盖的案例，近年全国马拉松比赛中，也发生过数起选手猝死的惨剧。但是，我们能够因噎废食吗？看看现在马拉松的火爆程度，数数全国一天几十、上百场的赛事规模，答案不言而喻。就我个人而言，我想说，跑步虐我千百遍，我待跑步如初恋。

凡是过往，皆为序章。我深深知道，即使再努力，"永远有人比你跑得快"。我也知道，"天下难事，必作于易；天下大事，必作于细"。难事大事我做不了，跑步这种抬腿就能办到的易事小事，我总不该轻易放弃吧。

初入京华那一年

李宗品

处暑之后，秋意渐浓，风也格外幽凉。开学季就在眼前，忙碌而新鲜，紧张又兴奋。不由得忆起二十四年前的 1998 年，我来北京求学曲曲折折终又昂然前行的各种情景，过电影似的一一浮现。

那年春晚，《相约一九九八》这首歌令人无法忘记，曲风和节奏特别清新明快，那英和王菲的共同演绎也算得上珠联璧合、无可挑剔。“来吧，来吧，相约一九九八，相约那永远的青春年华……”冥冥之中，上苍似乎已安排好了我与北京的这场世纪“约会”。

该不该出走

1998 年 3 月，我接到了中国新闻学院研究生部国内新闻第二学士学位的录取通知书，既兴奋又发愁。兴奋的是，出走的梦想终于实现；愁苦的是，两年一次性缴纳一万四千元的巨额学费从哪来。那时候我已在故乡中学执教近六年，可兜里积蓄只有一千元，而且按规定在职生当时并不能将户口迁到北京。手头的拮据与未来的不确定性，拧成了一股绳从反方向拽着我，不让我离开。彼时，我心底去意强烈，只是缺少一些鼓励与指引的力量。大哥那时已在《新华日报》工作，他给了我莫大的精神支撑（当时我并未告诉他手头的窘迫）：不要怕，外面天地大，趁年轻去闯一闯，机不可失时不再来。举棋不定之时，大哥这关键一“脚”，将我踹向了北京。

方向定了，接下来就是执行的细节了。第一步就是筹款，目标是一万四千元，手里只有一千元，这相当于特别想吃顿饺子，就端着一碗醋，满世界找饺子啊。最终，在北京打工的二姐和二姐夫一下拿出六千五百元，解决了一半问题。剩下的一半，除了家里卖粮食所得的两千多元外，余款我分别从恩师杨锦鸿老师和县城教书的师妹那里筹得。这些雪中送炭的深情厚意，我一直铭记于心，一辈子不忘。出门筹款那天，雨下得很大，我从滁州和全椒筹完款回到中学，之后又顶风冒雨骑车回家，在春天的泥泞里深一脚浅一脚，脸上身上的雨水、汗水与泪水混在一起。

“五一”探路

按照学校要求，5 月 5 日之前学费须全部缴齐。原本可以电汇过去，但我终究还是有些不踏实，决定“五一”长假自己去一趟北京探探虚实，见机行事。可是，随身携带这笔“巨款”坐十七个小时火车，似乎也不妥帖。很巧的是，邮政储蓄在滁州开通了异地存取业务，而且免手续费，简直是完美无缺，哈哈。

一切准备停当。4 月 29 日晚上，我在大姐家吃饱喝足后打了个“马自达”（北京所谓的“三蹦子”）到滁州站，怀揣着邮储存折和奋斗梦想，踏上了 1426 次绿皮火车，晃晃荡荡地北上了。无座，用报纸垫在过道上坐下，需要忍受“啤酒、面包、矿泉水”小推车来来回回的折腾，需要忍受拥挤车厢里的饭菜味、汗馊味和脚臭味，直到徐州方才有了个空座儿，可以正式休息一会了。一夜无话，30 日下午约莫三点抵达北京。被绿皮车摇晃太久，刚下火车那会儿，感觉地面都是晃荡的。之后又乘 20 路公交到北京南站（当时南站是非常破的小站），步行十多分钟找到二姐他们在陶然桥南边（西罗园四路通附近）的租屋，整个人终于安定了下来。

5 月 2 日上午，坐地铁去学校探访。那时候，北京地铁只有两条线，一号线东头只到西单、西端到苹果园，两块钱可以在地下转圈儿随便坐。我平生第一次踏上地铁，从和平门上车到复兴门换乘一号线往西，到八角游乐园下。再一路往南，途经万汇源宾馆（后来才知道方圆杂志社就在这里），走了约莫十五分钟，看见了气度不凡、巍峨耸立的大方楼——中国新闻学院主楼（现在是新华社第二工作区）。

到了学校门口，碰巧遇到一位女生，我就上前虚心问起学校情况。她是当年的毕业生，看起来比较干练，直接给我泼了冷水：“反正我挺失望的，学不到什么东西，学风不是特别好，慎重考虑吧。”我心里一凉，这可咋办？孤证不足为据，我决定再问问其他同学。

这时候，又走出来一位拿着饭盆的帅高个儿男生，和气而有风度，我把来龙去脉告诉了他，并说出了我的担忧。这位老兄反问了我一句：“你现在拿多少钱一个月？”我答道：“五百多块。”他非常坚定而有信心地说：“那有啥好犹豫的，出来吧，欠的那点钱，以后工作几个月就可以还掉。”我接近冰点的心顿时回暖，希望的帆又鼓满了风。随后，他特别自然地说：“到饭点了，跟我一起去食堂吃饭。”食堂饭桌上攀谈起来，才知道他叫王志雷，河南人，96级二学位，也是当年夏天毕业，工作单位已经落定，去广州大亚湾核电站。那天中午坐在一起吃饭的，还有他的同班同学李飞、王惜纯（安徽师姐，现任职《中国质量报》）、刘万永（《中国青年报》著名调查记者，现转行创办法度研究院去了）。吃完饭，志雷兄又是十分自然地邀请：“带你上去转转，然后去宿舍休息一会儿。”在大方楼六层的宿舍里，遇到同样是在职生的单中桂老兄，印象中他是湖南人，被《深圳商报》录用，中桂兄也同样鼓励我坚定地走出来。看着他们宿舍墙上贴的实习单位名录，《中国青年报》《参考消息》《经济日报》《半月谈》等，都是我那时仰慕的媒体豪门，那一刻我北上的决心就不可撼动了。现在每每想起萍水相逢的这一幕，我都十分感动，仗义的志雷兄是我人生拐弯处的一个贵人。

1998年5月4日，恰逢北大百年校庆。那天我去劳动人民文化宫逛了逛书市，买了《北大往事》《焦点外的时空》两本书。前者是北大历届学子的追忆文章，十分耐看，文字间透露出的文化氛围给北京平添了许多魅力。后一本是央视《焦点访谈》栏目组的采访手记，讲述新闻背后的新闻，翔实生动，也给了我学新闻、做新闻的许多“冲动”。

北京，我来了！

开学前，父亲不放心，一定要送我来北京上学。他是第一次来，估计也要顺便逛逛。其实，将我安顿好之后，他惦记着家里的农活儿，哪儿也没去逛。我俩只是在天安门广场转了转，拍了合影，十五块钱四张立等可取的那种。在北京站候车室里，父亲让我早点回学校，他可以一个人坐着等。在挥手让我走的刹那，我看到父亲眼眶里全是泪，这是我第一次看到他在我面前流泪，我的泪也止不住往外涌，跟父亲告别的声音都哽咽了。从小到大，父亲一直是严厉的形象，那一刻我似乎也长大了许多。

刚到北京那会儿，空气干燥，水土不服，闹了一周肚子。饮食口味上也颇多不习惯，比如孜然羊肉的孜然味、涮羊肉的麻酱、茴香馅儿的包子，等等。记得食堂打饭时还闹了个笑话，我在鱼香肉丝里努力找鱼的身影，却遍寻不见，并特意找炊事员问了下。不过，很快我就适应了这样的饮食，并投入紧张而又新鲜的学习之中。

中国新闻学院是由新华社于 1986 年正式创办的，邓小平亲笔题写的校名，首任院长即是时任新华社社长的大名鼎鼎的穆青。新闻学院自 1988 年起率先在全国招收第二学士学位学生，分国内新闻和国际新闻两个专业，之后继续招收硕士研究生。进修部设本科班和专科班，培养了大批新闻专业人才。

教我们新闻专业课程的老师，很多是新华社资深采编人员。我们的新闻采访课老师是宣奉华，宣老师是安徽肥东人，曾经担任新华社安徽分社社长，当时兼任中国新闻学院副院长。宣老师为人正直，采访经验非常丰富，又因为她要求很严格、原则性极强，私下里我们都称她为“马列主义老太太”。当然，对宣老师的为人与教学，我们十分尊敬。记得有一次，她要求大家在课堂上画一幅画，表达自己对新闻职业的认知。我画的是三件东西：

一支笔、显微镜、望远镜。意思是新闻记者要高瞻远瞩，明察秋毫，以铁笔写春秋（理想很丰满，现实很骨感）。那年国庆期间，宣老师给我们安排了社会实践作业，必须去体验一项体力活儿，并写一篇短文。有的同学选择了去报摊卖报纸，我选了二姐夫管理的那个工地，跟着一位老兄干了半天装修。现在每次路过复兴门国际金融大厦（底商是招商银行），我都要抬头看看，因为大厦天花板里，有我当年砸进去的一百多根钉子。

给我留下深刻印象的，还有教我们新闻写作课的徐占焜老师，安徽巢湖人，也是新华社资深记者出身。他授课的仪式感很强，每次都是穿风衣、戴礼帽，基本是坐着上课，很悠闲地讲着各种掌故，端着紫砂茶壶直接喝，讲到兴奋处就仰头哈哈大笑。徐老师有记者风骨，喜欢针砭时弊，记得他当时对北京西站的设计十分不满，说西站号称“世界最大的车站”，可他认为构造与设计如此混乱的地方，只配叫“世界最大的鸡窝”。同学们哄堂大笑，深以为然。

教我们新闻学理论的是郑保卫老师，他同时兼任研究生部主任，我们背地里亲切地叫他保卫大叔。记得有一天，郑老师组织了一场课堂辩论：“在社会主义市场经济条件下，新闻到底是不是商品？”我和玉玲、周芳等同学组成一队，我作为正方四辩总结陈词，我们那个队最终赢了。新闻是门实践学科，课本上所学毕竟是纸上谈兵，只有到实践中去，才能逮到“活鱼”“大鱼”。那时候，我们几乎所有同学在入学不久就撒出去，到各大媒体实习采编，顺便撰稿挣点儿稿费补贴生活。记得我和老杨、马长老一起，曾给《人民日报》旗下的《市场报》（现在停办了）写过一篇关于矿泉水、纯净水之间的营销概念大战的报道，标题大概是“饮用水市场硝烟弥漫”之类的东西。当时，学校阅览室报纸和图书馆资料很有限，我们都是去北图(北京图书馆，现在叫“中国国家图书馆”)查背景资料、复印报纸，用稿纸爬格子写出来，编辑老师也是在稿纸上用红笔圈改，完全古老的操作手法。

我们经历了报纸由盛而衰的全过程。前两天，曾经风生水起的慧聪网宣布停止运营，我在同学小群里笑说：“L 国啊，你二十四年前的‘饭碗’今天没了。”那时候，L 国边读书边在慧聪网兼职上班，每月拿着几千块薪水，相当富足。其实停办的何止是慧聪网啊，许多纸媒在近些年陆续停止了纸质版的出版发行。

那时，距离 21 世纪还有两年。那是互联网刚刚冒头的时代，那是全球化风起云涌的世界。

相聚在二十四年前的我们，浑身干劲，满怀希望，是幸运的时代宠儿。一九九八，我很怀念它。

人间有味是清欢

李宗长

处暑之后，天气转凉，秋的脚步声渐行渐近。再过几天，就是中秋啦。秋天是成熟与收获的季节，稻丰蟹肥，鱼鲜虾美，老饕们可以大快朵颐。我也来凑个热闹，作篇吃的文章。

家乡菜与外地菜

人不好吃，不知其可。说到吃，最难忘记的是小时候的味道。月是故乡明，菜是家乡好啊。

家乡全椒，素有“江淮背腹，吴楚冲衢”之誉，民谣说：走千走万，不如淮河两岸。由于地处江淮之间，家乡算得上鱼米之乡，食材非常丰富，许多菜肴和其他地方的做法大同小异。回忆起来，有三道菜与别处做法迥然不同。

一道是“泥鳅煮挂面”。南京的菜馆里，泥鳅的做法一般是杀好泥鳅，清洗干净后直接红烧，或和豆腐一起红烧。而我老家的做法则更为简单，泥鳅放入清水中数日，待它吐尽腹中污物后，活泥鳅直接下锅。烧热菜锅，泥鳅在锅里活蹦乱跳，直到悄无声息。将炸过的泥鳅盛出，洗干净锅中黏液，重新放油（用菜籽油为宜），加入葱姜蒜及辣椒八角等，爆香后倒入炸过的泥鳅，翻炒片刻，添加料酒、酱油、食醋、蚝油，倒入清水，文火慢炖。约莫半小时后，再将面条下到锅里，十分钟左右即可关火，撒上切碎的小葱花及芫荽后盛出，一钵泥鳅煮挂面就做成了。

小时候，加入泥鳅中的面条都是村里自制的挂面。那高高的木架子上，一根根细长的挂面自上而下垂下，远远望去像是一匹白布在晾晒。现在，会做挂面的老人，一个个像秋冬时的树叶，片片凋零，融入泥土，只能用机制面条替代手工挂面了。有人或许会问：没有去掉内脏的泥鳅怎么吃？在我们老家，一般只吃泥鳅脊背及周围的细肉，内脏是不吃的。“泥鳅煮挂面”，既是菜肴，也是主食。老家人其实更看重面而不是泥鳅，泥鳅的鲜味儿完全浸入面条，吃起来鲜香无比，回味无穷。

在南京，黄鳝通常切段，与五花肉一起红烧，算是一道硬菜。淮扬菜里，也有道传统名菜“软兜长鱼”，主料就是黄鳝。老家烹制鳝鱼的方法主要是炒制，“炒鳝片”最为常见。小时候，二叔擅长用铁丝做成的钩子钓黄鳝，老家话叫“捅黄鳝”。家里备有一只陶瓷钵，钓来的黄鳝吃不完，放入钵中饲养。吃饭前，奶奶捞出几条，往水泥地上重重摔下，待黄鳝昏厥后再用砖头猛砸黄鳝头，这样剖开黄鳝就非常容易了。洗净后的黄鳝用砖头砸扁，剪成块状，清洗沥干后，即可制作炒鳝片了。家乡菜“炒鳝片”的配料通常是洋葱或蒜苗，加入红辣椒块，色香味形齐备，吊人胃口。砸扁后的鳝片，调料更易渗入，味道也更加鲜美。

《红楼梦》中有道菜叫“茄鲞”，它是这样制作的：“把才下来的茄子把皮劖了，只要净肉，切成碎钉子，用鸡油炸了，再用鸡脯子肉并香菌、新笋、蘑菇、五香腐干、各色干果子，俱切成钉子，用鸡汤煨干，将香油一收，外加糟油一拌，盛在瓷罐子里封严，要吃时拿出来，用炒的鸡瓜（鸡的腱子肉或胸脯肉）一拌就是。”（《红楼梦》第四十一回）凤姐儿的这段介绍，听得刘姥姥摇头吐舌。其制作程序之复杂，超乎想象，也就是钟鸣鼎食之家，可以做得了。

老家的“拌茄泥”，风味独特，做法却极简单：取数个白茄子（一般不用紫茄子），改刀切成条状，放入饭锅中与米饭一起蒸煮。米饭烧好后，取出茄条，放入盆中，捣成泥状，加入蒜末，用炼好的猪油拌一下，就能入口了。过去在皖东，“拌茄泥”几乎家家会做，顿顿要吃。诚如东坡先生在《菜羹赋》中所言：“盖易具而可常享。”

历史上，有人为了吃到家乡菜，宁可弃官不做。《晋书·张翰传》记载：“张翰字季鹰，吴郡吴人也。……齐王冏辟为大司马东曹掾。……翰因见秋风起，乃思吴中菰菜、莼羹、鲈鱼脍，曰：‘人生贵得适志，何能羁宦数千里以要名爵乎！’遂命驾而归。”一时传为美谈。鲁迅先生在《朝花夕拾》小引中写道：“我有一时，曾经屡次忆起儿时在故乡所吃的蔬果：菱角，罗汉豆，茭白，香瓜。凡这些，都是极其鲜美可口的；都曾是使我思乡的蛊惑。……他们也许要哄骗我一生，使我时时反顾。”可见家乡菜对游子的巨大吸引力。

外地菜，我不常吃。举凡东北的小鸡炖蘑菇、西北的手抓羊肉、新疆的大盘鸡、西藏的白水牦牛肉、四川的水煮鱼、贵州的酸汤鱼、福建的同安煎蟹、浙江的西湖醋鱼和东坡肉，等等等等。这些菜确实能让食客知味停车，闻香下马。在我看来，只能偶尔为之，浅尝辄止。

印象深刻的一道外地菜，是扬州的“文思豆腐”。有一年，我随两岸媒体联合采访团赴扬州采访，在扬州迎宾馆，大师傅现场演示了“文思豆腐”的制作全过程，让我大开眼界。没想到，家常菜中常见的豆腐，竟然有这么个做法，豆腐丝切得细若发丝，大师傅的刀工甚是了得，行行出状元啊。据说乾隆皇帝曾品尝过此菜，“文思豆腐”一度成为清宫名菜。我的认知里，豆腐只是常和青菜搭配，属于保平安一类的家常菜，“文思豆腐”的做法极少见到，真可谓“贫穷限制了想象”。

大餐与小吃

2008 年 6 月 1 日，时任越共中央总书记的农德孟一行，由当时中联部部长王家瑞陪同，从北京乘专机抵达南京访问。时任省委书记的梁保华会见农德孟总书记一行后，在金陵饭店设宴招待越南客人。因为是外事报道专任记者，我也在那次宴会的参加者之列。省外办的同志说，这次招待晚宴规格非常高。可是吃来吃去，我没有记住一道菜品。宴会当中，菜品上得慢不说，也没有可以餐叙的朋友。我心思全在稿件上，哪有心情慢慢咀嚼、细细品咂每道菜品呢？只想快点离开，去办公室完成稿件写作和报道任务。这顿大餐，吃得太没滋味。

大餐中不乏名菜身影。民国时期，南京马祥兴有道名菜“美人肝”，但这样的大餐及名菜，哪里是寻常百姓吃得的？

其他如满汉全席、洛阳水席、安徽全鱼宴、淮南八公山全豆腐宴……这些应该算得上“大餐”吧。偶尔吃过，也没留下特别印象。中国人的年夜饭算不算大餐呢？我觉得要算，只不过这是寻常百姓家的大餐。前些年，有饭店推出数十万元一桌的年夜饭，我就撰文《年夜饭该怎么吃》进行批评："除夕之夜，一家人围坐一桌，吃顿年夜饭，是中国的传统。在外地工作的游子，任务再重，也想方设法挤出时间，赶回家里，与家人一起吃顿年夜饭；离开乡土，挣钱养家的农民工，不顾舟车劳顿，旅费高昂，同样想回家和亲人吃顿年夜饭；那些他乡求学的学子，寒假一到，更是迫不及待地往家赶，为的也是和爸爸妈妈一起吃顿年夜饭……年夜饭的意义已不完全在形而下的'吃'。更重要的，吃年夜饭讲究的是形而上的团圆，吃的是氛围，吃的是亲情。"也不知批评得对不对。

在吃完法国大餐后，我的老师郁贤皓先生得出一个结论：越贵的饭菜越不好吃，越便宜的饭菜越好吃。虽说是戏谑之言，但也不乏一定道理。比如，各地的小吃，就是既便宜又好吃的代表。

拿南京来说，以夫子庙地区的小吃最为集中。小吃名店鳞次栉比，随处可见。其中，永和园的黄桥烧饼和开洋干丝、蒋有记的牛肉汤和牛肉锅贴、六凤居的豆腐脑和葱油饼、奇芳阁的鸭油酥烧饼和什锦菜包、奇芳阁的麻油素干丝和鸡丝浇面、莲湖糕团店的桂花夹心小元宵和五色小糕、瞻园面馆的熏鱼银丝面和薄皮包饺、魁光阁的五香豆和五香蛋等七家小吃店，制作出来的八套秦淮风味名店小吃，被称作"秦淮八绝"。与"秦淮八艳"只一字之差，美人美食，各有韵味。

夫子庙小吃店的环境，大多清洁亮堂，市口也好。或同家人一起，或二三个朋友一道，进店落座，点上几份心仪的小吃，花钱不多，吃得快活，多好！

面条与馄饨

中国南北方的传统分法是以淮河为界，全椒在淮河以南，当属南方，大米是主食。然而，小时候，新麦上市，家里人总要去镇上机出一两口袋小麦面。有时做面糊糊，有时做面疙瘩，有时做手擀面条，和大米搭配着吃。

小时候，家里做饭的重任一直由能干的大妹承担。可是，做手擀面，女孩子力气小，揉面十分费劲。暑假我在家无事，便也学着做手擀面。刚开始，常有新媳妇和面的尴尬，面多了加水、水多了加面。几次做下来，心里有数了，手擀面条我也做得像模像样。

长大后，人在江湖，吃到不少其他地方的面条。诸如北京炸酱面、武汉热干面、陕西臊子面、兰州拉面、山西刀削面，等等。这些地方的面条各有特色，味道也可圈可点。而我却独独钟爱江苏本地的面条，譬如镇江锅盖面、东台鱼汤面和昆山奥灶面。

有一年，和同事老郭老王一起去镇江采访，大家提议早餐不要吃宾馆里的大路货，去吃镇江的锅盖面。当地朋友介绍，镇江锅盖面最有名的一家叫“柏三嫂锅盖面”。一路寻访，找到这家面馆。店面并不大，食客却很多。有腰花锅盖面、长鱼锅盖面、大肠锅盖面，不一而足。我点的是长鱼锅盖面，吃完感到面条嫩滑筋道，汤水鲜美，不虚此行。最近几年去镇江，每次都想再去品尝，问当地人，都不知道“柏三嫂锅盖面”在何处，地图上搜索，也没有标注，只好作罢。

东台鱼汤面，面条一般，重点在汤。吃鱼汤面，都是在东台宾馆。这里的鱼汤面比小巷里的地道，更值得信赖。鱼汤面的底汤，由大鲫鱼、鳝鱼骨和猪筒骨做主料，三次熬成三份白汤，经过炸鱼、熬制、提鲜、去腥等工序后，混合而成。面条在清水中煮熟，放入底汤中即可。加入少许胡椒粉，鱼汤面更为鲜美。东台鱼汤面，以汤白汁浓、滴点成珠、清爽可口远近闻名。

昆山奥灶面，“奥灶馆”是头牌。“奥灶馆”大门两边的门柱上，一副对联引人注目：“旨酒时献清谈间发，物色相召江山助人。”落款是清代大学者严可均的字。读书时，因经常使用严可均编纂的《全上古三代秦汉三国六朝文》一书，看到他的名字分外亲切。奥灶面分清汤和浑汤两种。与鱼汤面不同的是，奥灶面出彩在浇头，不在汤汁。浇头有大肉、鸭块、熏鱼……早上，清汤和浑汤两碗奥灶面下肚，中午即使再美味的菜肴，也兴趣全无。

传说奥灶面的名称，与乾隆有些关联。乾隆下江南时，微服至昆山出游，登临玉峰山。返途饥饿，行至一村落，见一老妪正掌勺做面，便命人讨要。一碗面下肚，乾隆皇帝觉得此面味道鲜美无比，便让太监询问叫什么面。由于不懂方言，太监也没问出个啥，回奏乾隆：“此面味道好，主要是面灶上有奥妙。”乾隆听后笑道：“面灶有奥妙，朕就称其为‘奥灶面’吧。”

馄饨在西南叫“抄手”，在华南叫“云吞”，各地叫法不同，做法如出一辙。馄饨不宜当午饭，适合当早点，早上点缀一下肚皮而已。我们小区附近就有一家“安庆馄饨馆”，品种很多，有大馄饨、小馄饨，也有鲜肉馄饨、荠菜馄饨、香菇鲜肉馄饨、虾仁荠菜馄饨，可我很少去吃。

最让我难忘的，是读研时南京大学南园北门口的一家馄饨小店。那时晚上常熬夜，早上起不来，误过食堂早餐，只能去门口小店充饥。当时研究生大都住二十舍，宿舍就在南园北门边上。下楼，出南园北门，左拐，不到五十米就是卖馄饨的小店。这里的馄饨，皮子极薄，肉馅极少，价格还算公道，那时一碗馄饨只卖一毛五。学生食客络绎不绝，生意奇好。服务员将馄饨端给你之前，通常会说："阿要辣油啊？"这句经典的南京话，牵引出多少南大学子的美好记忆啊。

拉拉杂杂，写了这么多吃的内容，我仍然不敢称自己为"吃货"。对吃的体验，我特别喜欢东坡先生的那句话："人间有味是清欢。"确实，无论家乡菜外地菜，还是大餐小吃、面条馄饨，人间至味，还在于清淡中的欢愉。

书卷多情似故人

李宗长

中秋小长假，本应回老家与亲人团聚。奈何滁州出现疫情，出行计划赶不上疫情变化，只能闲居家中。泡杯清茶，翻翻旧书，打发时日，感觉挺好的，恰如明代于谦所言："书卷多情似故人，晨昏忧乐每相亲。"

一

"老年人常思既往，少年人常思将来。"梁启超在《少年中国说》中如是说。我出生不久，尚不记事，就和爷爷奶奶一起生活，一直到十岁才回到父母身边。小时候，奶奶和父母拌嘴吵架，总威胁说要把我送回去，而父亲常年在外，家中又有两个妹妹，母亲照顾不过来，也没有把我接回去的想法。我就这样在夹缝中慢慢长大。

稍长，我读到萧军的《我的童年》。"从小以来，我就是这样一颗球似的被踢来踢去地生活着。唯一不踢我的人只有祖父，因此我就总是一只小狗似的在祖父的腿前腿后转走着，嗅着他，咬着他，折磨着这老人。"这段话，写出萧军少年时难忘的辛酸与无奈，仿佛也是为我而写，当年读到即刻产生共情。几十年过去，中秋期间我重读《我的童年》，像与相识已久的老朋友意外重逢，依然心绪难平，感慨万端。

中国人有句话：少不看水浒老不看三国。可是小时候，我却特别喜欢看打打杀杀之类的书，《水浒传》是其中一种。看《水浒传》，最喜欢书中的故事，“花和尚倒拔垂杨柳”“林教头风雪山神庙”“吴用智取生辰纲”“景阳冈武松打虎”等经典桥段，在中国几乎家喻户晓。第七十一回“忠义堂石碣受天文，梁山泊英雄排座次”，尤其受我追捧。村里有个小伙伴李飞也喜欢水浒，我们就在一起比赛记忆三十六员天罡星、七十二员地煞星，看谁记得多，记得准。

《水浒传》之外，我记得那时还喜欢读战争题材的书，比如《铁道游击队》《红日》《万山红遍》《保卫延安》等。为了买《保卫延安》，我花光了积攒相当长时间的一笔零花钱，现在这本书却不知被我丢到什么地方了。

1982年，《收获》第三期发表路遥的成名作《人生》。等我拿到杂志，看到这篇获得“全国优秀中篇小说奖”的作品时，正是高考前夕。我冒着“捞鱼摸虾，耽误庄稼”的风险，很快看完了《人生》，并引发了无限感慨。当时我想，如果我考不上大学，我就要和高加林一样回乡务农，高加林最终还能在县城谋一份工作，我恐怕连在公社谋份工作的可能性都没有。之后，我愈加勤奋地复习迎考，希望能考上重点大学。可是，当年高考却让我大失所望，虽然我也考了应届文科班第一名，但还是以一分之差没读成本科，而被滁州师专录取。我本将心向明月，奈何明月照沟渠。命运就是这样富有戏剧性，喜欢捉弄人。

二

上大学之后，不愁无书可读。可是，高考失利使得我读书的热情冷却下来，感觉读书方向不明。反正，得知毕业之后是去乡下做老师，便觉能够毕业就万事大吉。于是，玩牌下棋、打球健身，大好时光白白浪费。

我在大学里碌碌无为，可我假期带回老家的许多书籍，却成了弟弟宗品的至爱。弟弟告诉我，他在初中一年级前后，就读过不少现当代作家的作品，比如赵树理的《李有才板话》、郁达夫的《沉沦》等，这些作品大部分是从我带回去的《中国现当代文学作品选》中读到的。你读过的书和走过的路，都不会辜负你。弟弟现在非常喜欢现当代文学，大概与此也有一点关联吧。

读书最为集中的时段，是读硕士博士期间。一方面，那时在老师的指导下，有明确的读书方向。另一方面，想要读什么书，基本上是唾手可得，南大南师大光是系资料室的藏书就非常丰富，更不用说学校图书馆了。

值得一提的是，硕博阶段，我都是和专业是元明清文学研究方向的同学合住一起，有幸读到许多明清小说。那时，出版社出版的书中，有许多删节的地方。看着一个个方框或“此处删去多少字”的注释，心里愈发对被删节内容充满期待。南大中文系当时有规定，元明清文学研究方向的研究生可以去系资料室看全本，但不能带回宿舍。现任广东某大学文学院院长的程同学是我朋友，他上午去资料室看《金瓶梅词话》全本，并抄下删节部分的内容，我中午用删节本对照他抄下的部分读，也算是看到了全本。

还有一位同学，后来和张艺谋合作，成了电影《英雄》和《十面埋伏》的编剧。他不知从哪里弄来一些复印本书籍，都是明清时期的禁书。因为大家都想一睹为快，分配给我的时间很少。于是，晚上十一点宿舍熄灯之后，点上蜡烛，加班加点阅读。有一次，由于头发离蜡烛太近，以致烧煳了头发竟然毫无知觉。

在南师大读书时，和我住一个宿舍的是老胡和老李，都是明清文学研究专家陈美林的博士生，他们的书架上明清小说很多。我的研究方向是魏晋南北朝隋唐文学，整天与竖行排版的古书打交道。原文之外，又是注又是疏的，还有笺啊校啊之类的，且没有句读，读起来很累。看明清小说则不然。吃完饭，从老胡老李的书架上随便抽出一本，靠在床边，站着就能读完一两个短篇，特别放松。记得那时读的明清小说有《欢喜冤家》《连城璧》《蜃楼志》《绿野仙踪》等。胡兄还送了我一本由江苏古籍出版社出版的他自己编选的《巷陌趣事》。可惜，胡兄前几年已经因病离世，我们再也不能在一起抽烟喝酒、闲谈打牌了。翻看旧书，睹物思人，不禁泫然。

我当然不会将这类书籍推荐给弟弟看，当时我也没有。记得那时我向他推荐过一本钱锺书先生的书，不是《管锥编》，也不是《谈艺录》，是《围城》。我们兄弟俩都非常喜欢这本书，它写尽了民国时期读书人的生存百态，语言也特别机智幽默，真是百读不厌、常读常新。

读书需要榜样引领。已故南大中文系教授卞孝萱先生，曾协助范文澜、章士钊和匡亚明等社会名流工作，当时已是奔七老人，满头银发。在学校图书馆古籍部，我无数次看到他在查找资料，摘录笔记，一丝不苟，旁若无人。这样一位满腹经纶的大学者依然这样勤奋，我们这些愚钝之人，还有什么资格不努力呢？卞先生常常告诫我们，读书做学问须“天圆地方”：“天圆”就是脑袋聪明，蠢笨之人做不了学问；“地方”就是屁股坐得住，坐不住冷板凳的人也是做不了学问的。

三

读书人看到一本好书，如同小偷看到钱财，才子看到美人，特别想据为己有。

小时候，家人给的零用钱不多，逛新华书店，想买下心仪的书很难。常常是长时间翻看，爱不释手，却无力购买。工作之后，有了收入，买书相对方便一些，然而还是入不敷出，捉襟见肘。省吃俭用节省下来的小钱，也只能买些便宜的书。

可有些书即使再贵，也不得不买。知人论世，写作论文需要经常查阅唐以前的正史及《资治通鉴》等，这些书必须要买；《全上古三代秦汉三国六朝文》《先秦汉魏晋南北朝诗》等，这类作品大全必须要买。那时书价也便宜，《汉书》（全十二册），我买的时候只花了 25.4 元。而《资治通鉴》卖 170 元，《全上古三代秦汉三国六朝文》则卖 196 元，每套书几乎是我读书时两个多月的工资啊。还有一部书，我一直想买而买不起，那就是《鲁迅全集》，只能零零碎碎买些鲁迅作品的单行本。前段时间，网上打折售卖《鲁迅全集》（全十八卷），我毫不犹豫地买下了，拿到书一看，现在的《鲁迅全集》已经涨到 1360 元了。我捡到了一个天大的便宜！

买书要去书店，我去过最多的书店，是位于南京市杨公井附近的古籍书店。前些日子，有朋友请我去杨公井附近的“四川酒家”吃饭，顺便去古籍书店看看。遗憾的是，这个有着九十年历史的书店已经关门谢客了。我去过最大的书店，是位于台北捷运车站旁边的诚品信义店，共八层大楼，二十四小时营业。诚品书店由吴清友先生创办，“尊重走进书店里的每一个人”，是诚品书店的文化指向。吴清友先生还说过一段话：“医院跟书店都是很独特的场所，与我这一生也特别有缘。每次到医院，我都特别感恩，因为意识到自己还活着，还见到阳光；而当我人在书店里面，也会特别谦虚，因为无论你怎么有钱，无论你有多大的权力，在无边、无境、无量的智慧面前，你仍是很渺小的。”说得太好了！

“读史使人明智，读诗使人灵秀，数学使人周密，科学使人深刻，伦理学使人庄重，逻辑修辞之学使人善辩。凡有所学，皆成性格。”（《培根随笔·论读书》）读书可以改变性格甚至改变命运，我是相信的。读不同类型的书，真的会如培根所说有那么具体的收效吗？我则表示怀疑。有时候，看起来读的是无用之书，却常能让人感到特别快慰。

而今，时代在进步，社会在发展，而书店却在式微，读者在流失。今年“世界读书日”（4 月 23 日）当天，中国新闻出版研究院发布的第十九次全国国民阅读调查结果显示，去年我国成年国民人均纸质图书阅读量仅为 4.76 本。伯牙常有而子期难寻，多情似书卷，如今也是知音难觅啊。

北京的涮肉

李宗品

北京四季分明，春秋苦短，冬夏漫长。不过，寒冬雪天里，北京的人们可以有个开胃暖心的念想：吃一顿老北京铜锅炭火涮肉。

北京人冬天吃涮肉，如同遇个节令就吃饺子一样，是颇具仪式感的一件事。这既是深入骨髓的精神信仰，也是实实在在的物质犒劳。在北京，笼统来说是涮肉，其实主要指的就是涮羊肉，仪式感来自对习俗的遵从，比如必须选铜锅盛汤、必须是用木炭生火、必须备鲜切的羊肉，然后清汤锅底，汤底讲究“清水一盏，葱姜二三”，蘸料最地道的是三样：芝麻酱、红腐乳汁、韭菜花。喜欢吃香菜的加点儿香菜末，再掰几瓣糖蒜，齐活儿！更讲究一些的，比如老舍先生吃涮肉的蘸料，少不了还要滴上几滴卤虾油，那叫一个香。而吃涮肉的顺序也有个讲究，先涮毛肚，再涮肉，待汤浓之后最后涮菜，涮菜组合有个经典的“三件套”：白菜、豆腐、粉丝。没那么多繁复程序和山珍海味，北京涮肉要的就是这份简单、利落和爽气，靠的是羊肉的鲜美，从中也能咂摸出“一招鲜，吃遍天”的别样享受。

找涮肉馆子，最好是有年头的老字号，位置扎在东单、西四或南城窄窄的胡同里，找寻一点儿皇城根儿的悠闲，以及民国北平的雅静，而这悠闲与雅静里，又透出活色生香的烟火气息。过去顶出名的莫过于东来顺、南门涮肉、窑台涮肉等。东来顺涮肉在外地人眼里的知名度很高，能和它抗衡的，也就是全聚德的挂炉烤鸭了。据说这家的手切羊肉号称薄如纸、软如棉、齐如线、美如花。不过近些年，我感受到的东来顺是“盛名之下，其实难副”，人气已大不如前，跟全聚德的一些门店类似，犯了店大欺客的老毛病。如果不是短暂旅行一定要吃个“牌子”，就可以有更高性价比的选择，比如“土著”北京人常吃的两家：天坛公园南门的南门涮肉、陶然亭北门边上的窑台涮肉。

风水轮流转。现如今北京涮肉“第一网红”当属牛街的聚宝源。一入冬，若能在聚宝源碰巧订上个包间，那算是运气爆棚啦。大厅圆桌的座儿是不接受预订的，只能现场拿号排队。比较夸张的是，晚上吃顿饭恨不能从下午两点就开始排座，队伍常常从二楼大厅一直延伸到一楼街边老远的地方，你分不清食客们是来吃午饭还是晚饭的（也不知道是不是店里故意弄的“饥饿营销法”）。热气腾腾的圆桌边，人人喜笑颜开，各种涮菜摆满一桌子，刚烙得的芝麻酱烧饼软脆热乎，还有别的各样老北京清真小吃。话说这芝麻酱，不仅涮肉要用，做烧饼也用，吃凉面拌凉菜也用，在北京饮食圈地位相当重要了。汪曾祺曾撰文回忆，说有一年北京芝麻酱缺货，当时老舍作为人大代表，在大会上的提案就是希望能解决芝麻酱的供应问题，并且说：“北京人夏天离不开芝麻酱。”

小二十年前，我第一次吃聚宝源，是因为知名策划人秦全跃老先生张罗的饭局，那时候聚宝源还没火成现在这样。叫他老先生，其实当年也就五十来岁吧。老秦文字嘎嘣脆，说话有点损，行为很怪诞，鬼点子特别多。他是回民，地道北京人，只吃清真馆子，因此但凡他张罗的局都在聚宝源。边涮肉边听他讲段子，印象比较深的有两个：一是当年他给某涂料品牌搞策划，原本是想当街给小狗喝涂料，为的是证明涂料环保，这一想法遭到动保组织现场叫停，情急之下老秦只好劝那家企业老总自己拿瓢舀一碗涂料当众喝下去，歪打正着将“营销事故”搞成了“事件营销”；另一个或许是老秦自己编排同行的，但有鼻子有眼，说是叶茂中（知名策划人，已于今年 1 月病故）早年坐飞机，每次总是最后一个登机，为的是让机场广播催促登机多喊几次自己的名字，不放过在目标人群里的任何一次曝光机会。烟尘往事，历历在目呵。

我第一次吃涮肉，印象非常深刻。那是 1998 年冬天，我刚来北京读书，初中同学老 S 已分到通州一中专学校教书。那时候，北京地铁只有两条线：一号和二号，一号线最东只到西单。某个周末，我从遥远的京西坐地铁到北京站附近，再换乘 938 路公交，晃晃荡荡将近两个小时，才到达通州梨园镇。我们一见面立马换方言交流，说家乡话似乎就一下子回到故乡与少年的洒脱状态，这对离乡背井不久的我来说尤其重要。当晚，老 S 决定自制涮肉招待我，从超市里买好肉卷、配菜、蘸料等，我们直奔学校新建的实验室。那时新进的实验室器材归老 S 掌管，集体宿舍里场地和餐具比较局促，他就别出心裁、因地制宜搞了一场涮肉“试验”，支好的铁架子上，底下用酒精灯烧火，给支架铺上石棉网，上面放一大水槽当涮锅，一开锅就羊肉片、肥牛好一顿招呼，就着二锅头酒，这恐怕是实验室里从未有过的别样饮食“体验”。起初，我很不能接受这种北方“野蛮”吃法：用筷子夹着生肉在白开水里洗个澡，蘸点麻酱就放嘴里吃，总觉得怪怪的，不对劲儿。来北京四年的老S端着酒杯劝我，要入乡随俗、尝试新事物，尽快融入北京的生活。

另一次此生难忘的涮肉经历，还是与老S有关。大概2001年底，那次北京大雪冻路、全城瘫痪大堵车的经历，让我赶上了。与老S约好当晚去通州小聚，我下午四点从单位附近的军事博物馆坐1路公交，到八王坟一带已经是夜里十一点多，令人绝望地堵。下了公交，我又忍冻走了约莫半小时，避过拥堵路段，在去通州的主路口打到一辆出租，直奔梨园。到达那家餐馆已是次日凌晨一点，老S和他同宿舍的几个兄弟还守着一锅涮肉在痴痴等我，历经九个小时终于团聚，大家感动坏了，重新添火添肉添菜添酒，痛饮达旦！为了赴约，决不轻言放弃，想想当年那种执着精神至今都能打动自己，哈哈。还是年轻，扛造！

我吃过的火锅，莫过于三类，除了北京涮肉，就是川派火锅和老家的“暖锅子”。四川或重庆的牛油火锅，是另一番景象，汤底红艳艳直晃眼，热辣奔放是它的灵魂，动物的各种内脏、器官往里招呼，够味够劲。不过肠胃脆弱的人一般都招架不住，俺也是只敢偶尔“造次”一回。在安徽全椒我的老家，过年时一大家子围坐吃暖锅子，也是常有的事情。也是铜锅木炭，不过吃法很不同，老家的做法是：连肉带汤先是在柴火灶大锅里煮熟了再倒进铜锅里，旁边放上几盘子芫荽（香菜）、菠菜等蔬菜，只涮菜，不会涮生肉。因为冬天老家屋里没有暖气，吃暖锅子为的就是喝酒时可以持续吃热菜，暖乎乎的围炉，可以御寒。此情此景，白居易《问刘十九》中的那个千古名句“绿蚁新醅酒，红泥小火炉。

晚来天欲雪，能饮一杯无”，人们就脱口而出了。

在老舍先生的笔下（也应该是他的口中吧），老北京涮肉也是极富诗意的。他在小说《离婚》里这么描写主人公老李吃火锅：“他的口腔已被羊肉汤——漂着一层油星和绿香菜叶，好像是一碗想象的，有诗意的，什么动植物合起来的天地精华——给冲得滑腻，言语就像要由滑车往下滚似的……”数九寒冬，有朋友从外地来北京，主人家若是不请人去吃一顿铜锅涮肉，似乎不成待客之礼，总是差点意思。就好像秋天来北京，没去香山看红叶、没去钓鱼台拍银杏、没去颐和园赏古桂；夏天来北京，没去圆明园看荷花；春天来北京，没去玉渊潭看樱花、没去法源寺访丁香……这样的遗憾，还是别留下吧。

我也就此打住吧，写着写着口水已不知不觉咽下好几回。被疫情弄得束手束脚的当下，俺这么美滋滋地回味北京美食，容易挨揍。那就一起守望像风一样自在的未来，咱们可以无拘无束地大快朵颐吧！

搬家那些事儿

李宗长

2016年，我用住房公积金异地贷款，在老家全椒县城买了一套房子。考虑到几年之后即将退休，回老家的机会越来越多，去年我将房子装修一新。弟弟妹妹们对我说："大哥，搞个搬家仪式吧，我们一起热闹热闹。"拗不过大家的美意，春节过后，我们和弟弟妹妹们相聚一处，把酒言欢。茶余饭后，不免忆旧，以往搬家那些事儿，如同汩汩涌出的山泉，不断地从记忆深处冒将出来。

一

1992年初，我进入南京航空学院（现在叫南京航空航天大学）社科系工作。第二年暑假，妻子调到南京上班，搬家问题随之而来。

那时高校住房非常紧张。我和东南大学分配过来的两位研究生小胡小冯同住一室，妻子过来上班，恰好两位室友去基层锻炼几个月，偶尔回来，他们也尽量借宿在外"打游击"。但这终究不是长久之计。无奈之下，我找到了系办公室的刘主任，老刘要我去找校房产科。“没房子。”房产科的人一句话就想把我打发了。

“为什么别的青年教师结婚后有一间宿舍呢？”我不死心，紧问不舍。“他们比你来得早啊。”“我了解到有位教师很快就要调到别的单位，他调出之后腾出来的房子可不可以给我住？”我又说。“那也要等他腾出来以后再说。”我知道这是敷衍之辞，却干着急而无可奈何。即将调出的教师是我南京大学的师兄，姓陈，我们同在一个教研室。我私下跟师兄商量：“你搬家之后即刻告诉我，给我一把钥匙，我立马搬进你腾出的房子。”当时，我只有一个想法：先占下房子住进去再说。师兄知道我的苦衷，冒着被追责的风险，搬家之后立马通知了我。我顾不了太多，立刻赶回老家，找了一辆货车，请在中学工作的几个教师朋友帮我搬家。

当天傍晚，汽车停到南航集体宿舍的楼下，我们沿着楼梯，一层一层，将笨重的木床、冰箱、电视机以及被褥书籍等，“吭哧吭哧”抬到楼上。掏出钥匙开锁，却怎么也打不开。“一定是房产科换了锁。”管不了那么多，我一脚踹开房门，把家具搬了进去。俗话说，兔子急了会咬人。那一刻，我就是一只咬人的兔子。

如此蛮横搬家，结局如何收场？第二天，房产科的人找我来了。面对一屋子的家具、书籍和杂物，房产科的人显得一筹莫展。最后，他们商量过后告诉我：“我们给你找间配电房，住人没问题。”我不是一个不讲道理的人，表示只要有地方住就可以搬走。于是，南航集体宿舍 27 幢（现在是学生公寓 B8 幢）的配电房，成了我结婚后的栖身之所。

山本无忧，因雪白头；水本无愁，因风起皱。如果不是 1993

年冬天发生的一件事,也许我会在那间配电房住很久。

冬日的一天傍晚,我烧好晚饭,锁上门,到学校浴室去洗澡。等我洗完之后回家大吃一惊,妻子没有到家而房门大开,房间里站了一屋子人,几只手电筒在装满电表的整面墙上绕来绕去地照明。“怎么回事啊?”我丈二和尚摸不着头脑。略一询问,才知道电表负荷太大引起跳闸,集体宿舍发生大面积停电。教师要烧晚饭,孩子要做作业,没等我回家,他们就打开我的房门进屋修电表。这一幕让我怒不可遏,我当即把他们全部轰出房间,不准修理。神龙见首不见尾的房产科,又来处理这一事件了。教师们强烈呼吁配电房不能住人,否则将向校领导反映问题。房产科不得不表示,很快会给我调整一间宿舍。

就这样,1994 年元旦当天,我终于拿到一把集体宿舍 30 幢(现为青年教工公寓 B5 幢)的钥匙。妻子欣喜若狂,我们当即开始打扫卫生,买来地板漆,两人弯腰撅屁股跪在地上,将水泥地面粉刷一新。吃晚饭时,我们破天荒在食堂加了两份荤菜。

这间房子位于顶层五楼,十多个平方米,放了一张床和书桌后,再也放不下其他家具,烧饭的液化气只能放在没有封闭的阳台上。冬天刮大风,或下雨下雪,液化气的火苗飘忽不定,无法做菜,我们只能吃食堂。偶尔请师兄弟来家里聚餐,才会将折叠桌从阳台拿来放在床头,大家以床为凳,推杯换盏,照样喝得兴高采烈。

女儿出生后,母亲来帮我们带孩子,一家四口住在如此狭小的空间,太难了!平时我住在南师大研究生公寓不回家,周六回来没地方睡觉,就在床头支起一张折叠床。隔壁阿姨对我说:“叫你妈过来跟我睡吧。我一个人睡觉,连个说话的人也没有,我和你妈正好可以一起说说话。”多么好的阿姨啊！记得她是苏南人，特别爱整洁，特别喜欢孩子。阿姨的善解人意和无私帮助，几十年来一直记在我们全家人心里。女儿蹒跚学步时，充满好奇，一不留神，就会晃晃悠悠摸到对门杨老师房间，咿咿呀呀和她打招呼。女儿是这层楼里青年教师的“开心果”，教体育的张勇老师晒得黑，忒爱逗女儿玩，女儿经常吓得大哭，张老师有点不知所措，我们却觉得他可亲可敬。

我们隔壁还住着一位南航本校的博士张老师。有一次，岳母去公共卫生间洗尿布，忘了带钥匙，女儿在房间睡觉。顶楼风大，将房门关死了。这下可急坏了岳母，那时我们夫妻既没有寻呼机，也没有大哥大。怎么办啊？天无绝人之路，张老师回家了。岳母向他说明了情况，张老师二话没说，从他家阳台攀爬到我家阳台后才开的门。那可是五楼的阳台啊，跌下去可咋好?!岳母在旁边看得心惊肉跳，对张老师千恩万谢，张老师一笑而过，又回他的实验室去了。

二

1997 年夏我博士毕业后，谢绝南师大留校任教的盛情，通过公开招聘来到《新华日报》上班。报社当年引进我们这些高学历毕业生，美其名曰构筑人才高地。尽管我是江苏媒体圈的第一位博士，报社也没有立即给我分房子，我只好赖在南航集体宿舍不走。

1998 年春天过去，南航房产科的人又来找我谈话，要求我暑假之后搬出南航，我没有任何理由再住在南航了。于是，我找到报社老总，说明困难，报社老总答应暂时借一个单室套让我居住，幸福来得太突然。这套房子位于南京汉中门附近，七楼，没有电梯。母亲因为车祸，腿脚不好，爬楼梯有点困难。尽管如此，我们大家还是开心无比。

让我们更为高兴的是，麻雀虽小五脏俱全，房子卧室、厨房、客厅、卫生间一应俱全。首先，烧饭再也不怕刮风下雨啦，全家人随时可以吃上热饭热菜。其次，母亲住在客厅，和我们夫妻及女儿分开居住，不用再向别人借宿了。再有，夜里起夜就在家中，冬天瑟瑟发抖去公共卫生间解决问题的情状，一去不复返。

房子大一些，装修也要提档升级。这次我们买来人造革地板铺在地上，房间变得更为敞亮。买来衣柜，被子和大人小孩的衣服有了存身之所。就是在这么小的空间里，我把我的博士生导师郁贤皓先生请到家里，一起分享我们的喜悦。席间，郁老师不仅对妻子的厨艺赞不绝口，还连连夸奖我们的小家布置得非常温馨。

问题很快又来了。小妹来南京务工寄居我家。小小单室套，住了五个人。客厅沙发白天坐人，晚上放平就是一张床铺，成为母亲和小妹的卧榻。晚饭过后，为了不影响我写稿，母亲想看电视，就将声音调到很小很小，搬个小板凳坐在电视跟前，安安静静欣赏节目。最可怜的是我的那些不多的藏书，龟缩在阳台一角，任凭风吹日晒。

日子虽艰难，快乐并不少。母亲喜欢打麻将，平时又要做家务，又要带孩子，非常辛苦。周末晚上，我们把餐桌挪到客厅中间，妻子、妹妹和我陪母亲过麻将瘾，有时还带点“刺激”，因为母亲说，一点“刺激”也没有，不好玩。母亲搓麻技艺高超，赢了点小钱之后，她总是非常开心。

生活还在一步步向好。2001 年，我们终于分到了一处小套住房，有了两个独立的房间。地板换成了实木的，空调也由窗式换成了壁挂式。我们在两个房间的墙面都打了书橱，我的那些可怜的书儿，有了存身之所。我们在封闭阳台也打了一个连体书橱及书桌，女儿有了写作业的一方天地。和我们生活三年的小妹也出嫁了。小房间里安放张高低床，母亲睡下铺女儿睡上铺。晚上女儿做完作业回到小房间，喜欢和奶奶腻歪一会，两人嬉戏玩闹的笑声，让辛苦工作的我们特别治愈。只是，母亲对睡高低床没少抱怨，因为每次睡觉，母亲都得弯下身子，特别小心，以防碰头。

梁实秋在其散文《雅舍》中写道："'雅舍'共是六间，我居其二。篦墙不固，门窗不严，故我与邻人彼此均可互通声息。邻人轰饮作乐，咿唔诗章，喁喁细语，以及鼾声、喷嚏声、吮汤声、脱皮鞋声，均随时由门窗户壁的隙处荡漾而来，破我岑寂。"我在汉中门居住的十多年中，楼下是农贸市场，对面是车流不息的虎踞路，根本没有岑寂而言。但我们全家都喜欢这里，喜欢饭后一起去楼下的秦淮河畔散步，喜欢农贸市场内满满当当的烟火气，喜欢隔壁热情的陆大姐，喜欢楼下开小旅社和理发店的安徽老乡。这里留下过我们的艰难和不易，更多的时候留下的是充实和快乐。孩子在这里成长，老人在这里发挥余热，我们自己在这里成熟而坚强。

有人说：拿着锤子的人，眼里看见的全是钉子。我们一家住在汉中门期间，眼里看到的全是温馨、友爱和希望，因为我们拿着的，是周围邻居、同学、朋友、同事满满的爱。

三

著名学者周国平在《等的滋味》中说过一段话："可以没有爱情，但如果没有对爱情的憧憬，哪里还有青春？可以没有理解，但如果没有对理解的期待，哪里还有创造？可以没有所等的一切，但如果没有等，哪里还有人生？活着总得等待什么……"

终于等到这一天！2009 年 8 月 8 日，在北京夏季奥运会一周年之际，我们一家搬到玄武湖畔的一套三居室房子里居住。

搬进新居，母亲最为高兴。她常对我们说，这回打开电视不用调低声音啦，关上房门就行了。母亲还有一句话至今言犹在耳："晚上睡觉，也不用担心高低床碰头了。"房子旁边是风光旖旎的玄武湖，晚饭过后，我常常和母亲一起去玄武湖散步。双休日，有时我会开车带着母亲一起去玄武湖玫瑰广场散心，在那里锻炼的退休老职工们对母亲特别好。我的忘年交朋友老戴每次都会主动和母亲聊天，逗她老人家开心。跑步结束，我常常浑身是汗，母亲会拿出带来的毛巾，帮我擦去背上的汗水。紫金山距离我们所住也是咫尺之隔，我们有时也会陪母亲慢慢爬一段。

搬进新居，女儿也非常开心。一方面，这里离她就读的南京外国语学校更近了，早上可以稍微多睡一会，然后我再开车送她。另一方面，住进新房之后，我们在出门旅行等方面也有了打算和规划。说起来令人心酸，迫于经济压力，那些年我们全家一起出去旅游的机会少之又少，远足旅行成了我们的奢望。一到放假，女儿就会问我："别的同学放假总去外地旅游，为什么我们总是回全椒老家？"我被问得哑口无言，不知如何应答。搬进新家的当年，我们就去了六安市的天堂寨景区游玩。在金寨县城，我们游览了梅山水库，参观了红军广场，瞻仰了洪学智塑像。我给家人介绍，这里是中共早期领导人王明的故乡，也给孩子讲述了红军时期鄂豫皖根据地的故事。在天堂寨景区，当地特色美食“吊锅”给我们的印象最深，留在唇齿之间的回味至今难以忘怀。从那之后，我们全家一起出去旅行成了家常便饭，因为我们相信：世界是一本书，不旅行的人只读了其中一页或数页，我们不想成为“只读过一页书的人”。只要有时间，我们就会离开自己生活的地方，去别人生活的地方走走看看，感受这个世界的丰富与美好。

于我而言，居住在玄武湖畔，城北地区一大群晨练的退休职工成了我朝夕相伴的朋友。九十一岁的老杨师傅，原先是南汽下属的一个分厂的厂长，虽是耄耋老人，但前些年每次看到我，都要和我比拼引体向上的数目；老朱是老司机，年轻时走南闯北，见多识广，对各地的风土人情耳熟能详，能讲多地方言，他的扬州白话是我们聚会时的保留节目，百听不厌；“篮球铁粉”老徐，对NBA那些大牌球星如数家珍，詹姆斯、科比、乔丹、库里等人的球风和轶事，尽在他的笑谈中；老王大哥是每次聚会的组织者，他的诗朗诵《四渡赤水》《红军不怕远征难》，字正腔圆，特别有穿透力和感染力……他们身上散发出的气息、习性和品格，让我对工人老大哥的认知提升到一个新的高度。

今年春节前，我们经历了又一次搬家。将在老家全椒购买的三居室装饰一新，添置了新的家具用品，多了一处可以安放灵魂的栖身之所。闲暇之余，我们就回到县城，听听乡音，吃吃土菜，与至亲故友欢聚一堂，此乐何极！而且，这次我有了一个十分理想的独立书房，再也不用像当年那样拿狭小的阳台当书房了。书房纯中式风格，桌椅全部用的是厚实木料，整面墙都做成了书架。坐在宽大的长条书案前，我不由得心荡神驰，感慨万千：三十年前，这就是一个遥不可及的梦啊。

20 世纪 80 年代末，我从乡下来到南京这座城市读书、工作和生活，最大的愿景就是：希望能在城里拥有一处自己心仪的房子。它不必很大，不必奢华，也不必进入别人的法眼，只要能和家人一起安身立命，安度余生，我就觉得无比幸福，就像麦家所说："幸福是养自己的心，不是养别人的眼。"如今已梦想成真。

未来，我的梦想无关房子，无关搬家。那么，它又是什么呢？

斯人已逝风骨存

——追忆农民科学家陈永康

李宗长

陈永康是个平凡的人,1907 年 4 月 6 日生于黄浦江之滨松江县长溇乡长岸村一个普通农民家庭,十三岁即下田干活,一生都在田里忙活;陈永康又是个不平凡的人,他种田肯动脑筋,无论是从水稻育种到落谷,还是整个水稻生长期的肥水管理,都找出了一套水稻高产栽培的科学经验,1958 年因提出单季晚粳稻"三黄三黑"看苗诊断的整套水稻高产栽培技术,他被调入中国农科院江苏分院,任特约研究员,成为著名水稻栽培专家。

"看戏要看梅兰芳,种田要学陈永康"

陈永康青年时代练就一手种田过硬本领,二十五岁便挑起八九口之家的生活重担。20 世纪 40 年代,他从邻乡采回一个好稻穗,用"一穗选"的育种法成功选育出"老来青"晚粳稻品种,成了远近闻名的"种田状元"。

1951 年,他用多年积累的经验栽培七八亩"老来青"晚粳稻,获得高产。经专家、技术员核产,平均亩产 573.5 公斤(1147 斤),其中有一亩田亩产达 716.5 公斤(1433 斤),创造了全国水稻单产最高纪录。

1958 年，他在“全国水稻丰产科学技术交流会”上，创造性地提出了水稻“三黄三黑”丰产栽培技术经验。所谓“三黑”，就是通过施肥，使水稻在发棵、长粗和长穗三个时期，叶色由淡变深，以促进分蘖、壮秆和大穗；所谓“三黄”，是在水稻分蘖末期、长穗初期和抽穗前，适当控制肥水，俗称“搁田”，使叶片褪色，借以抑制无效分蘖，促进茎秆壮实，稻叶坚挺，这样就会出穗整齐，不易倒伏，结实好，籽粒壮。

陈永康“三黄三黑”的水稻高产栽培理论，不仅开创了中国特色水稻高产栽培理论研究的先河，而且还最大限度地转化为生产力。对江苏省特别是苏南地区闯过缺粮关，度过三年困难时期做出了很大的贡献。据不完全统计，仅在苏州地区，从 1961—1969 年，全区 580 万亩水稻，由于应用这一套高产栽培技术，亩产量由原来的 250 公斤左右，猛增到 450 公斤上下。据苏、浙、沪、皖、湘、鄂等省市不完全统计，应用或部分应用该项技术的稻田累计约 1.5 亿亩，增产稻谷约 332 亿公斤。

“看戏要看梅兰芳，种田要学陈永康”，几乎成为当时太湖地区家喻户晓的新谚语。

“鞋”底越穿越厚的科学家

打开尘封的历史，笔者发现，陈永康当上科学家后，仍然保留农民本色。

1964 年 5 月 7 日《新华日报》头版刊登一则新华社的消息，文中说：“四月下旬，陈永康来到望亭、唯亭公社的示范田内操作和指导秧田播种，并系统介绍了‘落谷稀’培育壮秧的经验。”同年 6 月 12 日，《新华日报》刊登的一则消息又称：“陈永康在他直接领导的样板点——吴县望亭公社，亲自参加田间管理，研究栽培‘农垦 58’的技术。”

陈永康生前的同事、江苏省农科院粮食作物研究所副研究员黄祥熙向笔者介绍，陈永康成名后，全国各地来向他学习的人络绎不绝。怎么教人家？必须现场技术示范。但是有谁知道，春天搞秧田现场技术示范，脚踩水田烂泥，冰凉寒气钻心；夏日则头顶骄阳，水稻地里热气蒸人。既要操作，又要讲解，繁重又辛苦是不难想象的。由于来参观的人多，示范就要增加场次，有时起早带晚，连续八小时、十小时操作，即使年轻力壮者也未必力所能及，何况那时陈永康已是一位五六十岁的老人。可陈永康却从不推辞。

搞稻作高产栽培研究，常常要下乡蹲点。每次出差，陈永康总是背一个草绿色帆布书包，脚上穿一双旧的塑料凉鞋。下乡考察，一到目的地，他就把鞋子留在招待所，赤脚走路，说是赤脚风凉，好走。别人担心他脚板被戳破，他告诉人家，他的脚底板练出来了，不怕戳也不怕烫。他还风趣地说：“什么鞋的鞋底都是越穿越薄，只有我这双‘鞋’最实惠，‘鞋’底越穿越厚。”劳动人民勤劳、朴素的品质，在陈永康身上，从头到脚处处都得到了显现。

到哪里去找这样的人

陈永康只读过两年私塾，不懂多少高深的农业科学理论。

但他作为一名农民科学家，求真务实的科学精神一点也不缺。

1958年浮夸风盛行时期，各地大放粮食高产“卫星”，有人希望陈永康也放一颗“卫星”。他们看了陈永康的水稻丰产试验田，问：“能收多少？”陈永康想，眼前的水稻，长相是不差，秆粗穗大，整齐清秀，亩产一千一二百斤是可能的。但现在离收割还有不少日子，往后天气怎么样没把握，话不可说满了。便答：“弄得好，能收千把斤。”

问话的人很诧异：别人的稻子长得比你的差，都说能收几千斤，你怎么只能收千把斤？有人因此批评他思想不解放，右倾保守；好心人提醒他，产量报高一点，跟上形势。陈永康坚定地说：“高产靠种出来，不是靠吹出来的。”他甚至给周恩来总理写信，倾诉心中的疑惑。

黄祥熙老人还给笔者讲了几件陈永康的趣事，录之如下：

趣事一：20世纪60年代初，苏联专家送了一块挂表给农科院，院里转给了陈永康。一次在镇江开秧田“落谷稀”育壮秧现场会，陈永康在秧田里做弯腰撒种示范动作时，不慎把挂表掉到田里，当时他没有声张，现场会结束后他回到秧田里摸了又摸，没摸到挂表，十分懊恼。改革开放后，日本友人又送他一个小闹钟，用了很长时间，后面的旋钮坏了，买不到配件。一次，陈永康到丹阳出差，特意买了一个小老虎钳，用老虎钳可以给闹钟定时，他开心得不得了。后来每次出差，他的帆布书包里总是装着老虎钳和小闹钟。

趣事二：陈永康人胖，睡觉爱打呼噜。出差在外，安排房间时，他总不忘对人说起这个“特点”，生怕影响别人睡眠。有一回，农业系统开会，会务组就特地安排一个听力不太好的人跟他睡一个房间。

趣事三：陈永康出名后，慕名来看他的群众非常多，很多人常常和陈永康擦肩而过，却不知道谁是陈永康。因为他们看到的陈永康很普通，和大田里劳作的老农没什么两样：脚上不穿鞋，灰布短裤对襟白布衫，黝黑脸庞，两手老茧，是个地地道道的农民。有一次，陈永康赴吴县传授晚稻高产栽培技术，县农业局的同志开车到火车站去接他，下火车的人都出站了，就是没见到陈永康。原来，陈永康戴着一顶草帽，穿着中式的土布衫，在下火车的人群中不声不响地自己走到县农业局去了。1963 年夏天，陈永康应邀回松江老家考察，顺道回长岸村看望乡亲。乡亲们听说陈永康回来了，争着来看看他到底变成了什么样子，人们看了又看，亲切地说："科学家还是泥腿子。"

他还活在人们心中

1985 年 3 月 9 日，陈永康在南京突发脑溢血去世。陈永康离开这个世界了，但他还活在人们心中。

笔者来到陈永康曾经工作过的江苏省农科院，在院办公楼的旁边，看到矗立着一座陈永康的铜制塑像。赤足，卷着裤脚，挽着衣袖，淳朴的脸上挂着忠厚的微笑……栩栩如生的形象，仿佛活着的陈永康就要去大田，做现场水稻高产栽培技术示范。

陈永康生前，党和政府授予了他许多荣誉，并赋予他许多重要职务。1952 年，他先后被评选为华东地区和全国水稻丰产模范。他历任第一、二、三、四、六届全国人民代表大会代表，并当选为第六届全国人民代表大会常务委员会委员。他还曾任江苏省农科院副院长、省科协副主席等职。1965 年荣获国务院颁发的科学奖,同年 10 月,中共江苏省委、省政府发出在农业科技战线开展“学习陈永康”活动的通知。1978 年,陈永康荣获全国科学大奖。

“他从没有因此向党伸过手,从没有给单位提过任何个人要求。”“陈永康家里人口多,经济情况不太好。除了出国穿过皮鞋,平时从没看到他穿皮鞋。直到他去世前不久,一次院里发了几十块年终奖,我私自做主给他买了块钟山牌手表,剩下十几元,又给他买了双翻毛皮鞋。”黄祥熙老人深情回忆,陈永康的子女较多,家里住房一直很拥挤,爱人曾多次要求他跟组织说明一下具体困难。陈永康根本没听进去。为此,爱人和他还闹过别扭。一直到陈永康去世,他家的住房拥挤问题都没有解决。

(此文原载“《新华日报》创刊 70 周年纪念特刊”,2008 年 1 月 11 日)

痴迷汉字文化，成就无悔人生

——记汉字字源网创办人理查德·西尔斯

李宗长

理查德·西尔斯是美国人，因为创办汉字字源网站而红遍全中国，他也因此被中国网民亲切地称为“汉字叔叔”。理查德·西尔斯是怎样与汉字结下不解之缘的？他成功背后有着什么样的精彩故事？奋斗路上他还得到过哪些鼎力相助？……让我们跟随笔者的采访，走近这位“汉字叔叔”的传奇人生。

他能把汉字的故事说给你听

1950年，美国西部俄勒冈州的一个小城，理查德·西尔斯呱呱坠地。

这是一个普通的家庭，但理查德·西尔斯的父亲对他的教育方式却不普通。从小，理查德·西尔斯的父亲就禁止他开车、约会、参加party和迟归。但与此同时，父亲又允许甚至鼓励他做一些其他孩子不敢做的事。比如，允许他用化学品制作“炸弹”；六岁时，街坊有五个小孩一直欺负他，父亲就鼓励他和他们打架，否则不让他进家门。摔跤也是父亲允许并鼓励他做的少数事情之一。

也许是父亲独树一帜的教育模式培养了他的勇气。总之，理查德·西尔斯年轻时就是一个渴望走出家乡的叛逆少年。

22 岁时，为了看到更广阔的世界，大二学生理查德·西尔斯决定学一门外国语言，他很另类地选择了汉语。因为，全世界有 20%的人说汉语，仅有 8%的人说英语。他很想知道：占地球大多数的说汉语的东方人，到底有着怎样的生活方式和思维模式，汉语的智慧和魅力究竟在哪里，使得世界上那么多人选择了它。他靠洗盘子攒钱，买了一张单程机票，之后登上波音 707 客机，飞往中国台湾，学习汉语。从此，理查德·西尔斯与汉字文化结下了不解之缘。

岁月不居，时序如流。半个世纪的时光转瞬即逝。如今的理查德·西尔斯已经能够把许许多多的汉字故事说给你听。

比如说“侨”这个字，理查德·西尔斯会告诉你这样一个故事：“侨”字左边是人，右边的“乔”是这个字的读音。两个部分组合在一起，就是搬家、迁移的意思。几千年来，“侨”这个字的意义没有什么变化，“侨”象征着流浪，就是远离故乡的人。

再比如，“肚”这个字是个形声字，它有一个“月”字旁，不少人不知道这是“肉”的意思。《现代汉语词典》中，你看不出“月”字像块肉。即使是篆体字“月”字的字形，也一点都不像块肉。“实际上，这个‘月’字代表的是一排肋骨，它后来引申为‘肉’的意思。”理查德·西尔斯的解读，简直比中国人还懂汉字文化。

又比如“修”，它的繁体字写作“脩”。“攸”是它的读音，“月”是它的意义，原本意思是“干肉”。《论语·述而》中有句话：“自行束脩以上，吾未尝无悔焉。”孔子的意思是说，只要你送我十根干肉条，我就可以教育你，收你当学生。因为是干肉条，所以显得细长,“修”引申为“长”,现代汉语里有“修长”的词组,如《楚辞·离骚》:“路漫漫其修远兮,吾将上下而求索。”因为干肉比较美味可口,“修”又引申为“美”和“善”,现代汉语里有“修名”的词组,如《楚辞·离骚》:“老冉冉其将至兮,恐修名之不立。”

………

类似的汉字故事,理查德·西尔斯还可以讲很多很多。

看似寻常最奇崛,成如容易却艰辛

理查德·西尔斯脑子里的诸多汉字故事,不是生而有之的。

初到台湾,理查德·西尔斯一边教英语赚钱,一边学习中文。两年后,他回到美国完成本科学业,之后又获得计算机专业图形识别方向的硕士学位。

但是,理查德·西尔斯的汉语水平,依然只能进行基本的口语交流,读和写都很成问题。

四十不惑。1990 年,理查德·西尔斯豁然开朗,决心要成为不仅能说而且会读会写汉字的人。怎样才能做到会读会写汉字呢?“必须了解汉字的起源和发展历史,必须找到汉字的源流演变规律。”由此,他萌生了将汉字字源输入计算机的想法。

1994 年的一天,理查德·西尔斯正和一个朋友聊天,突然呼吸困难,一下子晕倒在地。突发性心脏病,使得他一度病危。医生告诉他:“你的生命只剩下一年时间。”他回美国做了四次手术,心脏中有四个搭桥、三个支架。“如果生命只剩下一天,我要打电话,跟朋友们说再见。如果还剩四十年,坦白地说,我会蹉跎十年。可如果知道只能活一年,我决定,即刻开始电脑化《说文解字》。这样即使死，也无憾了。”理查德·西尔斯是这么想的，也是这么做的。

理查德·西尔斯从此踏上一条电脑化《说文解字》的艰辛路程。首先，他创办了一家名叫“Chinese Etymology(汉字字源)”的网站，准备把《说文解字》《六书通》《金文编》和《甲骨文编》四本工具书里的古汉字，全部扫描进电脑，建立一个古汉字数据库。接着，他雇用了一名华裔妇女帮他扫描四本书上的所有字源，一扫就是七年。2002年，调试基本完成之后，他将汉字字源网上线公开，“要给全世界看”。

这个要给全世界看的网站，共对6552个最常用的现代汉字进行了字源分析。其中，收集编列超过96000个古代汉字字形、31876个甲骨文、24223个金文以及秦汉时期的11109个大篆书、596个小篆体。每个现代汉字，网站都给出了英文释义。此外，网站上还罗列了部分汉字普通话、粤语和上海方言的语音数据库。武汉大学文学院副院长卢烈红评价说：“一个外国人花这么大精力来做这件事，并且将它放在网上共享，很难得。”

更难得的是，为建立这个近10万字的古汉字数据库，理查德·西尔斯几乎花光了30万美元的全部积蓄。最困难的时候，他连租用服务器的47美元都没有。他的家庭也因此分崩离析。汉字、疾病和贫困，成了他多年最忠实的三个朋友。

理查德·西尔斯依然痴心不改。用他自己的话来说，“汉字是我最宝贝的东西”“享受生活的方式就是电脑化《说文解字》”。

转机出现于2011年。一位中国网友将汉字字源网分享到中国的社交平台上。一天之内，理查德·西尔斯的网站点击量达到60万次；一周之内，理查德·西尔斯收到的捐款达到3万元人民币；一个月之内，理查德·西尔斯收到几千封邮件，许多网友亲切地称呼他为“汉字叔叔”。“非常高兴，喜欢这个称呼。”理查德·西尔斯说。

中国的媒体人飞到美国采访他，找他商谈合作的中国企业不在少数，他的故事被越来越多的中国人知道。2012 年，“汉字叔叔”被评为“知识中国”年度人物。2013 年，“汉字叔叔”获得中央电视台颁发的“2013 年度中国乡土风云人物”奖。2020 年 10 月，中央电视台四套播出“汉字叔叔”人物节目《世界听我说》。2021 年 2 月，中国国际广播电台 *China Plus* 栏目上线“汉字叔叔”讲汉字系列节目。刚刚过去的 5 月，中央电视台《面对面》栏目组来到南京，对“汉字叔叔”进行专访……

“汉字叔叔”的“伯乐”遍及南京城

到中国去，这是“汉字叔叔”成为网红后的第一选择。他说：“中国每天都在发生新事情，在美国几乎没有人可以跟我谈汉字，在中国我可以和一些汉字专家谈汉字。”2012 年，理查德·西尔斯飞往中国天津。与 40 年前到台湾一样，这一次他买的，同样是一张单程机票。

因为签证等问题，理查德·西尔斯在中国的事业发展并不顺利，生活依然窘迫。最令他烦恼的是，他只能依靠旅游签证留在中国，其间往往需要不断出国补办签证再入境。“我很想在中国安定下来，因为父母都已过世，美国只剩下一个弟弟，我已经把中国当作自己的家。我非常难过，我不要离开中国！”“汉字叔叔”心急如焚，欲哭无泪。

北京师范大学以代课的形式聘用了他。由于没有获得博士学位，“汉字叔叔”每月只能拿到4200元工资。可是他已经很开心：“我很满意，我喜欢这里。我可以安心研究汉字，继续做我的网站。”后来，“汉字叔叔”又辗转到了安徽等地，不停地变换工作和住所。

2019年初，作为南京视网么信息科技有限公司的特聘专家，“汉字叔叔”来到南京，在南京定居下来。他仍然持有旅游签证，每两个月出境一次。

“理查德·西尔斯来到我们公司之后，我们就立马行动，试图解决他的工作签证问题，解除他的后顾之忧。”南京视网么信息科技有限公司总经理张帅告诉记者，经过近一年时间的反复咨询，多方打探，发现给“汉字叔叔”办理工作签证几乎不可能。有关政策要求，外国专家的年龄不得超过60岁。如果没有博士学位，没有海外知名高管身份，就没法给“汉字叔叔”申请人才认定。他们又向南京大学、南京师范大学以及凤凰出版传媒集团等单位咨询，都没有找到解决通道。

“2019年11月，我写了‘汉字叔叔’的相关材料，报给南京市栖霞区有关部门。栖霞区委宣传部的同志对这位国际友人的生存状况非常关心。”张帅说。2019年12月，栖霞区委宣传部的同志带领“汉字叔叔”，拜会南京市科技局国际人才交流中心，希望南京市科技局相关部门通过协调有关方面，解决“汉字叔叔”的外国高端人才确认问题，消除“汉字叔叔”往返中美办理签证的烦恼。

“‘汉字叔叔’来到中国后，在天津生活了一年，在北京生活了五年，在安徽黄山生活了两年。其间，他的签证问题一直没有得到解决。为什么他到南京工作不到两年时间，他的签证问题就迎刃而解了呢?”记者问。

“我们无法对其他城市引进外籍人才的做法进行评论。但是，我们可以很自信地说，南京市科技局国际人才交流中心的工作人员业务能力非常强，对国家和地方的引智政策吃得准吃得透，而且担当意识、服务意识也走在前列。”南京市科技局国际人才交流中心的一位负责同志告诉记者，根据《外国人来华工作许可分类标准》，“汉字叔叔”符合外国高端人才(A 类)的“国家高新技术企业聘用的具有高级管理的人员”认定标准。2020 年 1 月，经江苏省科学技术厅外国专家局审批后，“汉字叔叔”获得外国高端人才确认函，如愿获得人才签证入境。再经南京市科技局审批，“汉字叔叔”获得 A 类外国人工作许可证。

“‘汉字叔叔’签证问题在南京得到顺利解决，这只是南京市外国人才和智力引进成果的冰山一角。”这位负责人说，今年，南京还将持续优化引智服务，将持有来华工作许可证的外籍人才，全部纳入“紫金山英才卡”，在居留、社保、安居、子女教育、住宿登记等方面，享受市民同等待遇。“未来，相信会有更多如‘汉字叔叔’一般的外籍人才来南京创新创业，南京‘创新名城、美丽古都’这张名片定能熠熠生辉。”

南京，这个“汉字叔叔”事业腾飞的福地，开放包容不改，慷慨付出如旧。

2020 年 6 月，“汉字叔叔”荣获南京市“金陵友谊奖”。2020 年 7 月，南京市出入境管理处主动上门服务，帮助“汉字叔叔”协调申办中国“绿卡”。此外，“汉字叔叔”去年还分别入选南京市海外高层次人才计划和国家引智计划。2020 年 12 月，“汉字叔叔”领取了他期盼近10年的中国“绿卡”。“在中国生活十几年，终于在南京找到了家的感觉。”理查德·西尔斯由衷地感叹。

安居之后才能乐业。2020年，“汉字叔叔”与南京视网么信息科技有限公司合作开发了一款汉字教育产品《汉字书局·字源卡》，选取汉字初学者接触较多的字制成汉字卡片，用户使用手机App的AR相机，扫描卡片上的古代汉字字形，就可以显示出这个汉字各个结构的含义以及从古至今的演化过程。《汉字书局·字源卡》推出后受到孩子们的热烈欢迎。2021年1月，《汉字书局·字源卡》全三辑上线。

有人说，每一个成功者的背后都站立着一群默默的奉献者。理查德·西尔斯也不例外。可以毫不夸张地说，“汉字叔叔”能够迎来生命中的高光时刻，与遍及南京城的众多“伯乐”密不可分。

如今，理查德·西尔斯研究汉字文化的劲头越来越足，“汉字叔叔”的事业与人生正在翻开更加辉煌的一页。

第四辑

世界那么大，很想去看看

情迷九色甘南香巴拉

李宗长

中午和同事樵夫在单位食堂一起用餐，不经意间聊到徒步。樵夫说，最近“任我行”团队有个徒步甘南的活动，可以报名。樵夫说他也参加。我是樵夫的铁粉，对他的人品及户外经历顶礼膜拜。心里寻思：樵夫称许的活动肯定差不了，报名！

甘南，中国十个藏族自治州之一。它地处高原，深入藏区，充满神奇。

汽车在平均海拔 2900 米的甘南大地上奔驰，蓝天白云、摇曳的经幡、金黄的油菜花、铺天盖地的草原绿色，以及散落在绿色丛中的黑色牦牛和白色羊群扑面而来，恹恹欲睡的我们一下子恍若进入梦中。“啊！啊！啊！九色甘南香巴拉，我们来了！”虽然行前领队的提醒还言犹在耳：在高海拔地区，不要叫，不要跳，不要激动，不要快步走……但此时此刻，这些友善的提醒早已被“任我行”的朋友们抛之脑后，惊叹声不绝于耳。

拉卜楞寺是我们此行参观的第一个景点。藏语中，拉卜楞寺读作“拉章”，意思是“活佛的府邸”。它是藏传佛教格鲁派六大寺院之一，被誉为“世界藏学府”。鼎盛时期，这里的僧侣达到 4000 余人。拉卜楞寺还拥有世界上最长的转经长廊，计有 1700

多个转经筒环绕整个寺院，绵延 3.5 公里，煞是壮观。周边的、远处的藏族同胞，年轻的、年老的藏族同胞，穿着鲜艳的、衣衫陈旧的藏族同胞，甚至包括前来观光的游客，都不约而同来此转经祈福。每个人的脸上都镌刻着虔诚，仿佛长长的转经长廊，连接着朝圣者的希望之路。

直到晚上九点半，我们才到达扎尕那东哇村。村长儿子才让坐进车里给我们当向导。这位西南民族大学化学系的大二学生，精干利索。说话时表情丰富，常常借助肢体语言传情达意，生动幽默。“任我行”的男男女女很快都喜欢上了他。晚饭后，才让和他姐姐达姆措燃起篝火，热情邀请大家，围着篝火跳起了欢快的锅庄舞。跺脚声、吆喝声和才让姐姐绵长脆亮的歌声交融在一起，在静静的夜空中流淌，把远方来的客人撩拨得难以入眠。靓丽的达姆措，简直形同雪域高原的女神，她就是男士们梦中的藏族卓玛。

第二天一早，吃完才让妈妈阿嘎做的早饭后，才让把我们送到扎尕那景区门口，徒步开始。从上午九点到下午五点，整整八个小时，背负水、食品、雨伞、冲锋衣、充电宝等行装，在海拔 2700 至 3600 米的高原不停地走啊走，直到精疲力竭。团队中，有人头痛休息了，有人中途返回了，也有人徒步上山却骑马下山了……我走完了全程。同事老陈——这位曾登顶近十座雪山的强驴——对我说：“你这辈子不登顶一座雪山可惜了。”老婆对我说：“你就经不起别人夸，一夸就晕。”趁着脑袋确实有点晕乎的当儿，我对老陈说：“下次你再登雪山时，提前招呼我一下。”

结束徒步扎尕那活动，我们住进甘南迭部县益过瓦大酒店，享受水上餐厅大餐。一觉醒来，便向“红军长征经过的地方”——若尔盖草原进发。一路上，细雨霏霏，黑云翻卷，给人“黑云压城城欲摧”的沉闷感。骑马的藏族牧民赶着牦牛和羊群，在大草原的干道上缓慢转场。车辆、游人和牲畜搅合在一起，交通拥堵。在如此压抑的情境中，让人不由想起红军过草地的艰难岁月。当年的若尔盖草原，巴西会议、俄界会议在此召开，包座战役、腊子口战役在此打响。张国焘发给陈昌浩的指示，叶帅送给毛泽东的电文，一幕幕呈现……这里上演了中国革命无数次的惊心动魄。资料显示，超过一万名红军将士长眠于此。“砍头不要紧，只要主义真。”为了主义和信仰，他们献出了年轻的生命。当藏族少女因好奇伸手抚摸路过藏区的红军时，他们当中的许多人还会因为害羞而脸红，他们还是不谙风情的孩子啊。

在我的印象中，黄河总是和奔腾不息紧密相连，所谓“黄河之水天上来，奔流到海不复回”。而且它脾气很大，时而怒吼，时而咆哮，更像一条父亲河。可是从若尔盖县唐克乡往北行进九公里，到达黄河九曲第一湾后，我的印象被彻底颠覆。在这里，你看到的是远上白云间的黄河，是“长河落日圆”的黄河。它温柔又包容，黄河的主要支流之一白河在此与它静静交融；它润物无声，几千年来，它抚育无数中华儿女，没有一句怨言……黄河是名副其实的中华民族的母亲河！

徒步年保玉则是我们此行的又一个亮点。年保玉则位于青海省果洛藏族自治州久治县境内。站在海拔 4207 米的乱石头垭口向远处眺望，到处群峰叠嶂，怪石嶙峋，海拔 5369 米的年保主峰上常年积雪。山谷间密布着海子，传说是由当年进藏时经过此地的文成公主流下的思乡之泪汇聚而成的。仙女湖、妖女湖的旖旎风光，早已让我们忘却了在灌木丛和湿地间徒步的艰辛。大家有一个共识：累并快乐着。

拉拉杂杂写了这么多，到了该向各位介绍此行当中与我有交集的同伴的时候了。樵夫，这位肚子里积淀无数见闻和故事的强驴，脸上总是挂着憨憨的笑意，说话不紧不慢。可是，徒步中他一直"断后"，默默帮助落伍者。在徒步扎尕那的当天，尽管徒步鞋脱胶开裂，自己行动困难，也不改初心。无邪，说话很轻，笑容灿烂，是位和樵夫结伴而行的美女。一开始我还以为她和我一样是樵夫的铁粉，后来才得知她竟是樵夫的太太——铁粉的"升级版"。野马，我们的领队，心细如发，办事井井有条，特有当头的范儿。Chenchen，我的"同房"兄弟，上海创客，他和表妹七彩柳一起参加这个团队，最终成功当选为表妹的首席摄影师。巧姐和巧姐夫，相亲相爱的一对模范伉俪。垚垚，从她那里，我学到了不少顺口溜，比如"吃面不加醋，如同吃抹布""老婆饼里无老婆，牛肉面里无牛肉"，足见其见多识广。半山和知之，一对志同道合的强驴。小 Q，好学不厌，诲人不倦，做事细致，乐于助人……太多了，太多了。正如小 Q 在群里所说："多少文字都表达不出那份美好。"

进入藏区之前，我对藏族同胞的了解都是道听途说。进入藏区后，经过和藏族同胞短暂的近距离接触，发现藏族同胞的宁静、淳朴、虔诚超乎想象。在若尔盖县唐克乡，68 岁的仁周大哥告诉我，唐克乡因马知名，过去有个军马场，现在已经衰败湮灭了。诗圣杜甫曾在诗中称颂这里的马是"竹批双耳峻，风入四蹄轻"。说到唐克马的名闻遐迩，仁周没有多少骄傲；说到当地藏族同胞生活的艰难，仁周也没有多少怨言。玛曲县，这个全国唯

——一个以黄河为名的县城(玛曲在藏语里意为“黄河”)，是有名的“赛马之乡”。在县城的金鼎羊肉泡馍馆用餐时，服务员勒毛的眼睛给我的印象最深。这双眼睛并不深邃，却总含着浅浅的笑，一看到它，你会心静如水。她说，她打工的收入主要用来买零食和衣服，剩下的就交给家里。她没读过书，认不出多少汉字，所以也去不了远方。虽然没有诗和远方，但她的生活中却不全是苟且。“不在祈福，就在祈福的路上。”这是所有藏族同胞一生必做的两件事。在藏区，即使正在做着家务的藏族同胞，只要一有空，总是念念有词，祷告着什么。

徒步究竟是为了什么？徒步的意义在哪里？即使是资深背包客，或许也无法找到一个标准答案。西方有句谚语：“一千个读者，就有一千个哈姆雷特。”我要说，有多少背包客，徒步的意义就有多少个答案。可是，我相信有一点是共通的，那就是：徒步的意义不仅是认知广袤世界，也不仅是体验别样人生。徒步的意义更在于找寻，找寻都市里渐行渐远的真诚和信任，找寻人与人之间曾经拥有的善意和关爱。

有人从环保的角度这样说：“对徒步者来说，除了留下脚印，不再留下任何东西。”我完全赞成这样的看法。可从人的角度来说，尤其对我们这个“任我行”团队而言，除了留下脚印外，徒步甘南，还留下了值得我们大家回味一生的许多许多。

行走在幸福的国度

李宗长

喜马拉雅雪山在哪？能看到珠穆朗玛峰吗？千万不能因犯困而错失观赏的那一刻。在从昆明飞往加德满都的飞机上，这些问题撞击着“任我行”团队中每一位团员的心弦，让他们在等待中焦灼，在焦灼中等待。

团员小陆为了让爸妈拥有最佳观赏座位，不惜在选座时多付了数百元“重金”。没选到临窗座位的蝴蝶鱼临上飞机前还幽幽地说，看到雪山时，咱们互相换换座位，轮流看景啊。

可是，尽管我们驱赶着疲倦，睁大眼睛，窗外的雪山仍是犹抱琵琶半遮面，不肯露出庐山真面目。难道就这样与雪山胜景失之交臂？先前的希望和期盼真的变成了失望？恍惚间，飞机已在加德满都特里布万（尼泊尔前国王姓名）国际机场降落。

寻找“加德满都的风铃”

走出机场之后见到的光景，更加让人无法兴奋起来。灰蒙蒙的天空、杂乱的停车场、碎石满地的道路以及蓬头垢面的人群……这就是汪峰在《加德满都的风铃》里吟唱的“在我们心底挥之不去"的那个加德满都吗？

Mandala 酒店是我们此行入住的酒店之一。酒店环境优美，服务生笑容可掬，大家低迷的心情增添了些微暖色。一场瓢泼大雨不期而至，雨后空气清新。我们一起步行去饭店就餐。

饭店的混乱无序超乎想象。当地一户人家正在为孩子办出生六个月的喜宴。餐厅食物的口味不敢恭维，不过席间的歌舞表演可圈可点。演员十分投入，他们还与来自世界各国的游客热情互动。坐在我们旁边的是来自美国加利福尼亚的一群游客，有一位主动和我们攀谈，有几位和我们的团友一起载歌载舞，演出场面热闹，游客气氛热烈，胸中阴霾一扫而光。

有人说尼泊尔这个国家"神比人多，庙比屋多"，此言不虚。统计数字显示，尼泊尔共有 3.3 亿多的神祇和众多的寺庙，而该国人口总数才 2780 万。早在 1979 年，世遗组织就把世界文化遗产的称号送给了加德满都谷地。加德满都谷地文化遗产共七处，包括加德满都杜巴（皇宫）广场、巴德岗古城、帕坦古城、博达哈大佛塔、帕斯帕提那神庙（俗称"烧尸庙"）、斯瓦扬布纳特寺（又称"猴庙"）和昌古纳拉扬寺。我们游览了前六处。

烧尸庙、帕坦杜巴广场旁的比须瓦纳特神庙（俗称"性庙"）和加德满都杜巴广场神庙里被称作"库玛丽"的活女神给我的印象深刻。烧尸庙建在巴格马蒂河畔，沿河有六座石造的火葬台，是尼泊尔印度教徒举行露天火葬的场所。烧完后的骨灰被直接扫入河中，随波而逝。

烧尸庙供奉的是破坏之神湿婆，湿婆又是苦行之神。因此，在烧尸庙周围我们看到不少苦行僧常年居住在附近。河边散落许多圆柱形和圆盘形的石雕，尼泊尔导游尼森告诉我们，圆柱形石雕象征湿婆神的阳器，圆盘形石雕则代表湿婆妻子迦梨女神的生殖器。

加都谷地的古建筑大多建于中世纪的马拉王朝，帕坦古城也不例外。古城帕坦意为“艺术之城”，这里建筑精美，石雕和木雕随处可见。尤其让外国游客感觉新奇不已的是性庙，性庙周围每一根梁柱上都雕刻着男女交媾的图案，其逼真程度令人咋舌。对民风保守的尼泊尔人来说，这些令人脸红的木雕是当地人宗教信仰和艺术表现的重要载体，与色情无关。难怪导游尼森告诉我们，加都谷地的性庙很常见，许多已演变成青少年性启蒙的场所。

活女神“库玛丽”象征着纯洁。因此，活女神要从四岁至五岁的女孩中严格选出，活女神必须来自佛祖释迦牟尼出身的释迦家族，祖辈必须生活在加德满都两条圣河——巴格马蒂河和威斯奴蒂河岸边，出身清白，没有任何污点。

选上后的活女神，其生活与西藏的活佛有点类似。她们在禁锢的庙宇中生活近十年，直至初潮来临。听说她们不能与人交谈，不能自由地出现在公共场合，甚至不可以接触地面，据说那是因为地面太过污秽。她们出入常由僧侣抬抱或以车代步。尼森告诉我们，活女神回归为凡人之后，和普通人一样可以结婚，但人们认为其血液里留存着不吉利的东西，故而通常会远离和歧视她们，许多“退役”的活女神晚景凄凉。我们是下午四点见到活女神的。尼森介绍，这位活女神在神庙里已经待了五年多。

原先，加德满都杜巴广场的西南角有一个独木庙。传说独木庙整个建筑的木材都源于一棵大树。当初，大树前是人们参加各种庆典的集合地，后来大树被献出来用于修建这个寺庙。再后来，这个寺庙的周围逐渐繁华，便形成加德满都。如今，在经历 2015 年 4 月 25 日 8.1 级大地震后，独木庙已荡然无存，着实让人痛心。

那山那人那湖

尼泊尔是“雪山王国”，全世界共计有 14 座 8000 米以上的雪山，尼泊尔就有 8 座，尼泊尔是全世界雪山最集中的地方。因此，尼泊尔也拥有众多世界公认的顶级徒步线路，如 ACT、ABC、EBC、POONHILL 小环线等。

去布恩山小环线徒步前，我们还去了纳加阔特。这里是加德满都谷地观赏喜马拉雅山脉日出视角最广最佳之地。运气好的话，在这里可以看到十座世界最高山峰中的五座。如果能见度高，还能看到世界第一高峰——珠穆朗玛峰。

第二天一早纳加阔特的天气奇好。太阳还没出来，我们已经在观景台上上演了一出拍照大戏。单人照、组合照、逆光照、身穿尼泊尔民族服装纱丽拍照……团员们的拍照热情似乎感染了大自然，一轮红日喷薄而出，远方的雪山若隐若现，撩人心魄。

去博卡拉是乘坐小飞机前往的。过安检时，我被拦下。原因是背包里的登山杖。机场方面要求登山杖必须托运，而之前我从南京到昆明再到加德满都，登山杖都在背包中，却是一路放行。忐忑不安之际，领队凯文走过来，陪我一起去重新办理托运手续，让我收获一份意外的感动。

博卡拉的 Temple Tree 度假中心是我们下榻的地方。这里，酒吧、泳池、SPA、西餐厅，应有尽有。酒店的早餐好得出人意料。不仅品种多样，而且口味绝佳。尤其值得一提的是煎蛋，这里的煎蛋一般选用两个鸡蛋，加上各种切碎的蔬菜和调料，煎出来的鸡蛋鲜嫩爽口。苹果、香蕉等卖相不怎么样，吃起来却不是一般的好，是相当的好！

当天下午，大家一起步行去费瓦湖，在湖边的小酒馆享受湖光山色和不急不躁的闲暇。

徒步总共三晚四天，印象最深的是凌晨在布恩山看日出和最后一天行走在原始森林。一路上，尼泊尔国花——高山杜鹃随处可见，正红艳艳地盛开，白猿在林间枝头欢快地跳跃，溪流瀑布就在身边欢唱。最震撼的是，无论走到哪里，无论从哪个角度，安纳普尔纳南峰雪山和鱼尾峰雪山始终是美景里的标配，如影随形地伴着我们，这里无愧“徒步天堂”的美誉。

等风来

结束了布恩山小环线徒步，我们此行的下一个项目就是滑翔伞飞行了。我们这一组上山时已近正午，天气很好，微风阵阵，非常适合滑翔。团员轻雨运气最好，她第一个飞。她的教练来自乌克兰基辅，有十七年的飞行经验。更重要的，他是一位帅哥。这引起其他女性团员的艳羡。

等风来。风来啦！飞起来啦！非常新奇！非常刺激！从来没有的感觉！我的教练是一位当地的小伙子——卢老师。在空中，他告诉我，这是安纳普尔纳雪山，那是道拉吉里雪山，喜马拉雅山在那个方位，这个方位的下面是他的家乡。越飞越高，越聊越开心，许多人情不自禁唱起汪峰的歌：“就在那片更高的天空，我要飞得更高飞得更高。”

不经历短缺，怎能感知幸福

在尼泊尔短暂的十多天旅行中，我们看到和经历了许多落后，道路泥泞，建筑破旧，街巷逼仄，经常停电，大地震后的重建进展缓慢……毕竟，尼泊尔是世界上最穷的国家之一，人均GDP只有几百美元。

可这里又是一个特别有信仰的国度，人们慵懒、淡定，街上到处是四处闲逛的人群，黄牛和狗夹杂其间，人和牲畜和谐共处，相安无事。都说这个国度的幸福指数很高。而我，却想套用狄更斯的话来说，这是最好的国度，也是最坏的国度。

在尼泊尔期间，孩子有时会伸手向你乞讨，妇女在从事非常繁重的体力活，山里背夫的行李异常沉重……可是，在徒步的路上，如果你和他们相遇，几乎每个尼泊尔人都会微笑着轻声招呼：namaste(问候语)。在山里的小客栈，背夫尽管比徒步者疲倦，但他们总是为我们端茶端水，让我们先吃上热饭。他们的所作所为，留给我们的不仅仅是感动。

许许多多可爱的人儿也在旅行的路上。孤身来到异国他乡、从没学过英文的新疆大叔；瘦弱的上海女孩，即使独自一人，夜晚也敢在加德满都街头闲逛；和我们在徒步路上偶遇的韩国小哥；热情邀请我们一起拍照的外国人；租车自驾的旅行体验师尼小七……和这些朋友相识，聆听他们的故事，让我怦然心动，乐此不疲。

人为什么要旅行？马克·吐温说，旅行是消除无知和仇恨的最好方法。钱锺书在《围城》里说："旅行是最劳顿，最麻烦，叫人本相毕现的时候。经过长期艰苦旅行而彼此不讨厌的人，才可以结交作朋友。"确实，旅行中我们增长了见识，结交了朋友。但我觉得，旅行仅仅是为了这些，还远远不够。旅行中，我们会经历很多的不方便，甚至物资短缺。唯其如此，我们才会在归来时感受到幸福。旅行提醒我们，生活本应是诗意地栖居于当下。

遇见最美川藏线

李宗长

惊喜来得如此突然！两位同事夫妇准备自驾去川藏线和青藏线旅行，一位同事的太太担心身体不适，临时退出。作为“备胎”，我及时跟进，幸福的“馅饼”就这样正巧砸在头上。

川藏线东起成都，西至拉萨，历史上是茶马古道。现代的川藏公路是古代川藏线的升级版，也有人把川藏公路简称为川藏线。川藏线分川藏南线和川藏北线，南线全长 2146 公里，北线全长 2412 公里。川藏线也是 318 国道（东起上海人民广场，西至西藏中尼公路樟木口岸）的一部分。我们走的是川藏南线。

进入川西山地，阴雨连绵，川藏线的险峻扑面而来。天全县境内青衣江边，碎石从山上不断滚落，一边是滔滔江水，一边是陡峭绝壁。有的私家车陷进路边排水沟，动弹不得；有的大卡车侧翻在一边，司机脸上布满愁云。相互碰擦等待救援的汽车随处可见。

芦山，这是一个值得记住的地理符号。2008 年 5 月 12 日汶川地震以及 2013 年 4 月 20 日芦山地震，这里都是重灾区。穿越雅安市芦山县飞仙关隧道进入芦山境内，这里游人如织，早已不见灾难的痕迹。

车过二郎山喇叭河风景区，因为下雨，青衣江两边的山里弥漫着绵绵山岚，江水若隐若现，跨江大桥的雄姿横卧在云雾之中，恰似一幅水墨山水画卷。

“二呀么二郎山，高呀么高万丈。古树那荒草遍山野，巨石满山岗。”20 世纪 50 年代一曲《歌唱二郎山》唱响全国。作为千里川藏公路上的第一道咽喉险关，二郎山素有“千里川藏线，天堑二郎山”之说。

当年 18 军进军西藏，筑路部队在修建这一路段时，每公里就有 7 位军人为它献出生命，天全县政府为此专门修建了筑路烈士墓园，立碑撰文，铭记烈士们的不朽功绩。就连 18 军军长张国华（井冈山时期的司号员，开国中将，1972 年 58 岁时英年早逝）的大女儿张小难也因感冒发烧（高原病）病逝于进藏途中。张国华的另一个女儿曾说：“我母亲一辈子从来不提我姐的事情，我们以为她把我姐忘了。到 2005 年她弥留之际，一直念叨着我姐的名字，一直念着‘小难，小难，小难……’。那一刻，我们才知道，我母亲一辈子都没有忘记过我的大姐。”（《炎黄春秋》2018 年第 8 期《记开国将领张国华》）

如今，4000 多米的二郎山隧道开通，人们翻山越岭不再有危险。“车过二郎山，像进鬼门关。侥幸不翻车，也要冻三天。”当地这句谚语已成历史。

翻过二郎山，山脚下就是蜿蜒曲折、波涛汹涌的大渡河。泸定桥就在前面。中学学中国历史，红军 22 名勇士飞夺泸定桥的画面永久定格在记忆中。去泸定桥看看是必须的。

飞夺泸定桥纪念碑公园门前道路两旁有 22 根代表夺桥勇士的花岗岩石柱，遗憾的是只有 5 根石柱上刻有勇士的姓名，只有一根石柱上雕刻着勇士的头像，他叫刘梓华。夺桥战斗中，有 4 人当场牺牲。根据后人的艰苦搜寻，到目前为止，总共有 8 位勇士的姓名可以确定。红四团政委杨成武后来有诗作纪念这场战斗："无边风雨夜，天堑大渡横。火把照征途，飞兵夺泸定。"

贡嘎雪山位于泸定县以西的康定境内。远处跑马山上，用藏文、汉文和英文制作的"康定情歌"图案，昭示着这是一片滋生爱情的土地。康定还是茶马古道的重要集散地和藏式锅庄的发源地。

康定西北是折多山。折多山是大渡河、雅砻江流域的分水岭。翻过折多山，就正式进入康巴藏区。折多山垭口海拔 4300 多米，这是我们川藏线之行翻越的第一个海拔超过 4000 米的垭口。"折多"藏语的意思是弯曲，当地人有谚语称"吓死人的二郎山，翻死人的折多山"，只有亲自驾车通过，才能真正理解这句谚语的内涵。

新都桥，令人神往的"摄影天堂"，新华社摄影培训基地坐落在这里。入住新都桥，晚餐我们点了当地特色"白水牦牛肉"，非常美味。进入酒店，头痛难眠，高反来了。以我的经验看，高反并不可怕。怎样预防高反？多喝水，多吃蔬菜水果，晚上不要吃饱，说话不能太急，走路不要太快，均是有效的预防办法。

翻越高尔寺山口、剪子弯山口、卡子拉山口、海子山口，我想起王安石在《游褒禅山记》里说的："而世之奇伟、瑰怪、非常之观，常在于险远。"沿途高山巍峨险峻，大河奔流不息。山上是乱石荒原，寸草不生，山腰则树木葱茏，郁郁苍苍。山口寒风凛冽，山谷又温暖如春。"一天连四季，十里不同天"，是对这一带气候和景色的最好诠释。

在左贡到波密的路上，需翻越横断山最大的天险——业拉山口（4839 米）。前一天，我们刚翻越东达山口（5005 米），“曾经沧海难为水”，海拔 5000 米以下的山口，已入不了我们的法眼。

天路 72 拐前面就是然乌湖和米堆冰川。然乌湖是帕隆藏布江的源头，四季湖水色泽不同，变幻莫测。米堆冰川被誉为中国最美六大冰川之一，是西藏最重要的海洋性冰川，也是我国境内海拔最低的冰川。

骑马去米堆冰川时，我们和藏族同胞说好每人一百元。可等我和赵老师到了之后，左等右等不见另两位仁兄过来。后来才知晓，藏族同胞嫌他们两位体量太大，马匹吃不消，要加收服务费。两位因此而放弃骑行。

从波密到林芝，中间的鲁朗风景区非去不可，鲁朗的石锅鸡也是非吃不可。可奇怪的是，我们吃完之后付费时，服务员怎么也不肯收钱，一再说收过了。我们去了三次服务台都是如此。430 元，也不是小数目，怎么回事？难道是鲁朗风景区放大招了？最后我们反复跟服务员说，我们确实没有付费，他们才收钱了事。

穿越鲁朗林海，来到海拔 4702 米的色季拉山，在山顶眺望终年积雪的世界第十五高峰——南迦巴瓦峰。前面就是被誉为“西藏江南”的林芝。从林芝到拉萨，一路上有风光旖旎的尼洋河相伴左右，开车赏心悦目。翻越 5020 米的米拉山口，一路向下，前面就是拉萨。

驾车穿行在青藏高原，沿途景色美丽极了。不必说金沙江、澜沧江、怒江并肩在崇山峻岭中奔流，雅鲁藏布江、帕隆藏布江、尼洋河一路相伴，不离不弃。单说斑斓的高原色彩吧，它就像是上天毫不吝啬地挥洒，把世间所有美丽的颜色都倾倒在这里。湛蓝的天空、雪白的云彩、青青的草地、黑色的牦牛、金色的青稞、黄色的寺庙屋顶、五色的经幡、各色叫不出名儿的鲜花……让人目不暇接。在高原，随便一拍，画面都可以作为屏幕背景。

那些三三两两或徒步或骑行去西藏的人，更是川藏线上的独特风景。在雅江，徐州小伙小顾告诉我，他从峨眉山骑行 20 多天，本来到新都桥就准备打道回府，路上碰到也是骑行的小伙伴，9 个人相约骑行到拉萨，估计 10 月中旬才能到达，然后扔掉自行车，坐火车回家。在海拔 5130 米的东达山垭口，骑行的小伙子伸出大拇指让我拍照。他们着实令人敬佩。

千里川藏线，难以计数的高海拔山口，突如其来的泥石流和塌方，说来就来的高反……每一个险情都足以致命，为什么还有那么多人甘愿冒着生命危险，用各种方式来川藏线穿越呢？有人说，千里川藏线，这里有一些穿着高跟鞋走不到的路，这里有一些喷着香水闻不到的空气，这里还有一些在写字楼里永远遇不见的人。也有人说，这里远离办公室政治，这里少有职场的阿谀逢迎和蝇营狗苟。

美国国家地理协会总裁 Henry Gannett 曾给世人一个忠告："如果你已年老，你应该想尽办法去一次阿拉斯加。不过你要是还年轻，请远离阿拉斯加……因为阿拉斯加的美比世界上别的地方都宏大，过早地经历最美的东西将使今后的人生索然无味。"也许是我已经年老，我更喜欢 Henry Gannett 的这句话。我觉得，这句原本描绘阿拉斯加的话，更适合川藏线。

向往远方，厌倦日常，是人之常情。西藏是一种“病”，不去治不好；新疆是一种“瘾”，去过戒不掉。在穿越川藏线到达西藏之后，我的西藏“病”不但没有治好，反而愈发严重。即使回到内地，心里还会时时想着它，念着它，牵挂着它，为它痴迷为它狂。

印象贵州

李宗长

走遍大地神州，最美多彩贵州。8 月 10 日至 18 日，我们四家七人一行随“任我行”团队，徜徉在贵州的山山水水之间，切身感知黔地的风光之美，愉快体验各地的民族风情，尽情品尝当地的美味佳酿，留下许许多多美好印象。以下择其要者简述之。

印象之一：山美水美洞更美

第一次知道贵州这个地方，还得从中学语文课上柳宗元的《黔之驴》说起。“黔无驴，有好事者船载以入。”驴是寻常家畜，为什么贵州就没有呢？驴本来有负重之能，为什么人不骑驴进入贵州，却用船装着来到黔地呢？小时候不明白这些道理，等真正踏入贵州的土地，才有所感悟：因为贵州地处偏远。此地山重水复，峰峦叠嶂，所谓“地无三里平”啊。

说到贵州的山，不能不提及梵净山。梵净山得名于“梵天净土”，作为“贵州第一名山”和黔东灵山，梵净山不仅是乌江与沅江的分水岭，也是武陵山脉的最高峰。梵净山自明代起被称为佛教弥勒道场，与五台山文殊道场、峨眉山普贤道场、九华山地藏道场、普陀山观音道场齐名。因此，梵净山也被誉为中国第五大佛教名山，其最高峰凤凰山海拔 2572 米。2018 年 7 月 2 日，梵净山获准列入世界自然遗产名录。

8 月 16 日一早，我们从镇远坐大巴前往梵净山，中午时分抵达目的地，当地酷热难当。2008 年梵净山被评为“中国十大避暑名山”，不知依据为何。进山要买票，当天景区推出 8000 张门票，已经售罄。好在导游阿斌提前预订了门票，我们可以直接上山了。没想到的是，因为游客太多，上山乘坐索道也排起长长的队伍。毒日头下，浑身汗如雨下，跟着慢若蜗牛的队伍一点点前移，游览的心情大打折扣。终于坐上索道了，在缆车上俯瞰山景，只见近处苍松翠柏、坡陡谷深，远处溪流纵横、飞瀑悬泻。千姿百态、峥嵘奇伟的雄奇景致，令人一扫排队的不快。

梵净山的主要景点红云金顶、蘑菇石等，距离索道口仍有几千级台阶，同行的安总、周总和朱老师表示不去游览啦，并推举我陪同毅敏姐、倪总和浦老师前往，兼作摄影师。山上很凉爽，走路我不怕。到达山顶后，虽然没有看到云瀑、幻影、禅雾和佛光这四大奇观，但红云金顶、蘑菇石和老金顶的全貌尽收眼底，令人赏心悦目。不枉此行！

到达贵州的第二天，我们就直奔黄果树瀑布景区观赏。黄果树瀑布位于安顺市镇宁布依族苗族自治县境内，属于喀斯特地貌中的侵蚀裂典型瀑布。黄果树瀑布景区为世人所知，得益于明代旅行家徐霞客这位江阴老乡。他在游记中说，在他所见的瀑布中，“高峻数倍者有之，而从无此阔而大者”。从此，黄果树瀑布逐渐被人们认为是中国第一瀑布。

黄果树瀑布景区包括天星桥、大瀑布和陡坡塘三个景点。

天星桥景点最著名的地方当属天星洞，这里曾是电视剧《西游记》的取景地之一。洞内空间阔大，石柱石笋密布，形态各异，千奇百怪，让人流连忘返。大瀑布高 77.8 米，宽 101 米，可以从上、下、左、右、前、后六个方位观赏。最神奇的是，瀑布后有一长达 134 米的水帘洞拦腰横穿瀑布而过，由 6 个洞窗、5 个洞厅、3 股洞泉和 6 个通道组成。在水帘洞内观看大瀑布，令人惊心动魄，神移魂飞。穿越水帘洞，从各个洞窗中都可以观赏到犀牛潭上斑斓的彩虹。难怪诗人艾青说："黄果树是很美的，大家都来为黄果树写诗吧！"

我们 8 月 13 日去了小七孔。我们先后游玩了卧龙潭瀑布、鸳鸯湖、翠谷瀑布、拉雅瀑布、水中森林、68 级跌水瀑布、断桥瀑布、七孔古石桥。如果说黄果树大瀑布的风格属于雄浑壮观的豪放派，那么，小七孔的风格则属于清新秀丽的婉约派。"卧龙潭"恰似贵州的小九寨沟，"鸳鸯湖"犹如岩溶地貌的水上森林，"翠谷瀑布"似玉带悬于山间，清新悦目。"拉雅瀑布"是个例外，它如天河自空而降，吼声似雷，颇为壮观。"七孔古石桥"小巧玲珑，虽看似单薄，但经过几百年来无数次洪水的冲击却泰然屹立，迄今依然完好无损。

印象之二："长桌宴"尽现苗寨风情

贵州是一个多民族共居的省份，全省共有民族成分 56 个，少数民族人口居前三位的是苗族、布依族和侗族。

8 月 12 日，我们游览中洞苗寨。中洞苗寨位于安顺市紫云县格凸河畔水塘镇格井村，它是"中国最后的穴居部落"，居住着吴、王、罗、梁四个姓氏20余户人家。他们的祖先为躲避土匪祸乱逃进深山。原先他们住在“下洞”，20世纪50年代，这20余户人家全部搬迁至“中洞”，一直住到现在。当地政府花了不少心思，想让这近百口苗族民众从洞穴中搬迁出来，但“中洞”很少有人家愿意搬出洞穴。

中洞苗寨的名气大了之后，来此参观的游人络绎不绝。可是进山的大门前却有一位老妇人把守，不让游人轻易进入，不知为何。许多游人只好从旁边的山上绕道前往。翻山途中，同行的朱老师摔了个大跟头，光荣负伤。领队凯文老师关怀备至，谱写了一段嘘寒问暖的小插曲。

午餐是在洞内的人家吃的。菜品尚可，青椒炒鸡蛋、酸辣土豆丝备受大家欢迎。而所谓的土鸡汤却大失水准，与我们的期望相距甚远。中洞内有一所废弃的小学，至今保留着教室、小操场、篮球架及升起的国旗。过去，中洞的人们自己纺纱织布，推磨碾谷，每周到15公里外的集市买些油、盐等生活必需品。现在的情况已发生很大改观，洞内有电视、通信网络，年轻人大多去城里打工谋生，游客不断把外面的信息带进来，所以洞内的苗族同胞热情大方，不再忸怩怕生了。只是交通不便，苦了这里的孩子，他们一般住在寄宿学校里，回一次家要在崎岖的山路上步行数小时。

8月14日，我们去了西江千户苗寨。西江的“西”指苗族中的西氏族，“江”通“讨”，西江意为苗族中的“西”氏族向已在此居住的“赏”氏族讨来的地方。西江千户苗寨位于黔东南苗族侗族自治州雷山县西江镇，由10余个依山而建的自然村寨相连成片，是一个保存苗族“原始生态”文化完整的地方，也是目前中国乃至全世界最大的苗族聚居村寨。

一进入西江千户苗寨，浓郁的少数民族文化气息扑面而来。大门旁边竖立一座苗族祖先——九黎族部落首领蚩尤的塑像，白水河穿寨而过，街道两边是鳞次栉比的木质吊脚楼，苗族文化博物馆、风雨桥等著名景点分布其中，经营苗族特有的美食、服饰、银饰的商铺一间挨着一间，令人目不暇接。

导游阿斌向我们隆重推介苗家待客特色“长桌宴”。傍晚时分，我们一行向饭店进发。沿街每家酒店门口，穿着艳丽的苗族姑娘手捧美酒，沿门站立，热情的苗族小伙吹着芦笙，欢快起舞。进门落座，每人面前的餐具上放着一颗染成红色的鸡蛋。正式用餐前，客人先用红鸡蛋在脸颊和额头轻轻摩擦，寓意鸿运当头。敬酒时，三位姑娘手捧酒碗，高低错落，由上而下，源源不断将美酒倒入客人口中，一旁的苗族小伙吹着芦笙助兴，此之谓“高山流水”。喝酒时，客人的手不能触碰酒碗，手碰酒碗就是代表要把酒喝完。“长桌宴”将苗家人的热情好客表达得淋漓尽致。

晚饭后，领队说来到“千户苗寨”一定不要错过它的夜景。于是我们赶到观景台。从观景台放眼望去，暮色中近千户吊脚楼高高低低、错落有致地布满山坡。华灯初上，整个寨子完全变成灯的海洋，一片闪闪烁烁，仿佛星星点灯。

第二天，我们前往鼓藏头之家。据悉，清雍正以前，西江苗寨地方事务多由当地自然领袖管理，这些自然领袖包括“方老”“寨老”“族老”“理老”“榔头”“鼓藏头”“活路头”等。这些称谓从字面上即可大致理解其含义。比如，“方老”指方圆左右的领袖，“理老”指德高望重、学识丰富的领袖。而“榔头”“鼓藏头”和“活路头”，我的理解是，他们分别相当于现在的公安局局长、文化局局长和农业局局长。导游阿斌告诉我们，“鼓藏头”就是苗王，我认为并不准确。严格地说，中华人民共和国成立后已没有苗王。况且资料上说，历史上最后的苗王是明正统年间的韦同烈。

8 月 15 日中午，西江千户苗寨的广场上，热情的苗族同胞正在表演独具风味的苗族舞蹈。广场中央，摆放十二张长条桌，桌上陈放着牛角形酒具，酒具里盛满香冽的美酒，这就是著名的苗族“十二道拦门酒”。在朱老师喝完“十二道拦门酒”的豪迈中，我们离开西江千户苗寨前往镇远古城。

印象之三：“人无三分银”已成历史

过去有人描述贵州：“天无三日晴，地无三里平，人无三分银。”此次多彩贵州行，我感到“地无三里平”恰如其分，而“天无三日晴”和“人无三分银”已成历史。近十天的行程，一路上艳阳高照，难得有个阴天。

“人无三分银”也无从谈起。就拿地处偏远的镇远古镇来说吧，它虽位于黔东南，四周皆山，舞阳河呈“S”形穿城蜿蜒而过，但这里白天的商业气氛浓郁，晚上舞阳河两岸更是灯火璀璨，热闹非凡。我们几人乘坐游船观赏夜景时，一致认为：镇远古镇的夜景一点也不输桨声灯影里的秦淮河。

13 日晚，我们住在黔南布依族苗族自治州荔波县，晚餐订在“大匠烤鱼”。饭店内的生意出奇地好，客人需排队就餐，店内服务员称鱼杀鱼一路小跑。酸梅汤、酸汤鱼、丝娃娃、各色米粉……一直吃到肚皮撑。吃完之后漫步街头，露天大排档一家连着一家。夜幕下，怀抱吉他的歌手在四处招揽生意，鲜花店、烟酒店、出租车生意兴隆，这样的场面即使在南京也难得一见。

第二天早起跑步，路过中共早期领导人邓恩铭纪念馆，了解到荔波是邓恩铭的家乡。路上偶遇荔波县纪委副书记雷仁帮，他陪我一路跑了十公里左右。雷书记告诉我，他是布依族人，8月13日正好是阴历七月十三，鬼节。当地人习惯在这天晚上和家人团聚，因此街上的热闹景象稍逊一筹。雷书记还说，他现在还能大致听懂本民族的语言，而他的儿子已完全听不懂布依族的语言，许多特有的民族风俗和文化正在消逝。

16日晚从梵净山回来后，我们住在铜仁。晚上十点多才安顿完毕。出来用餐时虽是深夜，但铜仁街头依然灯火通明，许多宾馆、商铺、饭店仍在营业中。

17日早上，送走部分旅伴后，我们一行七人坐大巴回贵阳。当天下午，我们又去了贵阳的黔灵山公园。坐在出租车上，司机向我们介绍，贵阳的房价均已上万，市区内的人口也增长很快，地铁、高架、隧道随处可见，基础设施建设成绩斐然。

从8月10日走出贵阳龙洞堡机场起，到游览完黔灵山，我们在贵州已经待了整整8天。8天时间里的所闻所见，已完全颠覆了我脑中原先对贵州贫穷落后的陈腐认知。即便是地处偏远的中洞苗寨，那里群众的生活也发生了巨大变化。尽管他们的生活不失简单，但早已丰衣足食，其乐融融，可谓简单而幸福。

行文至此，我想起人们常常说的一句话：小时候，幸福是很简单的事；长大了，简单是很幸福的事！不愿搬出中洞的苗家人过的生活，是对这句话的最好诠释，这也是此行我最主要的感悟和收获之一。

情满白山黑水间

李宗长

一

飞机无法降落！2021 年 9 月 20 日下午 1 时许，南京飞往大连的 MU2991 航班，在大连周水子机场上空数度盘旋，不能降落。当天，辽东半岛周边地区电闪雷鸣，雨大风急。我们一行五人恰好就在这班飞机上。焦虑的等待中，传来机长的声音：飞机要飞往青岛机场备降，等天气好转再飞往大连。

一场虚惊之后，晚上 6 点多，我们走出周水子机场。在机场停车坪，找到租车点，拿到一辆汽车，7 点左右直奔丹东。

学兄发哥，家在东北丹东。因为疫情，发哥几年没有回老家探望年迈的母亲。老母亲身体怎么样了？胃口好吗？心情顺畅吗？人常说：儿行千里母担忧。父母老了，远在外地的子女更加担忧父母。发哥要回东北探亲，我们想去东北旅行，殊途同归，东北行水到渠成。

坐在东北的炕上，与徐妈妈唠嗑的感觉超好。“你们来过东北吗？”“能吃惯这里的饭菜吗？”“孩子在你们那上班，要帮着点他啊！”徐妈妈的话，句句千钧谈不上，却是货真价实的字字滚烫。不管你多大，不管你是功成名就还是默默无闻，在妈妈眼里，你仍然是个孩子，仍然需要牵挂。

近读《俯仰流年》，这是国家图书馆原馆长詹福瑞先生的散文集。詹先生在书中写道，有一年春节，他回老家探亲，晚上和年近九十的母亲在炕上躺下后，“母亲脸对着我端详，伸过来瘦瘦的手，摸着我的脸：‘瘦了，到了北京那个大地方，吃不饱吧？’我眼睛湿了。母亲又喃喃地说：‘没人给你气受吧？’我的眼泪控制不住地流下来，打湿了枕头”。尽管我的父母早已魂归道山，可每当读到这样的文字，我还是禁不住潸然泪下。徐妈妈也好，詹妈妈也好，天下父母一样的心，有妈的孩子是个宝啊！

中午，发哥姐夫为大家准备了一桌好饭，举杯畅饮中，我们见识了地道东北人的豪爽与热情。“过年前，你们和发哥一起来我家，我一定杀头猪，做纯正的东北杀猪菜、灌新鲜的血肠给你们下酒。”姐夫的话，听得人心里暖暖的。临走前，姐夫又让儿子给我们装了满满一箱刚刚从山上收获的板栗，无论我们怎么推辞，一定要我们带在车上。

东北人的真性情从地名上也能看出来。丹东境内有条河流，叫爱河，它是鸭绿江支流，当地年轻人恋爱时喜欢跳入此河中，取“永浴爱河”之意，借此寄托美好的愿景。丹东市宽甸县青山沟国家风景区内，有个“虎塘沟”景点，传说这里的“九曲天水”是爱的甘霖，相爱的人在这里许下心愿，共饮甘露，就会忠贞相许，白头偕老。又比如，长白山是鸭绿江、松花江和图们江的发源地，当地人对“长白”二字有个美好解读，即长相守，到白头，传达人们对美满爱情的追求与向往。

参观抗美援朝纪念馆是去丹东旅行的必选项。看望徐妈妈之前，发哥朋友陪我们去了一趟纪念馆，纪念馆坐落在鸭绿江畔的英华山上，馆名由中国人民抗美援朝总会会长郭沫若亲笔题写。“要人给人，要物给物，要血给血，要什么给什么，要多少给多少。”这是写在纪念馆陈列室墙上的一段话。当年，丹东人民的报国之情，不是这几句话就能简单概括得了的。当地朋友老李告诉我们一个细节，志愿军跨过鸭绿江时，兵分多路。当时在江中打下很多树桩，晚上铺上木排可蹚水过江。那时江水已经很冷了，没有一个战士叫冷叫累。

二

前往长白山天池途中，路过本溪市桓仁满族自治县，这里的五女山景区颇有名气。五女山，位于长白山南麓老岭山脉中。史料记载，五女山山城曾是高句丽民族的开国都城。如今，当年的城墙、哨所、兵营、蓄水池等遗址依稀可见。山城外新建的高句丽始祖碑巍峨矗立，平添一份庄重的感觉。

最使我难忘的是，这里曾是杨靖宇将军率领抗联战士打日本侵略者的地方。因为行程较紧，我们没有时间探访藏在密林深处的地窨子、马架子等抗联遗迹，很遗憾！

长春伪满皇宫博物院，是我们此行的参观重点。当年，住在缉熙楼的末代皇后婉容，到底是怎样在这里度过她生命的最后岁月的？这是我们很想知道的隐秘故事。婉容 17 岁入宫，和末代皇帝溥仪结婚。她多才多艺，命途多舛。她不仅性格狂躁易怒，而且嗜毒成瘾。因为私生活不检，溥仪将她打入冷宫，甚至将她与侍卫生下的女儿投入炉中。苏联红军进入东北后,婉容被捕,最后病死狱中,享年 40 岁。

今人不见古时月,今月曾经照古人。缉熙楼里,一件件历史物件,一段段往事解说,领着我们走近婉容,感受她曾经经历的荣华、落寞、凄苦和悲痛。有多少爱可以重来? 有多少人愿意等待? 如果生命可以穿越,爱情可以选择,婉容还会选择和溥仪走到一起吗? 她还会在缉熙楼里无望地苦苦等待吗? 答案只有天知道。婉容的悲剧,让人不由想起南朝刘宋时期刘子鸾临死时说的一句话:“愿身不复生王家。”

旅顺万忠墓,之前从没听说过。不看不知道,看了才知道这里发生过日本人制造的屠城惨案。简介栏中这样写道:“1894 年 11 月 21 日傍晚,日本侵略军闯进旅顺口,对平民百姓进行了持续四天的惨绝人寰的大屠杀。‘见人即杀,妇孺不免’,尸骨堆积成山,碧血横流成河。约两万人惨死在日军的屠刀下,制造了震惊中外的‘旅顺惨案’。”史料还告诉人们,当时的幸存者只有 36 名扛尸队人员。虽说牢记历史,不是为了延续仇恨,但日本人犯下的滔天罪恶,让参观者无不义愤填膺,心绪难平。“旅顺惨案”的斑斑血泪再次提醒人们:落后就要挨打,奋发才能图强。

三

有人说:旅行无非就是“逛吃逛吃”。对旅行者来说,美食的诱惑有时甚至超过美景。在东北期间,朝鲜菜、丹东梭子蟹和黄蚬子、沈阳老边水饺等众多美食,给我留下的印象最深,让我回味最久。

到达丹东当晚,等候多时的老李领着我们去吃烧烤。酒是当地名酒凤城老窖，菜是地道朝鲜菜。黄蚬子、明太鱼，我是第一次吃到。黄蚬子产于鸭绿江口周围的黄海东部浅海，江海交融，生态独特，赋予黄蚬子别样的口味。明太鱼是鳕鱼的一种，属冷水鱼，丹东的明太鱼主要来自朝鲜半岛东海岸，腥气比鳕鱼稍大，鲜味也因此更加浓郁。第二天中午，一位在银行工作的朋友老邹，请我们去全州拌饭馆用餐，仍然是朝鲜菜。席间，边吃边聊，开心无比。

凉拌海刺是这次午餐中我不认识的一道菜。主人介绍，海刺子也是丹东特产，其实就是象拔蚌。象拔蚌既可生食，也可熟食。清香鲜美是其最大特色。梭子蟹是舌尖上的美味，吃到并不难，难的是吃到超过 500 克的新鲜梭子蟹。发哥朋友早早给当地渔民打电话，要他们把刚捕捞到的梭子蟹送到饭店。一蔬一饭，皆是生活；一勺一菜，都是爱啊。

最值得一提的是老边饺子。老边饺子是沈阳传统风味小吃，位于沈阳市中心的老边饺子馆中街路店最为正宗，也是网红打卡地。去沈阳，老边饺子馆非去不可。据说，老边饺子馆 1829 年由河北人边幅来沈阳创办，至今已有近 200 年历史。在中华传统小吃中，老边饺子的历史年限不算古老，可它的调馅和制皮工艺独树一帜。演变到现在，老边饺子已拥有水产、肉类、蔬菜等几十种馅料的各色饺子，这些饺子可蒸、可烙、可煮、可炸，花色不一，制法迥异，吸引众多食客前来品尝。难怪相声大师侯宝林吃完老边饺子后，欣然题词："边家饺子，天下第一。"

风花雪月是好看，好酒美食是浪漫。什么是人世间的幸福？不就是在对的时间，遇到对的人，一屋数人，三餐四季，简单地过着日子吗？

短暂西北行，穿越上千年

李宗长

东方才露出一丝鱼肚白，云朵也是灰蒙蒙的。天还没有亮透，老徐和他的车已到小区门外。我拎着行李箱下楼，四周阒然，直到坐进车内，才发现六点不到。这是 2020 年 8 月 27 日的凌晨，我们同事四人开始了青甘大环线的自驾之旅。

南京至西安近 1100 公里路程，当晚就到了。第二天经兰州到西宁，游塔尔寺。接着去青海湖、茶卡盐湖，之后转向德令哈和大柴旦翡翠湖，下一站就是敦煌了。过去人常说：“出了嘉峪关，两眼泪不干。前看戈壁滩，后看鬼门关。”如今嘉峪关外的敦煌，不仅回归了“大也盛也”的历史样貌，而且望得见山，看得见水，记得住乡愁。于我而言，蕴含在山水与乡愁之间的凄婉故事最让我刻骨铭心。

她的命运令人唏嘘

去敦煌之前，我买了本樊锦诗的自传《我心归处是敦煌》，带在旅途，便于睡前阅读。阅读中，我了解到敦煌文物保护研究事业的开创者和奠基者是常书鸿先生。

有句话说：一个人点亮一座城。常书鸿就是点亮敦煌这座城的那个人。这位留学法国近十年的油画艺术家，为了心中的梦想，抛弃优渥的生活，毅然回国，于1944年元旦担任国立敦煌艺术研究所首任所长。从此，常书鸿心系敦煌五十年，直到1994年溘然长逝。赵朴初先生在他的花岗石墓碑上撰写了“敦煌守护神——常书鸿”几个大字，对他一生做出最精当的评价。

在常书鸿的追梦途中，有一个和他关系最为密切的人——陈芝秀不能不被提及。陈芝秀是常书鸿前妻，留法雕塑家。1944年春，常书鸿将陈芝秀和一双儿女从重庆接到敦煌安家落户，睡土炕，坐土沙发，书桌也是土坯砌的，生活的艰苦不难想象。陈芝秀在敦煌一年的时间里，因为“实在不能忍受敦煌的生活条件和枯寂，也不能体念身负重压的常先生，导致感情破裂”（参见萧默《一叶一菩提——我在敦煌十五年》），于1945年4月，以去兰州治病为名，抛夫弃子，和一个国民党小军官私奔出走，并在兰州登报与常先生离婚。常书鸿策马狂追200多公里，昏倒在戈壁滩上，被在玉门找矿的地质工程师孙建初和一位老工人救起，才得以延续后来的传奇人生。

游览敦煌莫高窟，甚至连走马观花都谈不上。浙江省作协原主席叶文玲女士在《大鸿飞天——常书鸿传》后记中说：“在面对敦煌的492个洞窟、2000座彩塑、45000平方米壁画时，你没法不感受心灵的震颤，除非心似坚冰。”

几位同事已走出莫高窟，我还在中寺常书鸿的旧居里转悠。外界只关心常书鸿飞得高不高，却很少关心他飞得累不累。陈芝秀出走之后，国立敦煌艺术研究所在抗战胜利前夕被国民政府撤销，研究所的工作人员纷纷离他而去甚至不辞而别。敦煌文物保护何去何从？常书鸿面临的困难难以想象。他多么需要帮助啊。

面对常先生一家曾经使用过的土餐桌、土书架等简陋家具，我心里一直在想：虽然生活确实无比艰苦，可是陈芝秀怎么能忍心做出那样的选择？她到底是一个什么样的人？“听老人们说陈芝秀女士的性格其实挺好，平易近人，待人和气，乐于助人，她只是显得特别幼稚。”萧默的回忆文字，让我们看到陈芝秀的另一面。就连常书鸿自己也在自传中说：“她（陈芝秀）的变化既有她主观思想上的问题，也许更多的还是客观条件上造成的困难及难以忍受的困苦和艰难。……艰难的生活如果是一天、两天或一个月、几个月，挺一下就过去了，现在是有日子没有天，不知要到什么时候。”

陈芝秀的结局相当凄凉。中华人民共和国成立后，那位国民党小军官被捕入狱，死在狱中。她本人也因为历史复杂被清理出教师队伍，为了生计，又嫁给一名工人，沦为洗衣妇，穷愁终生。儿子常嘉陵一辈子不认母亲，即使在杭州街头碰到，友人告诉他，他也坚决地扭头走掉。只有女儿常沙娜还经常接济她，陈芝秀给女儿最后留下的一句话是：“一失足成千古恨！”

他们苦苦征战为哪般

9 月 3 日，我们游览张掖世界地质公园。张掖，古称甘州，取“张国臂掖，以通西域”之意而叫张掖。历史上，西北人有“金张掖银武威”一说，可见张掖的名声之响和影响之大。

去张掖，七彩丹霞不能不看。张掖七彩丹霞是国内唯一的丹霞地貌与彩色丘陵景观高度复合区。在阳光照射下，数以千计的山峦呈现出鲜艳的丹红色和红褐色，色彩斑斓。彩色丘陵向一个方向倾斜，犹如孔雀开屏，令人惊艳。难怪有人说：这里恰似被上天不小心打翻了的染色盘一样多姿多彩。对喜欢摄影的老徐来说，观赏拍摄岂能错过。毕竟这里是中国最美七大丹霞地貌之一。

游览中，我一直惦记着附近一个叫倪家营的地方。八十多年前，那里曾经是红西路军最后战败的地方。徐向前元帅在回忆录里说："倪家营子苦战的日日夜夜，显示了西路军攻如猛虎、守如泰山、以一当百、凛然不屈的顽强战斗意志和战斗作风。"毋庸讳言，倪家营战斗失利后，"西路军败局已定，大势去矣"（徐向前《历史的回顾》）。西路军的苦战经历，临泽战役纪念馆内有更多细节资料。

临泽战役纪念馆位于临泽城东，是河西地区占地面积最大的红西路军烈士纪念馆。我们到达时，纪念馆已经闭馆，只有烈士纪念碑巍峨矗立在松柏之间，纪念碑正面是徐向前元帅题写的"中国工农红军西路军烈士永垂不朽"几个金色大字。除了千里之外慕名而来的我们一行，烈士陵园内几乎空无一人。

距离临泽不远的高台，曾经是西路军红5军战斗之地。高台之战，红5军2800多名指战员除个别被群众掩护突围外，绝大部分壮烈牺牲。这里面有军长董振堂、军政治部主任杨克明……董振堂是从国民党军队中起义参加红军的，不久就加入中国共产党，并将所有的积蓄3000多块大洋全部交给了党。毛泽东得知此事后，劝董振堂："不要全交嘛，寄些给家里，留点给自己。"董振堂回答："革命了，个人一切都交给了党，还要钱干什么？”

杨克明牺牲后，因为找不到他的亲属，他的烈士证书 30 多年无人领取。1983 年，经四川省政协副主席王波关心，历经两年时间，才证实杨克明就是四川长寿县云集乡的陶树臣，并辗转找到已定居贵阳的杨克明烈士的亲人。1985 年 8 月 17 日，杨克明的妻子魏俊淑和儿媳、两个孙子、一个孙媳，来到高台烈士陵园杨克明烈士纪念亭前祭奠烈士的英灵。回去后不久，魏俊淑老人就过世了。（参看李涛《碧血黄沙——中国工农红军征战西北纪实》）

在 21800 多人的西路军队伍中，像董振堂、杨克明这样的烈士还有许多许多。更多的西路军烈士，甚至连名字都无人知晓。即使活下来的许多人，比如那些被俘的女红军，遭遇之悲惨，生活之艰难，听起来无不让人痛心疾首。令人欣慰的是，1937 年 7 月，徐向前回到延安，毛泽东立即接见了徐向前，安慰他说，留得青山在，不怕没柴烧。你能回来就好，有鸡就有蛋。（参看秦生《红西路军史》）

他的结局可以想见

离开甘肃，我们驱车赶往宁夏中卫市，游览宁夏沙坡头国家级自然保护区。这里有中国最大的天然滑沙场，有横跨黄河的“天下黄河第一索”，有古老的渡河工具羊皮筏子。雄奇独特的大西北风光，让我们流连忘返，乐不思蜀。

飞索渡黄河、高空滑沙两个项目，老周因为年龄越线，老徐老杨因为体重超标，都无法参与，只有我独自一人体验。看着三位同事在景区边上闲坐聊天，我想起唐人诗句："有花堪折直须折，莫待无花空折枝。"出门旅行也要抓紧时机，来日并不方长。

游览西夏王陵是在 9 月 5 日那天。西夏王陵是西夏皇家墓地，位于贺兰山东麓中段的冲积扇地带。陵区保护范围内现存 9 座帝陵、250 余座陪葬墓及 1 处大型建筑遗址和数十座砖瓦窑址。其中，3 号陵是西夏陵区内目前保存最好、陵园建筑最具特色的一座帝陵，被认为是西夏开国皇帝景宗嵬名元昊（李元昊）之泰陵。

李元昊的祖上本姓拓跋氏，因归顺唐朝及讨伐黄巢有功，两次赐姓李。《宋史》上说李元昊"性雄毅，多大略，善绘画，能创制物始。圆面高准，身长五尺余"。驻守边地的宋朝将领一看到李元昊的画像，甚至惊呼："若德明（李元昊父）死，此子必为中国患！"果不其然，1038 年冬十月，李元昊称帝，建国号"大夏"，因其地处西北，又称西夏。

李元昊称帝之后，在和宋、辽的战争中屡战屡胜，从而奠定了宋辽夏三国鼎立的局面。之后的李元昊沉湎酒色，《宋史》说他"凡五娶"。皇帝娶妻的数目本不是什么大不了的事。李元昊与众不同之处在于，他在看中与太子宁令哥定亲的没移氏后，竟然废掉皇后野利氏，改立没移氏为新皇后，这真是"天欲其亡，必令其狂"的节奏啊。宁令哥失妻，野利后被黜，母子日夜担心祸患降临。1048 年，宁令哥铤而走险，杀死父亲李元昊。

清人吴广成在《西夏书事》中评论李元昊说："曩霄智足以创物先，才足以驭群策。……然而政尚刑诛，性耽淫泆。戮叛戚则弑其母，逞逆谋则杀其叔，贪好色则辱其臣之妻、夺其子之妇，三纲沦矣，国何以立？况又穷奢极欲，劳役无时，众怨方兴，子祸旋作。”指明李元昊遭遇杀身之祸的缘由。

旅行归来，上述往事经常在我心中盘旋，挥之不去。历史就在眼前，往事并不如烟。短暂的西北行给我的一个感悟是：没有失败的历史，是不完整的历史。没有人的多面性、矛盾性，就没有真实的人。

走进桂林，体验别样情与景

浦　丽　婷　婷

去桂林旅游前，老公开玩笑说给我布置个作业，让我写篇桂林游记。先前，我只是随口答应并未走心，可旅途中遇到的人和事，却让我有了和大家分享的冲动。下面，我就来说说我们的旅途见闻。

促成这次旅行的是外甥女的一个电话。电话闲聊时，外甥女对我说她最近有个桂林游计划，问我有没有兴趣。众所周知，疫情三年，旅行成了奢侈的事，我连周边游都屈指可数。许是憋太久的缘故，外甥女一提议，我就不假思索立即响应，愉快的桂林四日游就此敲定。

10 月 21 日晚，我们坐上飞往桂林的“红眼航班”，第二天开始游览龙脊梯田。龙脊梯田，主要包括古壮寨梯田、平安寨梯田和金坑寨梯田，平安寨梯田是我们的参观重点。导游介绍，平安寨梯田没有金坑寨梯田规模大，也没有它壮观宏伟。但平安寨梯田密集，层次感分明，配色更为炫丽，充满清灵秀气，富有动感。登上平安寨的最高点九龙五虎观景台，放眼望去，金黄色的梯田层层叠叠、形态各异。沿着山脊向下散落的条条阡陌，让整片梯田宛如无数条巨龙游动，动感十足。而“七星伴月”景观，则

和外甥女在游船内合影留念

像一幅精致秀美的油画。“七星”是指当初开田时留下来的七个小山包，它们像七颗闪烁的星星，环绕山顶那块闪亮的水田。

龙脊梯田独特的地貌让人记忆深刻。更让我铭记于心的是，游览龙脊梯田时发生的一个小插曲。在平安寨梯田，我们一路用手机拍拍拍，发现导游也在用相机抓拍我们。这是“你在桥上看风景，看风景的人在楼上看你”的最好注脚。导游又热情提议，用无人机帮我们拍视频。我们一行六人面面相觑，满脸狐疑，感觉这应该是个“坑”。于是，大家简单拍了几张图片了事，心里却做好了捂紧口袋绝不上当的打算。一对广东来的中年夫妇禁不住导游的游说，并不是很情愿地配合导游拍了视频。航拍过程中，无人机突发故障失去信号，坠落在一望无际的稻田里。“导游这是玩的哪一出？这是遇到碰瓷了吗？”我们在心里嘀咕。导游在失魂落魄地寻找，我们却觉得像在做戏。大家一起寻找多时，也不见无人机踪影。

广东夫妇主动提出补偿导游 600 元，导游百般推辞，坚决不要，我们以为他只是做做样子而已。后来发生的事，却颠覆了我们的认知。导游不仅没要补偿，而且还把给大家拍的照片发在群里，让我们下载收藏。回程路上，能看出导游的情绪很低落，但他依然很尽责地将我们分别送到目的地，并且还细心地交代我们一些注意事项。曾几何时，少数导游的无良行径，让游客倍觉寒心。提防导游，胜过防火防盗防闺蜜。而这次碰到的导游，和我们以往对导游的固有印象完全不同，衷心希望如此有职业素养的导游越来越多。

漓江是桂林的一张靓丽名片，漓江游是我们这次桂林行的必选项。攻略上说，如诗画般的漓江犹如一条蜿蜒流淌的青绸绿带，盘绕在万千峰峦之间静静流淌。两岸奇峰对出，碧水萦回。沿江田园错落有致，景色秀美。

23 日，预订了银河 189 号四星级游船，我们准备从桂林乘船到阳朔。上船后，我们一直亢奋莫名，船未开而人先行，纷纷冲上船顶玩自拍。回到座位，惊喜发现和我们同桌的一对中年夫妻已将我们四人的茶沏好，男主人娴熟的沏茶功夫令人惊叹。一问，才知他们是广东人，平时就好茶。大家一起喝茶聊天，仿佛相识多年的朋友。瞬间便生出诸多感慨：出来旅游时，常常感觉人与人之间的沟通变得简单、真诚，一盏茶的工夫就能让我们彼此走近、相谈甚欢。

游漓江前奏如此完美，让我们的期待愈加迫切。突然间，喇叭中通知说，前方一艘船只搁浅，所有船只都暂停运行。这个令人沮丧的消息，让我们的心情从山顶跌入谷底。也就是几分钟之后，大家相互宽慰：出来玩就是放松身体、放飞心情的，千万不要让这种小事坏了心境。于是大家愉快道别，期待有缘再见。

外甥女快速搜索最近的景点大圩镇，我们即刻打车前往。大圩镇不大，许是疫情的原因，游客也很少。走在窄窄的巷子里，一个坐在门前、用普通话和人交流的耄耋老人引起我们关注。上前搭讪，才知道老人已 92 岁，仍然耳聪目明。“我是土生土长的本地人。以前，来小镇的游客很多，许多人听不懂我说话。怎么办呢？只好学说普通话。现在我说话你们能听懂了吧。”老人笑嘻嘻地问。“听得懂听得懂。”我们不自觉地给老人竖起大拇指，老人像孩子般开心笑起来。没走多远，和她年岁相仿的又一个老人，手捧书本，坐在自家门前，安静专心地阅读。阳光投射到老人身上，一切显得那么和谐安详。此情此景，仿佛一幅色彩斑斓的油画，而画中透出的意蕴，不由得使人想起“莫道桑榆晚，为霞尚满天”的句子。

胜地酒店是我们当晚下榻之所在。酒店四周环境幽静，景色迷人，宛如桂林山水的浓缩版。酒店背靠大山，遇龙河从门前流过。河水缥碧，清澈见底，水中的鱼儿清晰可见。拔地而起的碧绿峰群，傲立在天地之间，衬托得遇龙河更加婀娜多姿。两岸茂林修竹，触目皆是。竹叶随风摇曳，发出阵阵喧哗。人们乘着竹筏，漫游河中，“舟行碧波上，人在画中游”的意境呼之欲出。有诗为证：“桂林山水甲天下，阳朔堪称甲桂林。群峰倒影山浮水，无水无山不入神。”

清晨，清脆悦耳的鸟叫声将我们从睡梦中唤醒。打开窗户，夹带着花香的空气扑面而来，被薄雾笼罩的遇龙河如睡美人般静卧身边。我们蹑手蹑脚下楼，沿着“十里画廊”，边走边贪婪地大口呼吸。路两边花团锦簇，蝴蝶在花丛中翩翩起舞。一阵高亢嘹亮的歌声突然传来，循声张望，却是只闻其声不见其人。等待中，只见一叶竹筏从遥远的山背面缓缓驶出。“这早起的鸟儿是谁呀?”原来，这是中央电视台《诗词大会》栏目组在拍外景。好奇心促使我们驻足观看。负责拍摄的是一群年轻人，此刻这些年轻人正全身心地投入工作，为了一个完美的镜头，他们反复拍摄多次，直到满意为止。女主持和船工同样敬业，一次次返工，反反复复配合，看不出半点不耐烦。当天下午，我们坐竹筏游览，又遇上他们，真是有缘千里来相会。人常说：台上一分钟，台下十年功。这群年轻人的付出和汗水，让我们明白了“要想人前显贵，必须背后受罪”的朴素道理，也让我们对年轻人的专业精神和工作作风肃然起敬。年轻人，好样的！致敬他们！

竹筏漂流的过程也让人忍俊不禁。我们的漂流地点选择的是遇龙河水厄底到工农桥这段，全程四个落差点。印象中，漂流总是险象环生，充满刺激。因为不会游泳，漂流前心里十分忐忑：“万一冲坝时手机掉到河里怎么办？人落水又怎么办?”竹筏越来越靠近冲坝口，看着那么高的落差点，我不自觉地抓紧扶手，闭上眼睛，心也提到了嗓子眼，做好尖叫准备。接下来的一幕，让人哭笑不得。冲坝过程中，除了稍稍有点颠簸失重的感觉，完全没有想象中的惊心动魄。回头一看，不禁哑然失笑。原来，严重干旱导致河水较浅，船工在落差点直接下水人工助推。这个场景却也别有一番趣味。

相公山看日出、游览象鼻山与西街之后，桂林四日游落下帷幕。直到飞回南京，我还在想：桂林，我还会再来；漓江，我一定要一睹你的芳容。

这个夏天，总要去趟新疆吧

李宗长

到过新疆的朋友，经常在我面前说起新疆山川的大美。对于酷爱行走的我来说，这无疑是一个巨大的诱惑。观看央视纪录片《航拍中国》第一季第一集《新疆篇》，诱惑被不断放大。图上得来终觉浅，绝知新疆要躬行。这个夏天，我决定利用休假去趟新疆。

大美新疆，风景这边独好

列车在陇海线和兰新线上风驰电掣般疾行，天边的云朵在列车的行进中变幻万千，两旁的原野城市、河流山脉以及树木庄稼纷纷后退。“我们新疆好地方啊，天山南北好牧场。戈壁沙滩变良田，积雪融化灌农庄……”听着巴哈尔古丽的歌，和朋友们喝喝酒、打打牌，不知不觉中，乌鲁木齐到了。

第二天一早，大巴从乌鲁木齐出发，向额尔齐斯大峡谷行进。导游小周介绍，额尔齐斯大峡谷位于新疆可可托海景区，《可可托海的牧羊人》的旋律顿时萦绕脑际。九个小时的车程，穿越中国第二大沙漠——古尔班通古特沙漠，以及第二大盆

在那拉提草原上策马奔驰

地——准噶尔盆地，下午四点半，终于到达景区。游览第一天，就让人对新疆之大，有了切肤体验。

可可托海，哈萨克语的意思为“绿色的丛林”，蒙古语意为“蓝色的河湾”。这里曾因矿产资源丰富而举世闻名。景区阳光和煦，天空湛蓝。白桦林茂密挺拔，草场内牛羊成群。额尔齐斯河从可可托海镇穿镇而过，清冽的河水一路向北，奔腾而去。

这里也是一个滋生爱情的地方。矗立在额尔齐斯河边的神钟山，巍峨壮观，当地人称之为阿米尔萨拉山。横跨额尔齐斯河的那座桥，被叫作阿米尔萨拉桥。相传，当年蒙古王的儿子宏泰吉，爱上一个叫萨拉的姑娘，可姑娘却爱着宏泰吉的朋友阿米尔。阿米尔带着萨拉私奔到神钟山，有一天萨拉在神钟山上出现，暗暗跟踪很久的宏泰吉射出仇恨的箭，萨拉从山顶摔了下去。闻讯而来的阿米尔毫不犹豫地跳下山，他们双双落在额尔齐斯河中间的一块巨石上，鲜血染红了石头。人们用他们的名字称呼高山和桥梁，借此表达无限的崇敬。

当代歌手王琪，来到可可托海寻找创作灵感，听到一个流传广泛的爱情故事：一个刚刚失去丈夫的四川养蜂女，带着两个孩子和几十箱蜜蜂来到可可托海谋生，受到其他蜂农的排挤，当地年轻的哈萨克族牧羊人站出来保护母子三人，养蜂女和牧羊人幸福地相爱了。可养蜂女一家后来却不辞而别去了伊犁。牧羊人伤心欲绝，即使草黄水枯也不愿转场，傻傻地等在原处。王琪以这个故事为背景创作的《可可托海的牧羊人》，广为传唱，一举成名。

被誉为“人间仙境、神的花园”的喀纳斯湖，位于阿勒泰地区布尔津县北部，是中国最深的冰碛堰塞湖。坐在游轮上，欣赏湖光山色的同时，我一直惦记着湖中的巨型“水怪”会不会出现。以往，当地人对湖怪传说多多，充满神奇。现在，科学家们经过考察，基本形成共识：湖怪就是哲罗鲑，俗称大红鱼。看到大红鱼“芳容”的概率，堪比彩票中奖，也就是空想一下而已。

在新疆旅游期间，我们还看了乌伦古湖、天池和赛里木湖。每一个湖各美其美，美美与共。印象最深的是赛里木湖，湖面阔大无边，湖水澄澈幽蓝。见到它的第一面，我的感觉是：赛里木湖是个海。远处的风卷着波澜，拍打着近处的岸，传来“哗哗”的声响。游人漫步湖畔，像行走在沙滩般悠闲。空中，直升机载着游客在赛里木湖上空来回盘旋，胆大的游客乘坐滑翔伞在湖边的草地上空自由飞翔。北岸的草甸子上，三三两两的毡房里，人们喝着醇香浓烈的伊力特酒，载歌载舞，忘乎所以。这样迷人的场景，即使不喝伊力特，也会沉醉吧。

中学地理课本上说，中国地理的一大特点是："地形多种多样，地势西高东低。"新疆地形多种多样的特点尤为明显。除了沙漠盆地与河流湖泊之外，阿尔泰山脉、天山山脉、那拉提草原、巴音布鲁克草原、塔里木盆地、塔克拉玛干沙漠，以及茫茫戈壁滩……几乎所有的地形地貌在新疆都能见到。每一种地形都变化万端，每一处风景都摄人心魄。自然风光之外，果子沟大桥、独库公路的壮美也给我们留下深刻印象。在新疆，无论是自然风光，还是人文景观，没有最美，只有更美。

物产丰饶，走过不能错过

约占中国国土总面积六分之一的新疆，不仅地大，而且物博。丰饶的物产，既滋养了新疆人民，也给游客带来许多全新体验。

到达乌鲁木齐市当天，我们一行六人同伴带着一瓶白酒，准备坐公交转地铁去国际大巴扎美美地吃上一顿。地铁安检时，工作人员拦下我们，当地规定：携带白酒不能乘坐地铁，只好掉头再坐公交去大巴扎。

"巴扎"，维吾尔语意为集市、农贸市场。乌鲁木齐国际大巴扎，其建筑充满浓郁的伊斯兰风格。一进入国际大巴扎，我们就被里面的热闹与美食惊艳到。馕包肉、椒麻鸡、大盘鸡、巴楚特色烤鱼、楼兰原始烤全羊、阿图什兄弟烤肉……美食店铺一家挨着一家，令人目不暇接。大巴扎的商铺内，特色干果摆满货架，各类工艺品琳琅满目，西域特色和地域文化充分展现，丝绸之路的繁华毕现眼前。这里是游客最喜欢的地方，来自天南海北的游人川流不息，叫卖声、喧哗声、啤酒杯相碰的“咣咣”声，充斥耳间。难怪有人称乌鲁木齐的国际大巴扎，是“新疆之窗”“中亚之窗”。

去新疆，牛羊肉吃了很多，鱼类吃得较少。6 月 28 日晚，我们住在布尔津苏通假日酒店，这家酒店的老板是连云港赣榆人。晚饭后，我和老张去当地的俄罗斯风情步行街闲逛，之后去布尔津街头吃消夜。点了一条冷水鱼“乔尔泰鱼”，当地人称作“狗鱼”，加上两个素菜，一瓶二锅头，兴致勃勃地喝起来。夜阑人稀，在异地他乡，我们喝着酒，聊着一路所见所闻，彼此觉得愈加亲近。第二天一早，我们又一起去布尔津城边的额尔齐斯河边散步，中苏通航老码头的纪念雕塑在晨光中栩栩如生，令人浮想联翩。

禾木村是我们游览的一个重点。居住在禾木村的图瓦人过去有句话：“骆驼的脚再大，也卖不出熊掌的价钱。”今天在禾木，骆驼的脚卖出熊掌价钱的事竟然发生了。“禾木黑蜂蜂蜜”是当地特产，黑蜂的全称是高加索黑蜂，原产地是俄罗斯高加索地区。俄国十月革命前后，逃难来到布尔津和禾木区域的白俄贵族，不仅带来许多先进的生产技术，也带来珍贵的高加索黑蜂。若干年过去了，由于物种退化，黑蜂逐渐绝迹。旅游带来的商机让黑蜂的传说被再次激活和放大，有人把普通的蜜蜂一箱箱运到禾木，贴上禾木黑蜂的标签，卖出高价钱。对这种不诚实的商业行为，当地老人嗤之以鼻。

导游小周一路向我们介绍新疆的物产“一黑二白三红”。

“一黑”指石油，“二白”指棉花和羊毛，“三红”指辣椒、番茄和红枣。因为看过《航拍中国·新疆篇》，这样的介绍对我来说并不新鲜。由于对玉器茫然无知，导游介绍新疆和田玉时，我倒是在认真倾听。

6 月 30 日上午，我们一行被领到新疆和田玉器城参观选购；7 月 1 日上午，我们又被领到新疆玉普源玉石博物馆参观选购。令导游不快的是，参观两处玉器馆之后，团队选购金额是零。从玉普源玉石博物馆出来，大巴载着我们去了“塞北之花”棉花文化馆。选购还没结束，“幺蛾子”出来了：新疆地接导游告诉我们，大巴不走了，20 多位南京大爷大妈就这样被甩啦。

南京大爷大妈不是吃素的！袁大姐，这位从南京石化退休的老人特别正直，挺身而出，当即掏出手机，拨通 110 投诉。新疆警察非常敬业，几分钟后，警察小蒋来了。

“我们和旅行社签了合同，明明白白写的是旅行团，不是购物团，购物自愿。我们也理解导游的辛苦，虽然没有购买玉器，但愿意每人再补贴 500 元给旅行社。当地旅行社却不同意，要求我们每人补贴 2000 元。这不是强买强卖吗？”听了袁大姐的陈述，看了相关合同，小蒋对我们说：“你们没错，一分钱也不要给他们。你们没有肢体冲突，我们 110 无法处理，要请文旅局执法大队来处理。”

不一会，当地文旅局执法大队来了，在详细了解事情原委后，执法大队提出两条处理意见：一是旅行到此终止，新疆方面负责把我们 20 多位南京游客送回去，下面走法律程序，针对旅行社甩客的不法行为，该吊销旅行社营业执照就吊销执照，绝不含糊；二是旅行继续，服务项目不能打折，旅途中游客有意见可以随时联系执法大队。真是大快人心！大家交口称誉新疆执法人员讲政策、有担当、敢作为。

这段不愉快的插曲，没有影响大家的兴致。一路上，我们该出手时就出手，西瓜、哈密瓜、库尔勒梨等鲜果，即买即尝。大家也选购了许多奶片、奶酪、葡萄干等容易携带的新疆特产，准备带回家乡，让家人和朋友一起品尝。

异地风情，心动不如行动

“山再高也在云下，人再高也在山下。”这是蒙古族图瓦人的一句谚语。

图瓦村就坐落在喀纳斯湖附近两山之间的山谷中。80多户人家的小木屋都是用原木垒筑而成的，原木之间塞上一层苔藓，冬暖夏凉。走进图瓦人家，浓郁的异地风情扑面而来。对门正中的原木上挂着牛头墙饰，两边配着艳丽的蒙古族服装。案几上摆满了待客的奶茶、奶疙瘩。

图瓦人歌舞表演是在一间小木屋中进行的。演出前，图瓦大哥介绍，过去交通落后，图瓦人生活艰难，村里人到布尔津县城，骑马要两三天时间，孩子念书也不方便。现在，路通了，旅游火了，开车几小时就到了县城，日子越来越好过了。在和一位年轻乐手的攀谈中，我了解到这位小伙子毕业于音乐学院，之后回到家乡，加入村里人组织的乐队，为游客演绎图瓦人自己的音乐。

演出中，我第一次见识了蒙古族传统乐器楚尔。这种乐器外形似笛子，是将一种苇科植物茎秆掏空钻孔后制作而成的。

风趣的图瓦老人为游客演奏楚尔，赢得阵阵掌声。呼麦，又称喉音唱法，2009 年 10 月 1 日，列入世界非物质文化遗产名录。在图瓦人家，我们第一次领略到呼麦带来的艺术享受，觉得不虚此行。表演结束后，许多游客意犹未尽，与图瓦舞者互动，大家来到门外，一起跳起欢快的舞蹈。

罗布人是维吾尔族的一支，参观罗布人村寨是在 7 月 2 日下午。罗布人很好客，客人来家，除了大碗酒和大块手抓肉外，罗布女子还会为你弹起都塔尔（维吾尔族的一种乐器），唱起民歌。罗布人很长寿，据说这是因为他们常年饮用罗布麻茶。罗布人的婚俗也很新奇，在婚礼前几天，新郎要到新娘家干活，跟着未来岳丈下海捕鱼。婚礼在新娘家举行，婚礼结束后，有一个特别的风俗：每一对新人都要在大伙目送中，乘船渡过塔里木河，到达对岸，进入新娘父亲为他们准备的罗布麻花房中，度过新婚之夜。

位于伊犁河谷的乌孙王国遗址，包括图腾柱、乌孙大帐、乌孙大营等建筑。草地边竖立的一块木牌，让我驻足良久。木牌上，“张骞出使乌孙”和“细君、解忧和亲乌孙”的文字，更让我感慨万千。回到南京后，翻阅《汉书》，对这段历史有了进一步了解。

昆莫（乌孙王号）猎骄靡复兴故国，乌孙王自汉武帝始与汉朝联姻，先后有细君公主、解忧公主和相夫公主（至敦煌后被召回）下嫁乌孙。元封六年（公元前 105 年），细君公主成为和亲公主后，她做了猎骄靡的右夫人，位在匈奴左夫人之下。“昆莫年老，语言不通，公主悲愁，自为作歌曰：‘吾家嫁我兮天一方，远托异国兮乌孙王。穹庐为室兮毡为墙，以肉为食兮酪为浆。居常土思兮心内伤，愿为黄鹄兮归故乡。’”这首《悲愁歌》，道出细君公主内心无尽的悲伤。更为惨痛的是，猎骄靡死后，其孙军须靡又娶细君公主，生一女少夫。

乌孙王国收继婚是原始部落群婚制的遗存，是否有合理性姑且不论。对在西汉宗室内长大的细君公主来说，适应这样的制度何其难啊！也因此，细君公主在公元前 101 年郁郁而死。

细君公主死后，汉朝又以解忧公主嫁军须靡。军须靡死后，其从兄弟肥王翁归靡继位，解忧公主又嫁翁归靡，生有三男两女。翁归靡死后，军须靡与匈奴公主的儿子狂王泥靡继位，解忧公主再嫁泥靡，生一子（以上诸事见《汉书》卷九十六下《西域传》第六十六下）。解忧公主年老思乡，甘露三年（公元前 51 年）被迎归汉。从 16 岁和亲乌孙，到年近 70 岁回归汉室，解忧公主在乌孙王国生活了 50 多年。解忧公主的故事后来被拍成连续剧，在央视播出。我没有看过，但我对这位公主的作为和贡献心存无限敬意。

走出乌孙遗址，那拉提草原上吹来沁人心脾的和风，仿佛能一下子带走细君公主和解忧公主的忧伤。羊群和牛群在草地上专心啃吃，桀骜不驯的马儿不断地尥着蹶子，像是对我们示威。“上！骑马跑上几圈，怎么样？”领队老周的提议，得到大家的积极响应。心动不如行动，大家策马奔驰在寥廓的草原和山岗，阵阵欢笑飞入云中。

图书在版编目（CIP）数据

兄弟双城记 / 李宗长，李宗品著. —南京：江苏凤凰文艺出版社，2024.2

ISBN 978-7-5594-8191-7

Ⅰ. ①兄… Ⅱ. ①李… ②李… Ⅲ. ①散文集-中国-当代 Ⅳ. ①I267

中国国家版本馆 CIP 数据核字(2024)第 008267 号

兄弟双城记

李宗长　李宗品　著

责任编辑　姜业雨
装帧设计　王小耳
责任印制　杨　丹
出版发行　江苏凤凰文艺出版社
　　　　　南京市中央路 165 号，邮编：210009
网　　址　http://www.jswenyi.com
印　　刷　江苏凤凰通达印刷有限公司
开　　本　880 毫米×1230 毫米　1/32
印　　张　10.25
字　　数　240 千字
版　　次　2024 年 2 月第 1 版
印　　次　2024 年 2 月第 1 次印刷
书　　号　ISBN 978-7-5594-8191-7
定　　价　69.00 元